I0741506

ଭାବନାରେ ଭାରତ ଭ୍ରମଣ

ଭ୍ରମଣ କାହାଣୀ

ଭାବନାରେ ଭାରତ ଭ୍ରମଣ
ଭ୍ରମଣ କାହାଣୀ

ନୈବେଦ୍ୟ

ବ୍ଲାକ୍ ଇଗଲ୍ ବୁକ୍ସ
ଭୁବନେଶ୍ୱର, ଓଡ଼ିଶା

BLACK EAGLE BOOKS
Dublin, USA

ଭାବନାରେ ଭାରତ ଭ୍ରମଣ / ନୈବେଦ୍ୟ

ବ୍ଲାକ୍ ଇଗଲ୍ ବୁକ୍ସ : ଭୁବନେଶ୍ୱର, ଓଡ଼ିଶା • ଡବ୍ଲିନ୍, ଯୁକ୍ତରାଷ୍ଟ୍ର ଆମେରିକା

BLACK EAGLE BOOKS

USA address:
7464 Wisdom Lane
Dublin, OH 43016

India address:
E/312, Trident Galaxy, Kalinga Nagar,
Bhubaneswar-751003, Odisha, India

E-mail: info@blackeaglebooks.org
Website: www.blackeaglebooks.org

First International Edition Published by
BLACK EAGLE BOOKS, 2025

BHABANARE BHARATA BHRAMANA
by **Naivedya**

Cover & Interior Design: Ezy's Publication

ISBN- 978-1-64560-757-1 (Paperback)

Printed in the United States of America

ଶ୍ରୀମା ଶ୍ରୀଅରବିନ୍ଦ :

ପୁସ୍ତକ ସମ୍ପର୍କରେ ନିଜ କଥା -

World is a book and those who don't travel, read only a page. - St Augustine

ଅର୍ଥାତ୍ "ବିଶ୍ୱ ଏକ ପୁସ୍ତକ ସଦୃଶ ଏବଂ ଯେଉଁମାନେ ଭ୍ରମଣ କରନ୍ତି ନାହିଁ, ସେମାନେ କେବଳ ଗୋଟାଏ ପୃଷ୍ଠା ପାଠ କରିଥାନ୍ତି।"- ସେଂଟ ଅଗଷ୍ଟିନ୍

ବିଭିନ୍ନ ସମୟରେ ଭାରତର ବିଭିନ୍ନ ସ୍ଥାନ ଭ୍ରମଣ କରିବାର ସୁଯୋଗ ମିଳିଛି। ନିଜର ବ୍ୟକ୍ତିଗତ ରୁଚି ମୂଖ୍ୟତଃ ଅଭୟାରଣ୍ୟ ଓ ଜାତୀୟ ଉଦ୍ୟାନ ତଥା ଅନ୍ୟାନ୍ୟ ପ୍ରାକୃତିକ ସୁଷମା ଭରା କ୍ଷେତ୍ର ରହିଥିଲେ ମଧ୍ୟ, ଅନ୍ୟାନ୍ୟ ଐତିହାସିକ ଓ ଐତିହ୍ୟ ପୂର୍ଣ୍ଣ ପର୍ଯ୍ୟଟନ ସ୍ଥଳୀ ଭ୍ରମଣ କରିବାର ଆଗ୍ରହ ସବୁକୁ, ଜଣେ ପରିବ୍ରାଜକ ଭାବରେ (Traveller) ସର୍ବଦା ଅନୁଭୂତି ସଂଗ୍ରହ ନିମନ୍ତେ, ଅଗ୍ରାଧିକାର ଦେବାକୁ ପ୍ରୟାସ କରିଛି। ଏହି ପୁସ୍ତକଟି ଭ୍ରମଣାର୍ଥୀ ମାନଙ୍କ ପାଇଁ ଏକ (Guide Book) ଅର୍ଥାତ୍ ସୂଚନା ପୁସ୍ତକ ଭାବରେ ଲେଖାଯାଇ ନାହିଁ। ନିଜର ଅନୁଭୂତିକୁ ଆଗ୍ରହୀ ପାଠକ ମାନଙ୍କୁ ପରିବେଷଣ କରିବାର, ଏହି କ୍ଷୁଦ୍ର ପ୍ରୟାସଟି ପ୍ରତ୍ୟେକ ପାଠକଙ୍କୁ ଆନନ୍ଦ ପ୍ରଦାନ କରିବ ବୋଲି ଆଶା କରୁଛି।

ବିନୀତ

ନୈବେଦ୍ୟ

ପଣ୍ଡିଚେରୀ

୧୧ ସେପ୍ଟେମ୍ବର ୨୦୨୪

“ଭାବନାରେ ଭାରତ ଭ୍ରମଣ’- ପୁସ୍ତକ ସମ୍ପର୍କରେ ଅଭିମତ -

“My wish is to stay always like this, living quietly in a corner of nature.” -Claude Monate

ଫରାସୀ ଚିତ୍ରଶିଳ୍ପୀ ମୋନେଙ୍କର ଏପରି ଏକ ଅଭିଳାଷ ପରି ନୈବେଦ୍ୟଙ୍କର ଅଭିଳାଷ ପୂର୍ବରୁ ତାଙ୍କର କବିତା ସଙ୍କଳନଟିଏ ପ୍ରକାଶିତ ହୋଇଛି। ଅନ୍ତରରେ ସେ ସର୍ବଦା ଏକ କବି ହେଲେହେଁ ଅନେକ ବିଳମ୍ବରେ ଆନୁଷ୍ଠାନିକ ଭାବରେ ନିଜକୁ ଅଭିବ୍ୟକ୍ତ କଲେ। ସେହିପରି ସେ ଜଣେ ପ୍ରାବନ୍ଧିକ ମଧ୍ୟ। ତାଙ୍କର ପ୍ରକୃତିର ଆଉ ଗୋଟିଏ ବିଶିଷ୍ଟ ବିଭାବ ହେଉଛି ତାଙ୍କର ପ୍ରକୃତି ପ୍ରେମ, ସେ ପ୍ରକୃତିକୁ କେବଳ ଭଲ ପାଆନ୍ତି ନାହିଁ, ସେଠାରେ ସଦାବେଳେ ରହିବାକୁ ଚାହାନ୍ତି। ଏପରିକି ସୁନ୍ଦର ସୂର୍ଯ୍ୟୋଦୟ ସୂର୍ଯ୍ୟାସ୍ତଟିଏ ଦେଖିବା ପାଇଁ ସେ ଅନେକ ଦୂରକୁ ଚାଲିଯାନ୍ତି। ବନ, ଜଙ୍ଗଲ, ପାହାଡ, ପର୍ବତ, ନଈ, ସମୁଦ୍ର, ହ୍ରଦ, ଶୈଳ ନିବାସ ଦେଖିବାକୁ ସେ ପ୍ରଗାଢ ଭାବରେ ଭଲ ପାଆନ୍ତି। ଐତିହାସିକ ସ୍ଥାନ, ହେରିଟେଜ, ଏସବୁକୁ ସେ ଛାଡନ୍ତି ନାହିଁ। ଭ୍ରମଣ କରିବା ତାଙ୍କର ସ୍ଥିତି ସହିତ ନିବିଡ ଭାବରେ ଜଡିତ।

ଏବେ ସେହି ସବୁ ଅଭିଜ୍ଞତାକୁ ନେଇ ଲେଖିଛନ୍ତି ଏହି ଭ୍ରମଣ କାହାଣୀ **“ଭାବନାରେ ଭାରତ ଭ୍ରମଣ”**। ସେ ପ୍ରାୟ ସମଗ୍ର ଭାରତର ଦର୍ଶନୀୟ ସ୍ଥାନକୁ ଭ୍ରମଣ କରିଛନ୍ତି ମନ ପ୍ରାଣ ଦେଇ ଦେଖିଛନ୍ତି, ବିଭୋର ହୋଇଛନ୍ତି, ଅନୁଭବ କରିଛନ୍ତି। ସେହି ଅନୁଭବକୁ ସେ ରୂପାୟନ କରି ପାଠକ ମାନଙ୍କୁ ଏହି ଉପହାର ଦେଇଛନ୍ତି। ଏହି ଭ୍ରମଣ କାହାଣୀ ତଥ୍ୟ ସମ୍ବଳିତ ନୁହେଁ। ତାଙ୍କର ଚେତନାର ଗୋଟିଏ କାବ୍ୟିକ ପରିପ୍ରକାଶ। ସେ ବେଳେବେଳେ କବିତାର ତାଙ୍କ ଅନୁଭବକୁ ପ୍ରକାଶ କରିଛନ୍ତି।

ସଙ୍କଳନକୁ ସେ ଭାଗ ଭାଗ କରିଛନ୍ତି । ପୂର୍ବ ଭାରତ, ପଶ୍ଚିମ ଭାରତ, ଉତର ଭାରତ, ଓ ଦକ୍ଷିଣ ଭାରତ । ଏହା ବ୍ୟତୀତ ଅନେକ ଗୁଡିଏ ସ୍ଥାନକୁ କେବଳ ଭ୍ରମଣ କାହାଣୀ ଭାବରେ ବର୍ଣ୍ଣନା କରିଛନ୍ତି ।

କେବଳ ଭ୍ରମଣ କରି କିଛି ତଥ୍ୟ ସଂଗ୍ରହ କରି ପାଠକ ମାନଙ୍କୁ ଅବଗତ କରାଇବା ତାଙ୍କର ଉଦ୍ଦେଶ୍ୟ ନୁହେଁ । ବିଦେଶ ଭ୍ରମଣ କରୁଛନ୍ତି ଓ ଅସଂଖ୍ୟ ଭ୍ରମଣ କାହାଣୀ ଲେଖା ଯାଉଛି ।

କିନ୍ତୁ ଭାବନାରେ ଭାରତ ଯାତ୍ରା ସେହି ଶ୍ରେଣୀର ଭ୍ରମଣ କାହାଣୀ ନୁହେଁ । ଏଥିରୁ ପାଠକ ଅନ୍ୟ ଅନୁଭବ ପାଇବ, କେବଳ ତଥ୍ୟ ଜାଣିବ ନାହିଁ । ଗୋଟିଏ କବି ହୃଦୟ ଜଣେ ପ୍ରକୃତି ପ୍ରେମିକ, ଅତୀତ ଓ ବର୍ତ୍ତମାନର ସମସ୍ତ ସୌନ୍ଦର୍ଯ୍ୟ ପୂର୍ଣ୍ଣ ସ୍ଥାନକୁ ନିଜର ଅନୁଭବ ଭିତରୁ ପ୍ରକାଶ କରିଛି, ପାଠକ ମଧ୍ୟ ସେହି ଅନୁଭବ ଭିତରେ ବୁଡିଯିବ ସେ ବି ପ୍ରକୃତି କୁ ଭଲ ପାଇବାକୁ ଉପଲବ୍ଧି କରିବ ।

ଅନେକ ବିରଳ ସ୍ଥାନର କଥା ଏଥିରେ ରହିଛି । ପୂର୍ବ ଭାରତର, "ସ୍ୱଚ୍ଛ ଗ୍ରାମର କଥା', ପଶ୍ଚିମ ଭାରତର "ଆରବ ସାଗରରେ ଦ୍ୱୀପଟିଏ' "କୁମ୍ଭଲ ଗଡର ରହସ୍ୟ' ମଧ୍ୟ ଭାରତର "ଭେଡାଘାଟ ଓ ଧୂଆଁଧାର,' "ଶିକାରୀ ବାଘର ଭୋଜି ସଭା'ଦକ୍ଷିଣ ଭାରତର "ଅରଣ୍ୟର ଆମନ୍ତ୍ରଣ,' "ପୁଲିକେଟରେ ପକ୍ଷୀମେଳା' ଆହୁରି ଅନେକ ବିରଳ ସ୍ଥାନର ବୈଶିଷ୍ଟ୍ୟକୁ ସେ ନିଜର ଭାବନାର ଅନୁଭୂତିରୁ ପୁନର୍ବାର ସୃଷ୍ଟି କରିଛନ୍ତି । ଏପରି ଏକ ଭ୍ରମଣ କାହାଣୀ ପୁଣି ସମଗ୍ର ଭାରତର ଅନେକ ଦର୍ଶନୀୟ ଅନୁପମ ସ୍ଥାନ ମାନଙ୍କୁ ନେଇ, ନୈବେଦ୍ୟଙ୍କର ଏକ ବିଶେଷ ପରିକଳ୍ପନା । ମୁଁ ଆଶା କରୁଛି ଯେ ଭାବନାରେ ଭାରତ ଭ୍ରମଣ ଓଡିଆ ସାହିତ୍ୟ କ୍ଷେତ୍ରରେ ଏକ ବିଶେଷ ସ୍ଥାନରେ ପ୍ରତିଷ୍ଠିତ ହେବ ।

- ମମତା ଦାଶ

ଓଡ଼ିଆ ସାହିତ୍ୟ ଏକାଡେମୀ ପୁରସ୍କାର, ଭାରତୀୟ ଭାଷା ପରିଷଦ ଜାତୀୟ ପୁରସ୍କାର,
ବିଷୁବ ପୁରସ୍କାର ଇତ୍ୟାଦି ଅନେକ ପୁରସ୍କାର ଓ ସମ୍ମାନ ପ୍ରାପ୍ତ କବି,
ଗାଳ୍ପିକା, ଔପନ୍ୟାସିକା ଓ ଅନୁବାଦିକା

ସୂଚିପତ୍ର

ପୂର୍ବ ଭାରତ

ବୁଦ୍ଧଗୟା ସ୍ମୃତି

ଅଢେଇ ହଜାର ବର୍ଷରୁ ଊର୍ଦ୍ଧ୍ୱ ଇତିହାସ ସନ୍ଧାନୀ ମନ ବୁଦ୍ଧଗୟା ଆଡକୁ ଆକର୍ଷିତ ହେବା ସ୍ୱାଭାବିକ। କେତେ ମହାନ ଓ ସୌଭାଗ୍ୟଶାଳୀ ସେହି ବୋଧିବୃକ୍ଷ ଯାହାର ଛାୟାରେ ତପସ୍ୱୀ ରାଜକୁମାର ସିଦ୍ଧାର୍ଥଙ୍କର ଜ୍ଞାନ ଉଦୟ ହୋଇଥିଲା। ସବୁକିଛି ରାଜକୀୟ ସୁଖ ସମ୍ଭୋଗ ପରିତ୍ୟାଗ କରି ଦୁଃଖର ନିଦାନ ଖୋଜିବାକୁ ତାଙ୍କର ଏହି ଚରମ ପଦକ୍ଷେପ ପାଇଁ ସିଏ ଅମର ହୋଇ ରହିଛନ୍ତି। ଏସବୁ କଥା ଭାବି ବସିଲେ ଚକିତ ହେବାକୁ ପଡେ। ଆମର ସୁଖ ସନ୍ଧାନୀ ମାନସିକତା ପାଇଁ ଲଜ୍ଜିତ ହେବାକୁ ପଡେ।

ସେଦିନର ସେହି ରାତ୍ରୀ, ରାଜପ୍ରାସାଦ ପରିତ୍ୟାଗ କରିବାର ମୂହୁର୍ତ୍ତ, କପିଳବସ୍ତୁ ହୁଏତ ଅଚେତନ ନିଦ୍ରାରେ ସାଇତ ଥିଲା। ମାତ୍ର ରାଜକୁମାରଙ୍କର ବିନିଦ୍ର ରଜନୀର ନିଶାର୍ଦ୍ଧରେ ନିଜର ପ୍ରିୟ ଅଶ୍ୱ ଓ ଅଶ୍ୱ ବାହକଙ୍କ ସହିତ, ଏପରି ଏକ ଯାତ୍ରାର କାହାଣୀ ଜନ ମାନସରେ ଅଲିଭା ସ୍ମୃତି ହୋଇ ରହିଛି। ବୌଦ୍ଧ ଧର୍ମ ବିଶ୍ୱର ଅନ୍ୟତମ ବିଶ୍ୱାସର ମାର୍ଗ ଭାବରେ ଏସିଆ ଭୂଖଣ୍ଡର ଅନେକ ଦେଶ ସହିତ, ପାଶ୍ଚାତ୍ୟ ଦେଶ ପର୍ଯ୍ୟନ୍ତ ବ୍ୟାପ୍ତ ହୋଇ ଯାଇଛି। ଏହି ମହାନ ତପସ୍ୟାର ସ୍ଥଳୀ ପ୍ରଦର୍ଶନ ନିମନ୍ତେ, ଭୁବନେଶ୍ୱରରୁ ଟ୍ରେନ ଯୋଗେ ଯାଇ ଗୟା ଷ୍ଟେସନରେ ପହଂଚି ଗଲି। ଗୟା କ୍ଷେତ୍ର ଭାରତୀୟ ଧାର୍ମିକ ପରମ୍ପରା ଅନୁସାରେ ସ୍ୱର୍ଗବାସୀ ପରିଜନ ମାନଙ୍କୁ ପିଣ୍ଡ ଦାନ ନିମନ୍ତେ ଏକ ଲୋକ ପ୍ରିୟ କ୍ଷେତ୍ର।

ସିଦ୍ଧାର୍ଥ ଯେଉଁ ସ୍ଥାନରେ ତପସ୍ୟାରତ ଥିଲେ, ତାହା ସେତେବେଳେ ଉରୁବିଲ୍ୱା ନାମରେ ପରିଚିତ ଥିଲା। ପ୍ରାୟ ଛଅ ବର୍ଷ ଧରି କଠୋର ତପସ୍ୟା ପରେ, ସିଦ୍ଧି ଲାଭ କରି ବୁଦ୍ଧ ଭାବରେ ପରିଚିତ ହୋଇଥିଲେ। ଏହି ଅଶ୍ୱତ୍ଥ ବୃକ୍ଷ ମୂଳରେ ଦେଶ

ବିଦେଶର ଶ୍ରଦ୍ଧାଳୁ ମାନେ ଧ୍ୟାନସ୍ଥ ହୋଇ ବୁଦ୍ଧଙ୍କ ପ୍ରତି ଶ୍ରଦ୍ଧା ଓ ସମ୍ମାନ ଜଣାଇଥାନ୍ତି। ଏହାର ଏକ ଶାଖା ଶ୍ରୀଲଙ୍କା ଦେଶର ଅନୁରାଧାପୁର ଠାରେ ରୋପିତ ହୋଇ ଏପର୍ଯ୍ୟନ୍ତ ପୂଜିତ ହୋଇ ଆସୁଅଛି।

ବୁଦ୍ଧଗୟା ଠାରେ ପହଂଚିବା ପରେ ପ୍ରଥମେ ମହାବୋଧି ମନ୍ଦିର ପରିଦର୍ଶନ କଲି। ଏହି ପୁରାତନ ମନ୍ଦିର ଖ୍ରୀଷ୍ଟପୂର୍ବ ତୃତୀୟ ଶତାବ୍ଦୀରେ ଅଶୋକଙ୍କ ଦ୍ୱାରା ପ୍ରଥମେ ନିର୍ମିତ ହୋଇଥିଲା। ସମୟ ଚକ୍ରରେ ଏହା ପୁନଃନିର୍ମିତ ଓ ମରାମତ ହୋଇ ଏପର୍ଯ୍ୟନ୍ତ ବୁଦ୍ଧ ଗୟାର ଶୋଭା ବୃଦ୍ଧି କରି ଆସୁଅଛି।

ଦେଶ ବିଦେଶରୁ ଅନେକ ପର୍ଯ୍ୟଟକ ତଥା ବୌଦ୍ଧ ଧର୍ମାବଲମ୍ବୀ ଏହି ମହାବୋଧି ମନ୍ଦିର ପରିଦର୍ଶନ ସହିତ, ବୋଧିବୃକ୍ଷ ମୂଳରେ କିଛି ସମୟ କଟାଇବାକୁ ଧାଇଁ ଆସୁଛନ୍ତି। ମହାବୋଧି ବୃକ୍ଷ ଛାୟାରେ କିଛି ସମୟ ବସିଲେ ଇତିହାସର ପୃଷ୍ଠା ସବୁ ସ୍ୱତଃ ଉନ୍ମୋଚିତ ହୋଇଯାଏ। ଏଥି ସହିତ ଜଡିତ ବୁଦ୍ଧଦେବ ଓ ବୌଦ୍ଧଧର୍ମର କାହାଣୀ ଓ କିମ୍ବଦନ୍ତୀ ମଧ୍ୟ। ଅନେକ ଶ୍ରଦ୍ଧାଳୁ ଏହାର ଶୁଷ୍କ ପତ୍ର ସଂଗ୍ରହ କରି ନିଜର ସ୍ମୃତିକୁ ଉଜ୍ଜିବୀତ କରି ରଖିବାକୁ ପ୍ରୟାସ କରିଥାନ୍ତି। ଆଜିକାର ବୁଦ୍ଧଗୟା ଏକ ଆନ୍ତର୍ଜାତୀୟ ପର୍ଯ୍ୟଟନ ସ୍ଥଳୀ ହୋଇ ଉଠିଅଛି। ବିଭିନ୍ନ ଦେଶର ମଠ ଓ ସୁଦୃଶ୍ୟ ସ୍ମାରକୀ, ବୁଦ୍ଧଗୟାର ଆକର୍ଷଣର କେନ୍ଦ୍ରବିନ୍ଦୁ ହୋଇ ଉଠିଛି। ସେହି ସମୟରେ ବହି ଯାଉଥିବା ନିରଞ୍ଜନା ନଦୀର କଥା ମନକୁ ଆସେ। ଏଥି ସହିତ ବୁଦ୍ଧ ଓ ସିଦ୍ଧାର୍ଥଙ୍କୁ ନିଜ ହାତରେ ଖାଦ୍ୟ ପରିବେଷଣ କରିଥିବା ଗ୍ରାମ୍ୟ ଲଳନା ସୁଜାତାର କଥା କିଏ ବା ଭୁଲି ପାରିବ।

ବୁଦ୍ଧଗୟା ପରେ ନିକଟବର୍ତ୍ତୀ ନାଳନ୍ଦା ଓ ରାଜଗିରି ପରିଦର୍ଶନ ନିମନ୍ତେ ମନ ବଳାଇଲି। ବୁଦ୍ଧଙ୍କର ପଦଚିହ୍ନ ପଡିଥିବା ସେହି ବୁଦ୍ଧକୋଟ ଗୁମ୍ଫା କଥା ମଧ୍ୟ ମନକୁ ଆସିଲା।

ପ୍ରତିଟି ପଥର କହେ
ଇତିହାସ କଥା
ଗୌତମଙ୍କ ତପସ୍ୟାର
କେତେ ଗୂଢ ଗାଥା ॥

■

ସ୍ୱଚ୍ଛ ଗ୍ରାମର କଥା

ଆମ ଦେଶରେ ଏପରି ଏକ ପ୍ରଦେଶ ରହିଛି, ଯାହାର ନାମ ମେଘାଳୟ ଅର୍ଥାତ୍ ମେଘର ଘର। ଏକଥା ସମସ୍ତଙ୍କୁ ଜଣା, ସେହିପରି ମେଘାଳୟର ଚେରାପୁଞ୍ଜି ସର୍ବାଧିକ ବୃଷ୍ଟିପାତର ଜାଗା ବୋଲି ପିଲାଦିନେ ଭୂଗୋଳ ବହିରୁ ପଢା ଯାଇଛି। ମାତ୍ର ଦେଶରେ ଏପରି ଏକ ଗ୍ରାମ ରହିଛି ଏହା ଯେ ଭାରତର ସବୁଠାରୁ ପରିଛନ୍ନ ଗ୍ରାମ ଏକଥା ଖୁବ୍ କମ ବ୍ୟକ୍ତିଙ୍କୁ ଜଣା। ଏହି ଗ୍ରାମଟି ମଧ୍ୟ ମେଘାଳୟରେ ରହିଅଛି ଯାହାର ନାମ ମାଓଲିଙ୍ଗ। ଏ ବିଷୟ ଜାଣିବା ପରେ ଉତର ପୂର୍ବାଂଚଳ ଭ୍ରମଣ ସମୟରେ ସେହି ଗ୍ରାମ ପରିଦର୍ଶନରେ ଯିବା ପାଇଁ ଆଗ୍ରହ ବୃଦ୍ଧି ପାଇଥିଲା। ମେଘାଳୟର ରାଜଧାନୀ ସିଲଂ ରୁ ବାହାରି ପ୍ରାକୃତିକ ସୁଷମା ଭରା ଦୃଶ୍ୟ ଦେଖି ଦେଖି ମାଓଲିଂରେ ପହଂଚି ଗଲି। ଶୁଣାଯାଏ ଏହି ଗ୍ରାମସ୍ଥ ଗୀର୍ଜାର ତତ୍ କାଳୀନ ପାଦ୍ରୀଙ୍କର ପ୍ରୋତ୍ସାହନ ଦ୍ୱାରା ଆଜି ଏହି ଗ୍ରାମ ଭାରତ ମାନଚିତ୍ରରେ ସ୍ୱତନ୍ତ୍ର ସ୍ଥାନ ହାସଲ କରି ପାରିଛି। ଏଠାକାର ଶିକ୍ଷିତ ବ୍ୟକ୍ତିଙ୍କ ସଂଖ୍ୟା ଶତ ପ୍ରତିଶତ ବୋଲି କୁହାଯାଏ। ଗ୍ରାମଟିର ଶାନ୍ତ ପରିମେଳ ପରିବେଶ ସମସ୍ତଙ୍କୁ ଚମକୃତ କରିଥାଏ। ଖୁବ୍ ସହଜରେ ବ୍ୟବହାର କରିଲା ଭଳି ସୁଦୃଶ୍ୟ ଅଳିଆ ଟୋକେଇ ବିଭିନ୍ନ ସ୍ଥାନରେ ରଖା ଯାଇଛି। ଏଥିପାଇଁ ପର୍ଯ୍ୟଟକ ମାନେ ମଧ୍ୟ ସହଯୋଗ କରିବାକୁ ଆଗ୍ରହୀ ହୋଇଥାନ୍ତି। ଏହା ବ୍ୟତୀତ ସମଗ୍ର ଗ୍ରାମବାସୀଙ୍କ ମଧ୍ୟରେ ମଧ୍ୟରେ ସଚେତନତା ଭରି ରହିଛି। ବିଶେଷ କରି ପରିବେଶ ପ୍ରତିକୂଳ ପରିହାର୍ଯ୍ୟ ବସ୍ତୁ ମାନଙ୍କୁ କିପରି ସତ୍କାର ଓ ସଦୁପଯୋଗ କରିବାକୁ ହୁଏ ସେଠାକାର ଆବାଳ ବୃଦ୍ଧବନିତା ସମସ୍ତଙ୍କୁ ଜଣା।

ଗ୍ରାମ ପରିବେଶର ପରିଛନ୍ନତା ସହିତ ଏଠାକାର ମୁଖ୍ୟ ଆକର୍ଷଣ ମଧ୍ୟରେ ଜୀବନ୍ତ ବୃକ୍ଷର ମୂଳ ଦ୍ୱାରା ନିର୍ମିତ ରୁଟ୍ ବ୍ରୀଜ (root bridge) ଦେଖିବାକୁ ମିଳେ। ଏତଦ୍ ବ୍ୟତୀତ ବୃକ୍ଷ କୁଟୀର ମଧ୍ୟ ପର୍ଯ୍ୟଟକ ମାନଙ୍କୁ ବିସ୍ମିତ କରିଥାଏ। ନିକଟବର୍ତୀ ଏକ ସ୍ଥଳୀରୁ ବାଙ୍ଗଲାଦେଶର ସମତଳ ଉପତ୍ୟକା ଦୃଷ୍ଟି ଗୋଚର ହୁଏ। ଏହାର ଦୃଶ୍ୟ

ଖୁବ୍ ମନୋରମ। ମୌସୁମୀ ବୃଷ୍ଟି ସମୟରେ ଏହାର ଦୃଶ୍ୟ ଓ ଅନୁଭୂତି କିପରି ହୋଇଥିବ ଏ ବିଷୟରେ କଳ୍ପନା କରିବାକୁ ହୋଇଥାଏ। ଏହି ଆଦର୍ଶ ଗ୍ରାମ ପରିଦର୍ଶନ ସମୟରେ ବାଉଁଶ ଓ ବେତର ସେତୁ ଜସହାର ନଦୀରେ ଦେଖିବାକୁ ମିଳେ। ଏହା ସହିତ ନିକଟବର୍ତ୍ତୀ କେତେକ ଜଳପ୍ରପାତ ତଥା ପ୍ରାୟ ୨୦ କି.ମି ଦୂରରେ ଅବସ୍ଥିତ ଡାଉକି ଗ୍ରାମ ମଧ୍ୟ ପର୍ଯ୍ୟଟକ ମାନଙ୍କୁ ଆକର୍ଷିତ କରିଥାଏ। ଏହି ଗ୍ରାମଟି ଭାରତ ସୀମାର ଶେଷ ଗ୍ରାମ ବୋଲି କୁହାଯାଏ।

ଏକ କ୍ଷୁଦ୍ର ଗ୍ରାମ ମଧ୍ୟ କିପରି ନିଜର ସଚେତନତା ଦ୍ୱାରା ସମଗ୍ର ଦେଶର ଦୃଷ୍ଟି ଆକର୍ଷଣ କରିପାରେ ଏହା ମାଓଲିଂ ଠାରୁ ଶିଖିବାକୁ ମିଳେ। ପର୍ଯ୍ୟଟନ ଶିଳ୍ପର ବିକାଶ ଏହି ଗ୍ରାମର ଆର୍ଥିକ ବିକାଶ କୁ ମଧ୍ୟ ସୁଦୃଢ଼ କରି ପାରିଛି ଏହା ସେମାନଙ୍କର କଳାକୃତି ଓ କୁଟୀର ଶିଳ୍ପ ପ୍ରତି ଲୋକ ମାନଙ୍କର ଆଦର ବୃଦ୍ଧିରେ ସହାୟକ ହୋଇ ପାରୁଛି। ଏହି ଗ୍ରାମ ପରିଦର୍ଶନ ପରେ ସମଗ୍ର ଗ୍ରାମ ପରିବେଶର ପରିଚ୍ଛନ୍ନତା ଓ ସଚେତନତା ନେଇ ଅନେକ କଥା ଏହିଠାରୁ ଶିକ୍ଷା କରିବାକୁ ପଡିଥାଏ।

ଦେଇଅଛ ତୁମେ
ମେଘାଳୟ ପ୍ରଦେଶକୁ
ମାଓଲିଂ ଗୌରବ ମୁକୁଟ
ତୁମ ବୃକ୍ଷ ସେତୁ
ପାରି ହେବାବେଳେ
ଆଣିଦିଅ
ଉତ୍ସାହ ଅନେକ।।

କାଜୀରଙ୍ଗା କାହାଣୀ

ଆମ ମଧ୍ୟରୁ ଅଧିକାଂଶ ବିଭିନ୍ନ ଚିଡିଆ ଖାନାରେ ଗଣ୍ଡା ଦେଖିବାକୁ ସୁଯୋଗ ପାଇଥାନ୍ତି । ମାତ୍ର ମୁକ୍ତ ଅରଣ୍ୟ ମଧ୍ୟରେ ଏକ ଶିଙ୍ଗ ବିଶିଷ୍ଟ ଗଣ୍ଡା ଅବାଧରେ ବିଚରଣ କରୁଥିବା ଦୃଶ୍ୟ କେବଳ କାଜୀରଙ୍ଗା ଜାତୀୟ ଉଦ୍ୟାନରେ ମିଳିଥାଏ ।

ଉତର ପୂର୍ବାଂଚଳ ର କେତେକାଂଶ ଭ୍ରମଣ କାଳରେ ପୂର୍ବଦିନ ଆସାମର ଗୌହାଟୀରେ ପହଂଚି ରାତ୍ର ରହଣୀ । ନିକଟବର୍ତୀ ପ୍ରସିଦ୍ଧ ଶକ୍ତିପୀଠ କାମାକ୍ଷା ମନ୍ଦିର ପରିଦର୍ଶନ କରି ବିଶ୍ରାମ ନେବାକୁ ହୋଇଥିଲା । ପରଦିନ ସକାଳେ କାଜୀରଙ୍ଗା ବିଶ୍ୱ ଐତିହ୍ୟ କ୍ଷେତ୍ର (world heritage site) କାଜୀରଙ୍ଗା ଯିବାର ଉତ୍ସୁକତା ରାତ୍ରୀର ନିଦଟିକୁ ମନ୍ଥର ଗତିରେ ଆସିବାକୁ ଦେଇଥିଲା । ଖୁବ୍ ସକାଳେ ନିତ୍ୟକର୍ମ ଓ ପ୍ରାତଃ ଭୋଜନ ପରେ କାଜୀରଙ୍ଗା ଆଡକୁ ଭଡା ଗାଡିରେ ଯାତ୍ରା । ଆସାମ ପ୍ରଦେଶର ବିଭିନ୍ନ ଗ୍ରାମ ଓ ସହର ଗୁଡିକ ଅତିକ୍ରମ କରି ଗାଡି ଆଗକୁ ଗଡି ଚାଲିଲା । ସେ ଅଂଚଳର ଗ୍ରାମ୍ୟ ଜୀବନ ସମ୍ପର୍କରେ ଅନେକ କିଛି ଦୃଶ୍ୟ ଦେଖିବାକୁ ପଡିଥିଲା । ଗୌହାଟୀ ଠାରୁ କାଜୀରଙ୍ଗାର ଦୂରତ୍ୱ **(୨୨୪ କି.ମି)** ମଧ୍ୟାହ୍ନ ପୂର୍ବରୁ ସେଠାରେ ପହଂଚି ଜଙ୍ଗଲ ବିଭାଗର ଅତିଥି ଶାଳାରେ ରହିବାର ବ୍ୟବସ୍ଥା ହୋଇଥିଲା । ପ୍ରାକୃତିକ ପରିବେଶ ମଧ୍ୟରେ ଏହି ଅତିଥି ଶାଳାଟି ଖୁବ୍ ପରିଚ୍ଛନ୍ନ ଓ ଆନନ୍ଦଦାୟକ ମନେ ହେଉଥିଲା । ଅତିଥି ଶାଳାର ଦ୍ୱାର ଦେଶରେ ପହଂଚିବା ପୂର୍ବରୁ ଜାତୀୟ ରାଜପଥର ପାର୍ଶ୍ୱରେ ଥିବା ଦଳୁଆ କିଆରୀରେ ଗୋଟିଏ ଦୁଇଟି ଗଣ୍ଡା ଚରୁଥିବାର ଦୃଶ୍ୟ ଆମକୁ ଚକିତ କରିଥିଲା । ଗାଡି ରଖି ସହସା ଫଟୋ ନେବାକୁ ସମସ୍ତେ ଓହ୍ଲାଇ ପଡିଲେ । ଗାଆଁ ଜମିରେ ଗାଈ ଚରୁଥିବା ପରି ସେମାନେ ଯେପରି ନିର୍ଭୟରେ ତୃଣ ଭୋଜନରେ ବ୍ୟସ୍ତ ଥିଲେ । କାଜୀରଙ୍ଗାର ପରିବେଶ ପ୍ରତିସଚେତନତା ଓ ନିରାପତା ବ୍ୟବସ୍ଥା ସମ୍ଭବତଃ ଏମାନଙ୍କ ମଧ୍ୟରେ ସାହାସ ଓ ଆତ୍ମ ବିଶ୍ୱାସ ଆଣି ଦେଉଥିଲା ।

କାଜୀରଙ୍ଗାର ଅର୍ଥ ସ୍ଥାନୀୟ ଆଦିବାସୀଙ୍କ ଭାଷାରେ ବନ୍ୟ ଛାଗଳଙ୍କ ଜଳପାନ କ୍ଷେତ୍ର। ଇଂରେଜ ଅମଳରେ ପ୍ରାୟ ୧୯୦୮ ମସିହାରେ ଏହି କ୍ଷେତ୍ରଟିକୁ ଏକ ସୁରକ୍ଷିତ ଅଂଚଳ ଭାବରେ ଘୋଷଣା କରାଯାଇଥିଲା। ପରେ ଏହା ଅଭୟାରଣ୍ୟ ଓ ଜାତୀୟ ଉଦ୍ୟାନର ମାନ୍ୟତା ହାସଲ କରିଥିଲା। ଏହା ଏକ ବ୍ୟାଘ୍ର ସଂରକ୍ଷଣ ପରିଯୋଜନା ଅନ୍ତର୍ଗତ ବୋଲି ଜାଣିବାକୁ ପାଇଲି। ପ୍ରାୟ ଶତାଧିକ ବର୍ଷ ପୂର୍ବରୁ କାଜୀରଙ୍ଗାର ମହତ୍ୱ ଅନୁଭବ କରି ଲୋକଲୋଚନକୁ ଆଣିବା ପଛରେ, ସେତେବେଳର ଭାଇସରୟ କର୍ଜନଙ୍କ ପତ୍ନୀ ମେରୀକର୍ଜନଙ୍କ ଭୂମିକା ରହିଥିଲା ବୋଲି କୁହାଯାଏ।

ବ୍ରହ୍ମପୁତ୍ର ନଦୀକୁ ବାଦ ଦେଇ ଆସାମ ପ୍ରଦେଶର ଭୌଗୋଳିକ ସ୍ଥିତି ସମ୍ବନ୍ଧରେ କଳ୍ପନା କରିବା କଷ୍ଟକର। ଏଠାରେ କାଜୀରଙ୍ଗାକୁ ବ୍ରହ୍ମପୁତ୍ର ଖୁବ୍ ଆଦର ସହିତ ଉତର ଦିଗରୁ ସୁରକ୍ଷା ଦେଇ ଆସୁଛି। ପୂର୍ବ ପଶ୍ଚିମ କୁ ବ୍ୟାପି ଜାତୀୟ ଉଦ୍ୟାନର ମୁଖ୍ୟ କ୍ଷେତ୍ର। ଦକ୍ଷିଣ ଦିଗରେ ପର୍ବତାବଳୀ ରହିଅଛି। ସମୟ ସମୟରେ ପ୍ରବଳ ବନ୍ୟା ଯୋଗୁଁ କାଜୀରଙ୍ଗାର ବନ୍ୟପ୍ରାଣୀ ବିଭିନ୍ନ ସମସ୍ୟାର ସମ୍ମୁଖୀନ ହୋଇଥାନ୍ତି।

ପରଦିନ ସକାଳେ ହାତୀ ପିଠିରେ ବସି ଜଙ୍ଗଲ ସଫାରୀ। ଆମ ସହିତ ଥିବା ହାତୀର ମହନ୍ତ ଜଣକ ଆମକୁ କାଜୀରଙ୍ଗା ବିଷୟରେ ଅନେକ ତଥ୍ୟ ଓ କାହାଣୀ କହି ଚାଲିଥାନ୍ତି। ଏଠାରେ କିପରି ଗଣ୍ଡା ବ୍ୟତୀତ ହାତୀ, ବଣ ମହିଷ ତଥା ବ୍ୟାଘ୍ର ମାନଙ୍କ ସଂଖ୍ୟା ଅଧିକ। ଉଚ୍ଚ ଘାସ ଆବୃତ ଏହି ଅଂଚଳଟି ବାଘ ମାନଙ୍କୁ ସହଜରେ ଛପି ରହିବାକୁ ଦେଇଥାଏ।

ଏହିପରି କଥୋପକଥନ ସମୟରେ ଏକ ସ୍ଥାନରେ ହାତୀଟି ଅଟକିଗଲା। ମହନ୍ତ ଜଣକ ଆମକୁ ନୀରବ ରହିବାକୁ ଇଶାରା ଦେଲେ। ଏକ ମାଆ ଗଣ୍ଡା ତାହାର ଛୋଟ ଶିଶୁ ସହିତ ବିଚରଣ କରୁଥିବା ଦୃଶ୍ୟ ସେଦିନ ଆମକୁ କାଜୀରଙ୍ଗା ପରିଭ୍ରମଣର ସାର୍ଥକତା ଆଣି ଦେଇଥିଲା। ଏହା ପରେ ବିଭିନ୍ନ ପ୍ରକାର ହରିଣ, ବଣ ମହିଷ ମଧ୍ୟ ସେଦିନ ଦେଖିବାକୁ ମିଳିଥିଲା।

ଭାରତର ଅନ୍ୟତମ ବଡ ନଦୀ ବ୍ରହ୍ମପୁତ୍ରର ତୀରରେ ଥିବା ଏପରି ଏକ ବିବିଧତା ପୂର୍ଣ୍ଣ ଜୈବ ମଣ୍ଡଳ ବିଭିନ୍ନ ପ୍ରକାରର କ୍ଷୁଦ୍ର ବୃହତ ବନ୍ୟପ୍ରାଣୀ ଓ ନାନା ପ୍ରକାର ପକ୍ଷୀ ଓ ବୃକ୍ଷ ସମ୍ପଦ କୁ ନେଇ କାଜୀରଙ୍ଗା ତାର ଐତିହ୍ୟ କୁ ବଜାୟ ରଖିଛି। ବନ୍ୟପ୍ରାଣୀ ପ୍ରେମୀ ମାନଙ୍କର ସ୍ୱର୍ଗ ଏହି କାଜୀରଙ୍ଗା ଗଣ୍ଡା ପାଇଁ ପ୍ରସିଦ୍ଧ ହେଲେ ମଧ୍ୟ ହରିଣ, ବନ୍ୟ ମହିଷ ଆଦି ଜାତୀୟ ଉଦ୍ୟାନର ମୁଖ୍ୟ ସ୍ଥଳୀ କୋହରା ନିକଟରେ ବିଚରଣ କରୁଥିବାର ଅନୁଭୂତି ସହଜରେ ଭୁଲି ହୁଏ ନାହିଁ। ଆଜିକାଲି ମଣିଷ ଓ

ବନ୍ୟଯନ୍ତୁ ମାନଙ୍କ ମଧ୍ୟରେ ଗଢି ଉଠୁଥିବା ଦ୍ୱନ୍ଦ ଓ ସଂଘର୍ଷର ଊର୍ଦ୍ଧ୍ୱକୁ ଯାଇ ଏହି ଜାତୀୟ ଉଦ୍ୟାନ ବିଶେଷ ଭାବରେ ଆସାମ ପ୍ରଦେଶ ତଥା ସମଗ୍ର ଭାରତର ଗର୍ବ ଓ ଗୌରବ ରକ୍ଷା କରୁଛି ।

ବ୍ରହ୍ମପୁତ୍ର ବନ୍ୟପ୍ରାଣୀ
କାଜୀରଙ୍ଗା ମାୟା
ରଖିଯାଏ ଛାପ କେତେ
ବୃକ୍ଷଲତା ଛାୟା ॥

ପଶ୍ଚିମ ଭାରତ

ଆରବ ସାଗରରେ ଦ୍ୱୀପଟିଏ

ଆରବ ଦେଶର କାହାଣୀ ପରି ଆରବ ସାଗରର ଦ୍ୱୀପଟିଏ କଥା ମନେ ପଡୁଛି। ସମସ୍ତଙ୍କ ମନ ଜିଣିଲା ଭଳି କ୍ଷୁଦ୍ର ଡିଉ ଦ୍ୱୀପ। ଡିଉ ଗୁଜରାଟ ପ୍ରଦେଶର ନିକଟବର୍ତ୍ତୀ ଆରବ ସାଗରର ଉପକୂଳରେ ଅବସ୍ଥିତ ଏହି ସୁଷମା ମଣ୍ଡିତ କ୍ଷୁଦ୍ର ଦ୍ୱୀପ ପ୍ରଥମ ପରିଦର୍ଶନରେ ଖୁବ୍ ଭଲ ଲାଗିଥିଲା । ପ୍ରଥମେ ପ୍ରଥମେ ପଣ୍ଡିଚେରୀ ପରି ଲାଗିଲା, ମାତ୍ର ଏହା ଫରାସୀ ନୁହେଁ, ପର୍ତ୍ତୁଗୀଜ ମାନଙ୍କର ଶାସନର ଛାପ ସହିତ ରହିଛି। କ୍ଷୁଦ୍ର କିନ୍ତୁ ମନୋରମ ଶାନ୍ତ ସ୍ନିଗ୍ଧ ଆରବ ସାଗର ଏହାର ଶୋଭାକୁ ବହୁଗୁଣିତ କରୁଛି। ଏହା ଭାରତର ପଶ୍ଚିମ ଉପକୂଳରେ ଥିବା ଗୁଜରାଟ ପ୍ରଦେଶର କାଠିଆବାଡ ଅଂଚଳର ସମୀପ ବର୍ତ୍ତୀ। ଏକ ଅଣଓସାରିଆ ଜଳଭାଗ ଏହାକୁ ମୁଖ୍ୟ ସ୍ଥଳ ଭାଗରୁ ବିଭକ୍ତ କରୁଅଛି।

ଷୋଡଶ ଶତାବ୍ଦୀର ଡିଉ ଦୁର୍ଗ ସହିତ ବତୀଘର ଏହି ଦ୍ୱୀପଟିର ମୁଖ୍ୟ ଆକର୍ଷଣ। ଏଠାରୁ ଜଳ ଭାଗ ମଧ୍ୟସ୍ଥ ପାଣିକୋଠା-ଦୁର୍ଗ ଦୃଶ୍ୟମାନ ହୁଏ। ଛୋଟ ନୌକା କିମ୍ବା ଯନ୍ତ୍ରଚାଳିତ ଜଳଯାନରେ ଏଠାରେ ପହଂଚି ହୁଏ। ଡିଉର ପୁରାତନ ସହର ଇତିହାସର ମୂକ ସାକ୍ଷୀ ହୋଇ ଦଣ୍ଡାୟମାନ। ଏଠାକାର ନଗର ସେଠ ହାବେଲୀ ଖୁବ୍ ପ୍ରସିଦ୍ଧ। ଏତଦ୍ ବ୍ୟତୀତ **ସେଂଟ ଫ୍ରାନ୍ସିସ୍ ଗୀର୍ଜା** (Saint Fransis Of Assisi) ଗୀର୍ଜା, ସେଂଟ ଥମାସ୍ ଗୀର୍ଜା ମଧ୍ୟ ପର୍ଯ୍ୟଟକ ମାନଙ୍କ ପାଇଁ ଆକର୍ଷଣୀୟ। ଏଠାରେ ଅବସ୍ଥିତ ସେଂଟ ଫଲ୍ ଗୀର୍ଜା ଭାରତର ସୁନିର୍ମିତ ଗୀର୍ଜା ମାନଙ୍କ ମଧ୍ୟରୁ ଅନ୍ୟତମ।

ଡିଉ ସ୍ଥିତ ସଂଗ୍ରହାଳୟ ପର୍ଯ୍ୟଟକ ମାନଙ୍କୁ ପର୍ତ୍ତୁଗୀଜ ଅମଳର ସ୍ମାରକୀ ନେଇ ଗୌରବ ମଂଡିତ (୧୬୧୦)। ଡିଉ ଦ୍ୱୀପର ପ୍ରାୟ ୨୧ କି.ମି. ଦୀର୍ଘ ଉପକୂଳ ଖୁବ୍ ମନୋରମ। ଏତଦ୍ ବ୍ୟତୀତ ନାଗୋଆ, ଘୋଗଲା, ଜଳନ୍ଧର, ଚକ୍ରତୀର୍ଥ, ଓ ଗୋମତୀ ମାତା ଉପକୂଳ ପର୍ଯ୍ୟଟକ ମାନଙ୍କର ଆକର୍ଷଣର କେନ୍ଦ୍ରବିନ୍ଦୁ। ଘୋଗଲା ଓ ନାଗୋଆ ସନ୍ତରଣ ତଥା ଜଳକ୍ରୀଡା ପାଇଁ ଅନୁକୂଳ। ଡିଉ ଭ୍ରମଣ ପାଇଁ ନଭେମ୍ବର ଠାରୁ ଫେବୃଆରୀ ପର୍ଯ୍ୟନ୍ତ ଉତ୍କୃଷ୍ଟ ସମୟ। ଗୁଜରାଟ ପ୍ରଦେଶ ଭ୍ରମଣ ସହିତ ଡିଉକୁ ମଧ୍ୟ ଅନ୍ତର୍ଭୁକ୍ତ

କରାଯାଇପାରେ। ଅହମଦାବାଦ୍ ତଥା ଗୁଜରାଟର ଅନ୍ୟାନ୍ୟ ମୁଖ୍ୟ ସହର ମାନଙ୍କଠାରୁ ଏଠାକୁ ରାତ୍ରକାଳୀନ ବସ୍ ଯାତ୍ରା ସୁବିଧା ରହିଅଛି। କିନ୍ତୁ ଥରେ ଡିଉରେ ପହଂଚିଲେ ଜଣେ ସାଇକେଲଟିଏ ଧରି ମଧ୍ୟ ଦ୍ୱୀପଟିକୁ ସହଜରେ ପରିକ୍ରମା କରିପାରେ।

ଇତିହାସର ପୃଷ୍ଠା ଓଲଟାଇଲେ ଜଣାଯାଏ ଯେ ଗୋଆ ଡାମନ ଓ ଡିଉ, ଦାଦ୍ରା ଓ ନଗର ହାବେଲୀ ପ୍ରଭୃତି ଅଂଚଳ ଗୁଡିକ ପର୍ତ୍ତୁଗୀଜ ମାନଙ୍କ ଦ୍ୱାରା ଶାସିତ ହେଉଥିଲା। ୧୯୬୧ ମସିହାରେ ଏହାକୁ ଭାରତର ସରକାରଙ୍କର ଶାସନାଧୀନ କରାଯାଇ ଏକ କେନ୍ଦ୍ରଶାସିତ ଅଂଚଳ ଭାବରେ ଗଠନ କରାଯାଇଥିଲା। ମାତ୍ର ୧୯୮୭ ମସିହାରେ ଗୋଆ ଏକ ସ୍ୱତନ୍ତ୍ର ପ୍ରଦେଶ ଭାବରେ ଗଠିତ ହେବାରୁ ଡାମନ ଓ ଡିଉ କେନ୍ଦ୍ର ଶାସିତ ଅଂଚଳ ଭାବରେ ପୁନର୍ଗଠିତ ହେଲା। ଦାଦ୍ରା ଓ ନଗର ହାବେଲୀ ୧୯୫୪ ମସିହାରେ ଏଥି ସହିତ ସଂଯୁକ୍ତ ହେଲା। ଦାମନ ଦ୍ୱୀପ ଅନ୍ତର୍ଗତ ସିଲଭାସା ଏହାର ରାଜଧାନୀ। ୧୯୬୦ ମସିହାରେ ଗୁଜରାଟ ପ୍ରଦେଶ ମଦ୍ୟପାନ ନିଷିଧ ରାଜ୍ୟ ଭାବରେ ଘୋଷଣା ହେବା ପରେ ଗୁଜରାଟ ପ୍ରଦେଶର ମଦିରା ପାନାର୍ଥୀ ମାନେ ଦାମନ ଡିଉ ଓ ସିଲଭାସା ପରିଭ୍ରମଣରେ ଆସିବାକୁ ଲାଗିଲେ।

ନୀରବତା ଓ ନିର୍ଜନତାକୁ ଭଲ ପାଉଥିବା ବ୍ୟକ୍ତି ମାନଙ୍କ ପାଇଁ ଡିଉ ଏକ ସ୍ୱାଗତ ଯୋଗ୍ୟ ସ୍ଥାନ। ଲେଖା ପଢା ଓ ଆରବ ସାଗର ସହିତ ଦୃଷ୍ଟି ନିମଗ୍ନ କରି ଜୀବନ ଓ ଜଗତ ସମ୍ପର୍କରେ ଅନେକ କିଛି କଳ୍ପନା ଓ ଅନୁଭୂତି ସଂଗ୍ରହ ନିମିତ ଏହା ଏକ ଅବସର ବିନୋଦନ କ୍ଷେତ୍ର। ଡିଉ ଦୁର୍ଗ ନିକଟରେ ସେଦିନ ଭ୍ରମଣ ସମୟରେ ଗାଇଡ ସହିତ ଡିଉର ଇତିହାସ ଓ ଭୂଗୋଳ ନେଇ ହୋଇଥିବା ମନ ଖୋଲା କଥାବାର୍ତ୍ତା ଏପର୍ଯ୍ୟନ୍ତ ମନେ ପଡୁଛି। ଏହାର ମୁଖ୍ୟ ରାସ୍ତା କଡରେ ଶାଖା ପ୍ରଶାଖା ସହିତ ତାଳ ଗଛ ଗୁଡିକୁ ପ୍ରଥମେ ଏଠାରେ ଦେଖି ଆଶ୍ଚର୍ଯ୍ୟାନ୍ୱିତ ହୋଇଯାଇଥିଲି। ଏଥି ସହିତ ସପରିବାର ଆନନ୍ଦ ମନରେ ଏକ ଖୋଲା ଯାଗାରେ ମଦ୍ୟପାନ କରୁଥିବା ମଧ୍ୟ ବୟସ୍କ ଏକ ଗୁଜରାଟୀ ପରିବାରକୁ ଦେଖି ସୁରାପାନକାରୀ ମାନଙ୍କ ପ୍ରତି ରହିଥିବା ନକରାତ୍ମକ ଧାରଣା ଦୂର ହୋଇ ଯାଇଥିଲା। ଧୀର ଶାନ୍ତ ଭାବରେ କିପରି ସପରିବାର ଏକ ପ୍ରାକୃତିକ ପରିବେଶ ମଧ୍ୟରେ ଶୃଂଖଳିତ ଭାବରେ ମଦ୍ୟପାନର ଆନନ୍ଦ ନେଇ ପାରନ୍ତି ଏହା ସେଠାରେ ଦେଖିବାକୁ ପାଇଲି।

ଡିଉ ତୁମେ ଅନୁପମ ଦ୍ୱୀପ
ଆରବ ସାଗରେ
ରଖିଅଛ ସୁଷମା ପସରା
ତୁମରି ଗର୍ଭରେ ।।

ମାଉଂଟ ଆବୁ ଓ ଗୁରୁ ଶିଖର

ଉଦୟପୁର ଭ୍ରମଣ ପରେ ମାଉଂଟ ଆବୁ ଆଡକୁ ଯିବା ପାଇଁ ଅନ୍ତରର ଆଗ୍ରହ ସବୁ ବାଧ୍ୟ କରି ବସିଲେ। ରାଜସ୍ଥାନ ପରି ଶୁଷ୍କ ପ୍ରଦେଶରେ ଏକ ମନୋରମ ଶୈଳ ନିବାସର ସୁଷମା ଯେ ଭରି ରହିଛି ଏକଥା ଜାଣିବା ପରେ ଅଙ୍ଗେ ନିଭାଇବାକୁ ପ୍ରସ୍ତୁତ ହୋଇ ପଡିଲି। ଉଦୟପୁର ଠାରୁ ଦୂରତ୍ୱ ପ୍ରାୟ ୧୭୩ କି.ମି. ରାଜସ୍ଥାନ ଗୁଜରାଟ ସୀମାବର୍ତ୍ତୀ ଅଂଚଳରେ ମାଉଂଟଆବୁ ଅବସ୍ଥିତ। ପ୍ରଥମେ ରହିବାକୁ ଥିବା ହୋଟେଲରେ ପହଂଚି ଅଭ୍ୟର୍ଥନା କକ୍ଷ ନିକଟରେ ମୁମ୍ବାଇ ର ଜଣେ ପ୍ରସିଦ୍ଧ ପଛଦପଟ୍ଟ ଗାୟକଙ୍କୁ ଦେଖିବାକୁ ପାଇଲି। ମାଉଂଟଆବୁ ପ୍ରତି ସେମାନଙ୍କର ଆଗ୍ରହ ଦେଖି ଆଶ୍ଚର୍ଯ୍ୟ ହେଲି। କୋଠରୀରେ ନିଜର ସାମଗ୍ରୀ ରଖିବା ପରେ ସଙ୍ଗେ ସଙ୍ଗେ ବୁଲିବାକୁ ବାହାରି ପଡିଲି। ସେଦିନ ଏତେଟା ଭିଡ ନଥିଲା। ପ୍ରଥମେ ନାକି ହ୍ରଦରେ ନୌବିହାର କରିବାକୁ ମନ ବଳିଲା। ମାଉଂଟଆବୁର ଏହା ମୁଖ୍ୟ ଆକର୍ଷଣ। ନୌବିହାର ଆନନ୍ଦ ସହିତ ପାର୍ଶ୍ୱବର୍ତ୍ତୀ ଦୃଶ୍ୟାବଳୀ ସମସ୍ତଙ୍କୁ ଭଲ ଲାଗିଥାଏ। ପ୍ରାୟ ଏକ ଘଂଟା ନୌବିହାରରେ ଅତିବାହିତ କରିବାକୁ ହୋଇଥିଲା। ଏହାପରେ ଗୁରୁ ଶିଖର ଆଡକୁ ଯାତ୍ରା। ଏହି ଶିଖରଟି ଆରାବଳୀ ପର୍ବତ ମାଳାର ଉଚ୍ଚତମ ସ୍ଥଳୀ ବୋଲି କୁହାଯାଏ। ଗୁରୁ ଶିଷ୍ୟ ପରମ୍ପରାର ସୂତ୍ରଧର ଦତା ତ୍ରେୟଙ୍କ ମନ୍ଦିର ଏଠାରେ ରହିଅଛି। ସେହି ଅନୁସାରେ ଏହି ସ୍ଥଳୀର ନାମକରଣ କରାଯାଇଛି। ଉପରକୁ ଉଠିବାକୁ ପ୍ରାୟ ୧୫ ମିନିଟ ସମୟ ଲାଗେ।

ଧାର୍ମିକ ମନୋଭାବ, ଆଧ୍ୟାତ୍ମିକତା ତଥା ପ୍ରକୃତି ପ୍ରେମୀ ମାନଙ୍କୁ ମାଉଂଟଆବୁ ସାଦରେ ଆମନ୍ତ୍ରଣ କରିଥାଏ। ଗୁରୁ ଶିଖରରେ କିଛି ସମୟ କଟାଇ ନିକଟସ୍ଥ ହନିମୁନ ପଏଂଟ ଏବଂ ସର୍ବଶେଷରେ ସନସେଟ୍ ପଏଂଟ ଆଡକୁ ସେଦିନ ଯିବାକୁ ହୋଇଥିଲା। ଏପରି ଏକ ସୁଷମା ମଣ୍ଡିତ ସ୍ଥଳୀରେ ସୂର୍ଯ୍ୟାସ୍ତ ଦେଖିବାର ସୌଭାଗ୍ୟ ସହଜରେ ମିଳେ ନାହିଁ। ସୂର୍ଯ୍ୟଙ୍କୁ ପ୍ରଣତି ଜଣାଇ ବିଦାୟ ଦେବାକୁ ପଡିଥିଲା। ଶ୍ରଦ୍ଧା ଓ କୃତଜ୍ଞତା ସହ ତାଙ୍କର କିରଣଛଟା ଯେପରି ଜୀବନକୁ ଆଲୋକିତ କରି ରଖିଥାଉ ଏହାହିଁ

ଅନ୍ତରର ପ୍ରାର୍ଥନା ଥିଲା। ସୂର୍ଯଙ୍କର ସମଗ୍ର ସୃଷ୍ଟି ପ୍ରତି ଅକୁଣ୍ଠ ଅବଦାନ ସମସ୍ତଙ୍କୁ ଜଣା। ନିକଟବର୍ତୀ ହନିମୁନ ପଏଂଟକୁ ତରୁଣ ପର୍ଯ୍ୟଟକ ମାନେ ପସନ୍ଦ କରିଥାନ୍ତି। ଏହାପରେ ପ୍ରଜାପିତା ବ୍ରହ୍ମକୁମାରୀ ସଂସ୍ଥାର ମୁଖ୍ୟ କାର୍ଯ୍ୟାଳୟ ଓ ଆଶ୍ରମ ପରିଦର୍ଶନ କରିବାକୁ ହୋଇଥିଲା। ସେଠାକାର ବିଭିନ୍ନ ବ୍ୟବସ୍ଥା ଅନ୍ତେବାସୀ ମାନଙ୍କର ଶ୍ରଦ୍ଧା ଓ ଶୃଂଖଳା ଅନେକ କଥା ଜାଣିବାକୁ ପାଇଥିଲି। ଏକ ସଙ୍ଗରେ ବହୁ ସଂଖ୍ୟକ ପର୍ଯ୍ୟଟକ ମାନଙ୍କ ପାଇଁ ଏଠାରେ ଭୋଜନ ବ୍ୟବସ୍ଥା ରହିଛି। ତାହା ମଧ୍ୟ ସ୍ୱଚକ୍ଷୁରେ ଦେଖିବାକୁ ପାଇଲି। ଅନୁଷ୍ଠାନର ପାକଶାଳାର ପରିଚ୍ଛନ୍ନତା ଏବଂ ସମ୍ମିଳନୀ କକ୍ଷର ବିଶାଳତାରେ ମୁଗ୍ଧ ହେବାକୁ ପଡିଥିଲା। ଦେଶ ବିଦେଶରୁ ଅନେକ ଶ୍ରଦ୍ଧାଳୁ ଏହି ଆଶ୍ରମ ପରିଦର୍ଶନ କରିଥାନ୍ତି।

ମାଉଂଟ ଆବୁର ସାଂଧ୍ୟ ପରିବେଶରେ କିଛି ସମୟ କଟାଇ ପୁଣି ହୋଟେଲକୁ ପ୍ରତ୍ୟାବର୍ତନ। ପ୍ରସିଦ୍ଧ ଦିଲଓାଡା ମନ୍ଦିର ପରିଦର୍ଶନ ପରଦିନ କାର୍ଯ୍ୟକ୍ରମ ରହିଥିଲା।

ଗୁଜୁରାଟର ସୋଲାଙ୍କି ଶାସକ ମାନଙ୍କ ଦ୍ୱାରା ନିର୍ମିତ ଏହି ଦିଲଓାଡା ଜୈନ ମନ୍ଦିର ମାର୍ବଲ ବା ଶଂଖ ମର୍ମର କାରୁକାର୍ଯ୍ୟର ଏକ ଶ୍ରେଷ୍ଠ କୃତି। ଏହାର ନିର୍ମାଣ ଶୈଳୀ ଓ ଶାନ୍ତ ପରିବେଶ ସମସ୍ତଙ୍କୁ ମୋହିତ କରିଥାଏ। ମୁଖ୍ୟ ମନ୍ଦିର ବିମଳବାସାହୀ ରେ ଦୁଇଟି ସ୍ତମ୍ଭ ଓ ୧୨୫ଟି କାରୁକାର୍ଯ୍ୟ ମଣ୍ଡିତ ଗମ୍ବୁଜ ରହିଛି। ଏହି ପରିସର ମଧ୍ୟରେ ଥିବା ଅନ୍ୟ ତିନୋଟି ମନ୍ଦିର ପରବର୍ତୀ ସମୟରେ ରାଜପୁତ ଶାସନ ଆସି ଯାଇ ଥିବାରୁ, ଅର୍ଦ୍ଧ ନିର୍ମିତ ଅବସ୍ଥାରେ ରହି ଯାଇଅଛି। ତଥାପି ଦିଲଓାଡା ମନ୍ଦିରର ନିର୍ମାଣ ଶୈଳୀ ଦେଶ ବିଦେଶର ପର୍ଯ୍ୟଟକ ମାନଙ୍କୁ ଚମତ୍କୃତ କରିଥାଏ।

ଏହି ପରି ଭାବରେ ମାଉଂଟଆବୁର ରହଣୀ ସଂକ୍ଷିପ୍ତ ରହିଥିଲେ ମଧ୍ୟ ସ୍ମରଣୀୟ ଥିଲା।

ଚକ୍ଷୁ ପାଇଁ ମନ ପାଇଁ
ହୃଦୟର ଲାଗି
ତୁମେ ସଦା ସ୍ମୃତି ପଟେ
ରହିଥିବ ଜାଗି ॥

ସମୟର ସ୍ୱଳ୍ପତା କାରଣରୁ ନିକଟସ୍ଥ ଅଭୟାରଣ୍ୟ ଭ୍ରମଣରେ ପୁନର୍ବାର ଆସିବାକୁ ହେବ ବୋଲି ମନକୁ ବୁଝାଇଲି।

ଉଦୟପୁର ଅନୁଭୂତି

ରାଜକୀୟ ଇତିହାସ ଓ ଐତିହ୍ୟ, ବିଳାସିତା, ରୋମାଂଚ ଓ ପ୍ରାକୃତିକ ସୁଷମା, ସବୁକିଛିର ସମାହାର ଯେପରି ଭାରତର ପ୍ରସିଦ୍ଧ ହ୍ରଦ ନଗରୀ ଉଦୟପୁର ରେ ରହିଅଛି । ମହାରଣା ଉଦୟ ସିଂଙ୍କର କଳ୍ପନାର କୃତିତ୍ୱ ଯେପରି ସାକାର ହୋଇଛି ଏହି ସହରର ସ୍ଥାପନରେ । ଉଦୟପୁର ସ୍ୱଚ୍ଛ ଓ ସ୍ୱପ୍ନିଳ ଲାଗେ । ଏଠାରେ ପାଦ ଦେଲେ ପିଛଳା ହ୍ରଦର ଚୁମ୍ବକୀୟ ଆକର୍ଷଣ ସମସ୍ତଙ୍କୁ ଅନୁଭୂତ ହୁଏ । ଏହି ହ୍ରଦର ଶୋଭାର ଆନନ୍ଦ ନେବାକୁ ସୂର୍ଯ୍ୟାସ୍ତ ପୂର୍ବରୁ ଏହାର ପାର୍ଶ୍ୱରେ ପରିକ୍ରମା କଲେ ପରିଭ୍ରମଣ ସାକାର ହେଲା ପରି ଲାଗେ । ପୁନଶ୍ଚ ରାଜ ପ୍ରସାଦ ଓ ଏହାର ସଂଗ୍ରହାଳୟ ଯେପରି ଅନେକ କଥା କହିଥାଏ, ଗାମ୍ଭୀର୍ଯ୍ୟପୂର୍ଣ୍ଣ ରାଜକୀୟ ଭାଷାରେ । ହ୍ରଦ ନିକଟସ୍ଥ ଉଦ୍ୟାନର ଅନତି ଦୂରରେ ଅବସ୍ଥିତ ମହାରଣା ପ୍ରତାପଙ୍କ ସ୍ମୃତି ପୀଠରେ ଥରେ ପହଂଚି ଗଲେ ସମଗ୍ର ଅଂଚଳର ଇତିହାସ ଯେପରି ପ୍ରଗଳ୍ଭ ହୋଇଉଠେ । ଚେତକ ଅଶ୍ୱ ପୁନର୍ଜୀବନ ଲାଭ କରି ତାର ପ୍ରଭୁ ଭକ୍ତି ନିଷ୍ଠା ଓ ସାହସିକତାର କାହାଣୀ କହିବାକୁ ଆଗେଇ ଆସେ । ସତରେ ଉଦୟପୁର ତୁମେ କଣ ଏକ ସ୍ୱପ୍ନର ନଗରୀ ! ତୁମର ଏ ହ୍ରଦର ଶାନ୍ତ ଜଳରାଶି ମଧ୍ୟରେ ବୀରତ୍ୱ ଓ କୃତିତ୍ୱର ପୃଷ୍ଠା ଗୁଡିକ ସୁସଜ୍ଜିତ ଭାସମାନ କାଗଜ ଡଙ୍ଗା ପରି ଜଳାଶୟରେ ଭାସି ବୁଲନ୍ତି । ଧନ୍ୟ ଉଦୟ ସିଂ ଧନ୍ୟ ତୁମର ପ୍ରେରଣା ଓ କୃତିତ୍ୱ !

ଆରାବଳୀ ପର୍ବତମାଳାର ସବୁଜିମା ମଧ୍ୟରେ ଉଦୟପୁର ଯେପରି ଏକ ଅମୂଲ୍ୟ ଐଶ୍ବର୍ଯ୍ୟ । ମହାରଣା ଉଦୟ ସିଂ ୧୫୬୮ ଖ୍ରୀଷ୍ଟାବ୍ଦରେ ମୋଗଲ ସମ୍ରାଟ ଆକବରଙ୍କ ଦ୍ୱାରା ଗାଦିଚ୍ୟୁତ ହୋଇ ଚିତରଗଡରୁ ଆସି ଉଦୟପୁରର ପ୍ରତିଷ୍ଠା କରିଥିଲେ । କିମ୍ବଦନ୍ତୀ ଅନୁସାରେ ପିଚୋଳା ହ୍ରଦ ନିକଟରେ ଧ୍ୟାନରତ ଜନୈକ ତପସୀଙ୍କର ପରାମର୍ଶ କ୍ରମେ ତାଙ୍କର ରାଜଧାନୀ ଏଠାରେ ସ୍ଥାପନ କରିଥିଲେ । ଉଦୟ ସିଂ ପ୍ରଖ୍ୟାତ ରାଜପୂତ ବୀର ପୁରୁଷ ମହାରାଣା ପ୍ରତାପଙ୍କର ଉତରାଧିକାରୀ ଥିଲେ । ଉଦୟପୁର ରାଜପ୍ରାସାଦ,

ହ୍ରଦ ସମ୍ମୁହ ଏବଂ ଅନ୍ୟାନ୍ୟ ହାବେଲୀ ଗୁଡିକ ଯେପରି ଇତିହାସକୁ ଏପର୍ଯ୍ୟନ୍ତ ନିଜ ମଧ୍ୟରେ ବହନ କରି ଚାଲିଛନ୍ତି।

ଉଦୟପୁରର ରାଜ ପ୍ରାସାଦ, ଜଗମନ୍ଦିର, ସହେଲୀ ଉଦ୍ୟାନ, ଜଗଦିଶ ମନ୍ଦିର ଏବଂ ଫତେସାଗର ହ୍ରଦ ଭ୍ରମଣରେ ସମୟ କିପରି କଟିଯାଏ ଜଣା ପଡେ ନାହିଁ। ଏହା ବ୍ୟତୀତ ଭାରତୀୟ ଲୋକ କଳା ମନ୍ଦିର ସଂଗ୍ରହାଳୟ,ଗୁଲାବ୍ ବାଗର ଉଦ୍ୟାନ ପର୍ଯ୍ୟଟକ ମାନଙ୍କୁ ଅନେକ ଆନନ୍ଦ ପ୍ରଦାନ କରିଥାଏ। ଏଠାକାର ସାଂସ୍କୃତିକ ବୈଭବ ମଧ୍ୟରେ ବିଭିନ୍ନ ପ୍ରକାର ଖେଳନା ବନ୍ଦିନୀ ଶାଡୀ, କାରୁକାର୍ଯ୍ୟ ପୂର୍ଣ୍ଣ ଦର୍ପଣ ତଥା ମୃତିକା ନିର୍ମିତ ସ୍ମାରକୀ ସବୁ,ପର୍ଯ୍ୟଟକ ମାନେ କ୍ରୟ କରି ସାଥୀରେ ନେଇ ଆସିବାକୁ ପସନ୍ଦ କରିଥାନ୍ତି। ହାତରେ ଅଧିକ ସମୟ ଥିଲେ ନିକଟସ୍ଥ କୁମ୍ଭଲଗଡ ଦୁର୍ଗ, ରନକପୁର ଜୈନ ମନ୍ଦିର ତଥା ନିକଟସ୍ଥ ଅଭୟାରଣ୍ୟ ପରିଦର୍ଶନ ସୁବିଧା ଜନକ।

ସ୍ମୃତିର ଆଇନାରେ
ସୁଷମାର ମଣିଟିଏ ପରି
ଲାଗ ତୁମେ କାହା ପାଇଁ
ପ୍ରମୋଦ ଉଦ୍ୟାନ
କିମ୍ବା ଏକ ସୁନ୍ଦରୀ ଅପସରୀ ।।

କୁମ୍ଭଲଗଡର ରହସ୍ୟ

ଉଦୟପୁରରୁ ପରିଭ୍ରମଣ ସମୟରେ କୁମ୍ଭଲଗଡ ବିଷୟରେ ଜାଣିବାକୁ ପାଇଲି । ଏପରି ଏକ ଆଗ୍ରହ ଉଦ୍ଦୀପକ ସ୍ଥାନର ପରିଦର୍ଶନ ନିମନ୍ତେ ଭାବି ବସିଲି । ଏହା ଉଦୟପୁର ଠାରୁ ୪୫ କି.ମି. ଦୂର । ସକାଳେ ଉଦୟପୁରରୁ ବାହାରି କୁମ୍ଭଲଗଡରେ ପହଂଚି ଗଲି । ରାଜକୀୟ ଠାଣିରେ ଦଣ୍ଡାୟମାନ କୁମ୍ଭଲଗଡ ଦୁର୍ଗର ଉଚ୍ଚ ପ୍ରାଚୀର ଦେଖି ଅଭିଭୂତ ହେବାକୁ ପଡେ । କୁହାଯାଏ ଚିତୋରଗଡ ପରେ ଏହା ରାଜସ୍ଥାନର ଦ୍ୱିତୀୟ ଗୁରୁତ୍ୱପୂର୍ଣ୍ଣ ବିଶାଳ ଦୁର୍ଗ । ଏହା ପ୍ରାୟ ୧୨ ବର୍ଗ କି.ମି. ବ୍ୟାପି ରହିଅଛି । ଏହି ଦୁର୍ଗ ମଧ୍ୟରେ ଅନେକ ପ୍ରାସାଦ ଓ ମନ୍ଦିର ପର୍ଯ୍ୟଟକ ମାନଙ୍କୁ ଆକର୍ଷିତ କରିଥାଏ । ଦୁର୍ଗ ମଧ୍ୟରେ ଅବସ୍ଥିତ ବାଦଲ ମହଲ ସର୍ବୋଚ୍ଚ ସ୍ଥଳୀ ମଧ୍ୟରେ ଅବସ୍ଥିତ । ବାଦଲ ମହଲରୁ ଚତୁଃପାର୍ଶ୍ୱର ସୁଷମା ମଣ୍ଡିତ ଦୃଶ୍ୟ ଦୃଷ୍ଟିଗୋଚର ହୋଇଥାଏ । ଏହି ଦୁର୍ଗଟି ପଂଚଦଶ ଖ୍ରୀଷ୍ଟାବ୍ଦରେ ମହାରାଣା କୁମ୍ଭଙ୍କ ଦ୍ୱାରା ଆରାବଳୀ ପର୍ବତ ଶ୍ରେଣୀ ମଧ୍ୟରେ ନିର୍ମିତ ହୋଇଥିଲା । ଏଠାରେ ପହଂଚିଲେ ଜଣାଯାଏ ଇତିହାସ ଯେପରି ହାତ ପାପୁଲିକୁ ଓହ୍ଲାଇ ଆସୁଛି । କୁମ୍ଭଲଗଡର ବିଗତ ବୈଭବ ଓ ବର୍ତମାନର ଅବସ୍ଥିତି ସମସ୍ତଙ୍କୁ ଚମତ୍କୃତ କରିଥାଏ ।

ଧୀରେ ଧୀରେ ଉପରକୁ ଉଠିବାକୁ ଲାଗିଲି । ଏହା ମଧ୍ୟରେ ଅବସ୍ଥିତ ବିଭିନ୍ନ ଅଂଶ ବିଶେଷ ତଥା ପରିଦର୍ଶନ ସ୍ଥଳୀରୁ ଏହାର ଭବ୍ୟ ନିର୍ମାଣ ଶୈଳୀ ସମ୍ପର୍କରେ ଅନେକ ଜିଜ୍ଞାସା ସ୍ୱତଃ ମନକୁ ଆସିଥାଏ । କୁମ୍ଭଲଗଡରେ ବିତାଇଥିବା ଅପରାହ୍ନ ଏକ ଅବିସ୍ମରଣୀୟ ଅନୁଭୂତି । ସୂର୍ଯ୍ୟ ଯେପରି କେବଳ କୁମ୍ଭଲଗଡ ପାଇଁ ଆକାଶରେ ପ୍ରହରୀ ହୋଇ ରହିଛନ୍ତି । ଦୁର୍ଗ ଉପରୁ ଚତୁଃପାର୍ଶ୍ୱର ଦୃଶ୍ୟ ସବୁ ଐତିହାସିକ ଓ ପ୍ରତ୍ନତାତ୍ତ୍ୱିକ ଯାଦୁକରୀ ମାୟା ସୃଷ୍ଟି କରୁଥାଏ । ନିରୋଳାରେ ଏକ ସ୍ଥାନରେ କିଛି ସମୟ ବିତାଇବା ପାଇଁ ଯେପରି ଏହି ଦୁର୍ଗ ଦୟା ପରବଶ ହୋଇ ଆଜି ଟିକିଏ ସୁଯୋଗ ଦେଇଛି । ରାଜା ମହାରାଜା ମାନଙ୍କର ଇଚ୍ଛା ଅହଙ୍କାର ଓ ସଙ୍କଳ୍ପ କିପରି ଏକ କାଳଜୟୀ ସ୍ମାରକୀ

ନିର୍ମାଣ କରିବାରେ ସମର୍ଥ ହୋଇପାରେ ଏ କଥାର ପ୍ରମାଣ କୁମ୍ଭଲଗଡ ଶିଖାଇଥାଏ।

ଏହା ପରେ ନିକଟସ୍ଥ ଅଭୟାରଣ୍ୟ ଭ୍ରମଣ ପାଇଁ ଆଗ୍ରହାନ୍ୱିତ ହେଲି। ପ୍ରାକୃତିକ ପରିବେଶରେ ବନ୍ୟଯନ୍ତୁ ମାନଙ୍କୁ ନିଜ ଇଲାକାରେ ଦେଖିବାର ସୁଯୋଗ ଓ ଉତ୍କଣ୍ଠା ସର୍ବଦା ପର୍ଯ୍ୟଟକ ମାନଙ୍କୁ ଆକର୍ଷିତ କରିଥାଏ। ବିଶେଷ କିଛି ବିଶାଳକାୟ ଜୀବଯନ୍ତୁ ଆଖି ଆଗରେ ଆସି ନଥିଲେ ମଧ୍ୟ ଜିପ୍ ରେ ବସି ଜଙ୍ଗଲର ଖାଲଢିପ ରାସ୍ତା ଓ ସବୁଜିମା ମଧ୍ୟରେ ନିଜକୁ ହଜାଇ ଦେବାର ଅନୁଭୂତି ସ୍ମୃତିର ଭଣ୍ଡାରରେ ସାଇତା ହୋଇ ରହିଗଲା।

ଧୀରେ ଧୀରେ ସନ୍ଧ୍ୟା ନଇଁ ଆସୁଥାଏ କୁମ୍ଭଲଗଡକୁ ବିଦାୟ ଦେଇ ପୁଣି ଆଗକୁ ଯିବାକୁ ହେବ। ଏ ବିଦାୟ ଖୁବ୍ ହୃଦୟସ୍ପର୍ଶୀ ଲାଗୁଥାଏ, ଯେପରି ଇତିହାସ ପୁସ୍ତକଙ୍କୁ ପାଠାଗାରରେ ରଖିଦେଇ ପୁଣି ଏକ ଭୂଗୋଳର ସନ୍ଧାନରେ ବାହାରିବାକୁ ପଡୁଛି। ପର୍ଯ୍ୟଟକରୁ ପର୍ଯବେକ୍ଷକ ପରି ସବୁକିଛି କୁ ବାହାରୁ ଦେଖି ପୁଣି ଭିତରେ ଅନୁଶୀଳନ କରିବାର ପ୍ରୟାସ ସର୍ବଦା ଆଗ୍ରହଜନକ। ରାଜସ୍ଥାନର ଇତିହାସରେ କେବଳ ବୀରତ୍ୱ ଓ ବଳିଦାନର ପ୍ରତିଧ୍ୱନି ସବୁଆଡେ ଯେପରି ପୂରି ରହିଛି। ଏ ସବୁର ମୂକ ସାକ୍ଷୀ ଏହି କୁମ୍ଭଲଗଡ ତାର ନିଜ କଥା ଆହୁରି ଅଧିକ କିଛି ଶୁଣାଇବାକୁ ରାତ୍ର ରହଣୀ ପାଇଁ ବାଧ୍ୟ କରୁଥାଏ। କିନ୍ତୁ ପରବର୍ତୀ ପରିଦର୍ଶନ ସ୍ଥଳୀକୁ ଧ୍ୟାନ ଦେଇ ହାତ ହଲାଇ ଧୀରେ ଧୀରେ ଲମ୍ବି ଯାଇଥିବା ରାସ୍ତା ଆଡକୁ ଆଗେଇ ଚାଲିଲି।

ଇତିହାସ କହେ କଥା
ଭୂଗୋଳର ମାନଚିତ୍ର ସହ
ବନ୍ୟପ୍ରାଣୀ କେତେ ପ୍ରଜାତିର
ରଖିଅଛ ଭାଙ୍ଗିବାକୁ ଶିକାରୀଙ୍କ ମୋହ॥

■

ମରୁସ୍ଥଳୀର ସୁଷମା

କନ୍ୟାକୁମାରୀ ଓ ଦାର୍ଜିଲିଂ ପାର୍ଶ୍ୱବର୍ତ୍ତୀ ପର୍ବତ-ମାଳାର ଶିଖରରୁ ହିମାଳୟର କାଂଚନ ଜଙ୍ଘା ସୂର୍ଯ୍ୟୋଦୟ ଦର୍ଶନର ଦୃଶ୍ୟ ପର୍ଯ୍ୟଟକ ମାନଙ୍କୁ ବିଶେଷ ଭାବରେ ଆକର୍ଷିତ କରିଥାଏ। ମାତ୍ର ଏପରି କିଛି ସୂର୍ଯ୍ୟାସ୍ତ ଦର୍ଶନର ସ୍ଥାନ ରହିଛି, ଯାହା ସ୍ମୃତି ପଟରେ ଅଲିଭା ଛବି ହୋଇ ରହିଯାଏ। ସେହି ସ୍ମୃତିର ଆଲେଖ୍ୟ ବହନ କରି ଆମେ, ରାଜସ୍ଥାନ ପ୍ରଦେଶର ଜୟ ଶାଲିମାର ମରୁ ପ୍ରାନ୍ତରରୁ ସୂର୍ଯ୍ୟଙ୍କୁ ଦିବସ ଶେଷରେ ବିଦାୟ ଦେବାର ଅପୂର୍ବ ଅନୁଭୂତି ବର୍ଣ୍ଣନା କରିବା। ମରୁଭୂମି ଭ୍ରମଣର ଭାବନା ପ୍ରଥମେ ଆବେଗ ଉତ୍କଣ୍ଠା ଏବଂ ଆଶଙ୍କାର ସଙ୍କେତ ଆଣିପାରେ। କିନ୍ତୁ ମରୁଭୂମି ଭ୍ରମଣ ଯେ ଏପରି ଏକ ଆମୋଦକର ଓ ଅବିସ୍ମରଣୀୟ ଅନୁଭୂତି ଏ କଥା ଅନେକ ହୁଏତ କଳ୍ପନା କରି ନ ପାରନ୍ତି।

ଭାରତର ସୁବର୍ଣ୍ଣ ତ୍ରିଭୂଜ ପର୍ଯ୍ୟଟନ ସ୍ଥଳୀ ମଧ୍ୟରେ ଦିଲ୍ଲୀ, ଆଗ୍ରା ଓ ଜୟପୁର କୁ ଗଣା ଯାଇଥାଏ। ରାଜକୀୟ ପରମ୍ପରାର ଝଲକ ଦେଖିବାର ଆଶା ନେଇ ଦେଶ ବିଦେଶର ଅଧିକାଂଶ ପର୍ଯ୍ୟଟକ ରାଜସ୍ଥାନ ଅଭିମୁଖେ ଯାତ୍ରା କରିଥାନ୍ତି। ଏହି ରାଜସ୍ଥାନ ପରିଭ୍ରମଣ ମୁଖ୍ୟତଃ ଜୟପୁର ମଧ୍ୟରେ ସୀମାବଦ୍ଧ ରହେ ନାହିଁ। ରାଜସ୍ଥାନର ଅନ୍ୟାନ୍ୟ ମୂଖ୍ୟ ପର୍ଯ୍ୟଟନ ସ୍ଥଳୀ ମଧ୍ୟରେ ଉଦୟପୁରର (Lake Palace), ଯୋଧପୁରର ରାଜ ପ୍ରାସାଦ, ଏପରିକି ରଣଥାମ୍ବୁର ଜାତୀୟ ଉଦ୍ୟାନ ଅନେକ ପର୍ଯ୍ୟଟକଙ୍କୁ ଆକର୍ଷିତ କରିଥାଏ। ମାତ୍ର ଜୟ-ଶାଲିମାର ମରୁସ୍ଥଳୀ ସହର ଭାରତର ଥର ମରୁଭୂମି ଅନ୍ତର୍ଗତ ଏକ ସୁଷମା ମଣ୍ଡିତ କ୍ଷେତ୍ର।

ଥର୍ ମରୁଭୂମି ଦେଇ ଯାଇଥିବା ମୁଖ୍ୟ ରାସ୍ତାଟି ଏପରି ସରଳ ରେଖାରେ ଯାଇଥାଏ ଯେପରି ଆଖି ବନ୍ଦ କରି ଗାଡି ଚାଳକ ଗାଡି ଚଳାଇ ପାରିବେ। ଜୟ ଶାଲିମାର ର ଦୂରତ୍ୱ ଜୟପୁର ଠାରୁ ୩୩୧ ଓ ଯୋଧପୁରରୁ ୩୦୪ କିଲୋମିଟର। ନିକଟତମ ବଡ ସହର ଯୋଧପୁର, ରାଜସ୍ଥାନର ଏକ ପ୍ରଖ୍ୟାତ ପର୍ଯ୍ୟଟନ ସ୍ଥଳୀ।

ଜଣେ ଯୋଧପୁର ପର୍ଯ୍ୟନ୍ତ ରେଳ କିମ୍ବା ବସ ଯୋଗେ ଆସି ଜୟ ଶାଲିମାର ଯାଇ ପାରନ୍ତି। ଜୟ ଶାଲିମାରକୁ ରେଳ ଯୋଗେ ମଧ୍ୟ ଆସି ପାରନ୍ତି। ଏତଦ୍ ବ୍ୟତୀତ ବସ୍ କିମ୍ବା ନିଜର ଓ ଭଡା ଗାଡିରେ ମଧ୍ୟ ଆସିବା ସୁବିଧା ଜନକ।

ଯୋଧପୁରରୁ ଜୟ ଶାଲିମାର ଯିବାର ମଧ୍ୟସ୍ଥଳୀରେ ଏକ ଆଶ୍ରମ ଓ ପାଠାଗାର ରହିଛି। ଏହାର ପରିବେଶ ଓ ଇତିହାସ ଅଧିକାଂଶ ଜିଜ୍ଞାସୁ ପର୍ଯ୍ୟଟକଙ୍କୁ ଅନେକ ଖୋରାକ ଯୋଗାଇଥାଏ।

ଇଂରାଜୀରେ କୁହାଯାଇଛି Journey is the Destinationö ଜୟ ଶାଲିମାର ଯିବା ରାସ୍ତା, ମରୁଭୂମି ଦୃଶ୍ୟ, ଏକାନ୍ତ ମନୋମୁଗ୍ଧକର। ବିସ୍ତୃତ ବାଲୁକା ରାଶି ଏବଂ ଉନ୍ମୁକ୍ତ ଆକାଶ ପ୍ରାଣ ଭରି ଦେଖିବାର ଇଚ୍ଛା ଏଠାରେ ଚରିତାର୍ଥ ହୋଇଥାଏ। ବାଲୁକା ବିସ୍ତୃତି ହିଁ ମରୁଭୂମିର ବାହ୍ୟ ରୂପ। ସ୍ୱଳ୍ପ ବୃଷ୍ଟି ଅଥବା ଅନାବୃଷ୍ଟି ମରୁଭୂମି ସୃଷ୍ଟି କରିଥାଏ। ଏହା ସହିତ ଭୌଗୋଳିକ ସ୍ଥିତି ମଧ୍ୟ ଏଥି ପାଇଁ କାରଣ ହୋଇଥାଏ। ଧୂଳିଝଡର ନାଟକୀୟ ଦୃଶ୍ୟ ମରୁଭୂମିରେ ଅଭିନିତ ହୋଇଥାଏ। ବାଲୁକା ପାହାଡ ସବୁ ହଠାତ୍ ସୃଷ୍ଟି ହୁଅନ୍ତି ପୁଣି ଅପସରି ଯାଆନ୍ତି। କବି, ଲେଖକ ଓ ଭାବୁକ ମରୁଭୂମିର ଦୃଶ୍ୟ ମଧ୍ୟରେ ବିଭୋର ହେବାର ସୁଯୋଗ ଓ ସମ୍ଭାବନା ଅନେକ ପରିମାଣରେ ରହିଥାଏ।

ସୂର୍ଯ୍ୟାସ୍ତ- ମରୁଭୂମିର ସେହି କମନୀୟ ସୂର୍ଯ୍ୟାସ୍ତ ଦେଖିବାକୁ ଓଟ ପିଠିରେ ଆରୋହଣ କରି କେଇ କିଲୋମିଟର ଯାତ୍ରା କରିବାକୁ ପଡିଥାଏ। ମରୁଭୂମିର ଯାହାଜ କୁହାଯାଉଥିବା ଓଟ ପିଠିର ଦୁଇ ପାର୍ଶ୍ୱରେ ଗୋଡ ରଖି ବସିବା ଟିକିଏ ଅସ୍ୱସ୍ତିକର ମନେ ହେଲେ ମଧ୍ୟ ଓଟର ରାଜକୀୟ ଚାଲି ଓ ଚତୁଃପାର୍ଶ୍ୱର ଦୃଶ୍ୟ ଏକାନ୍ତ ଅନନ୍ୟ। ସୂର୍ଯ୍ୟାସ୍ତ ଦର୍ଶନ ସ୍ଥଳୀ (sunset point)ରେ ପହଂଚି ଗଲେ ସବୁ ଶ୍ରମ ଯେପରି ଅପସରି ଯାଏ। ଅନେକ ପର୍ଯ୍ୟଟକ ଆବାଳ ବୃଦ୍ଧ ବନିତା ଆଗ୍ରହ ସହ ସେଠାରେ ଉପସ୍ଥିତ ହୋଇଥାନ୍ତି। ସୂର୍ଯ୍ୟ କିପରି ଧୀରେ ଧୀରେ ଅପସରି ଯିବେ ଏବଂ ଏହାର ପୂର୍ବବର୍ତୀ ପ୍ରସ୍ତୁତି ଓ ପରବର୍ତୀ ପରିବର୍ତନ ଅନେକ ଉକ୍ରଣ୍ଠା ସୃଷ୍ଟି କରେ। ଏହାର ଦୃଶ୍ୟ କିପରି ମାନସ ପଟରେ ଛାପ ରଖିଯିବ ଏଥିପାଇଁ ସମସ୍ତେ ଅନାଇ ରହିଥାନ୍ତି। ରାଜସ୍ଥାନ ପ୍ରଦେଶର ଏହି ସ୍ଥାନ ପାକିସ୍ତାନ ସୀମାରେ ଅବସ୍ଥିତ। ଏଠାରେ ସୂର୍ଯ୍ୟ ବିଳମ୍ବରେ ଉଦୟ ହୁଅନ୍ତି ଓ ବିଳମ୍ବରେ ଅସ୍ତ ହୁଅନ୍ତି। ପୂର୍ବାଂଚଳ ବର୍ତୀ ରାଜ୍ୟ ଯଥା ଅରୁଣାଚଳ ପ୍ରଦେଶରେ ସୂର୍ଯ୍ୟ ଖୁବ୍ ଶୀଘ୍ର ଉଦୟ ହୁଅନ୍ତି ଓ ସେହିପରି ବହୁ ପୂର୍ବରୁ ଦିବସର ଅବସାନ ହୁଏ। ବାଲୁକା ପାହାଡ ଉପରେ ନୀରବରେ ବସି ସୂର୍ଯ୍ୟାସ୍ତ ପରିଦର୍ଶନ କରିବାର ସୁଯୋଗ ସମସ୍ତଙ୍କୁ

ସହଜରେ ମିଳେ ନାହିଁ। କିଏ ଚିତ୍ର ଉତ୍ତୋଳନ କରି ଖୁସି ହୁଏ ଆଉ କିଏ ସୂର୍ଯ୍ୟଙ୍କୁ ଦିବସ ଯାକର କର୍ତ୍ତବ୍ୟ ସମାପ୍ତି ପରେ ବିଦାୟ ଦେଉଥିବା ଭାବନାରେ ଭାବୁକ ହୋଇ ଜୀବନ ଓ ଜଗତ ସମ୍ପର୍କରେ ଅନେକ କଥା ଭାବିଥାଏ। ସୂର୍ଯ୍ୟ ହିଁ ସକଳ ସୃଷ୍ଟିର ଆଧାର ବୋଲି ଆମ ସମସ୍ତଙ୍କୁ ଜଣା। ତାଙ୍କର ଉଦୟ ଓ ଅସ୍ତ ଜୀବନ ଜଗତ ଓ ଜୀବନ ଦର୍ଶନ ନେଇ ଅନେକ କିଛି ଭାବନା ବ୍ୟକ୍ତି କରିଥାଏ। ମରୁସ୍ଥଳୀର ଏସବୁର ଦୃଶ୍ୟ ନିଶ୍ଚିତ ଭାବରେ ମନରେ ଗଭୀର ରେଖାପାତ କରିଥାଏ। ସୂର୍ଯ୍ୟାସ୍ତ ଦର୍ଶନ ପରେ ଅଧିକାଂଶ ପର୍ଯ୍ୟଟକ ନିକଟବର୍ତ୍ତୀ ଆବାସ ସ୍ଥଳୀ କିମ୍ବା ପୁନଶ୍ଚ ଜୟ ଶାଲିମାର ସହରକୁ ଫେରି ଆସନ୍ତି। ଜୟ ଶାଲିମାର ସହରରୁ ଅଧିକାଂଶ ପର୍ଯ୍ୟଟକ ଏହି ସୂର୍ଯ୍ୟାସ୍ତ ଦୃଶ୍ୟ ପରିଦର୍ଶନ ପାଇଁ ବିଭିନ୍ନ ଯାନ ବାହାନରେ ଆସିଥାନ୍ତି।

ସଂଜ ବେଳେ ପର୍ଯ୍ୟଟକ ମାନଙ୍କୁ ନେଇ ନିକଟବର୍ତ୍ତୀ ଅତିଥି ଗୃହ ଓ ହୋଟେଲ ମାନଙ୍କରେ ରାଜସ୍ଥାନୀ ଲୋକଗୀତର ପରିବେଷଣ କରାଯାଇଥାଏ। ମନୋରଂଜନ ତଥା ସାଂସ୍କୃତିକ ଭାବନାରେ ଏହା ସମସ୍ତଙ୍କୁ ଆପ୍ୟାୟିତ କରିଥାଏ।

ଜୟ ଶାଲିମାର ସହରର ଦର୍ଶନୀୟ ସ୍ଥାନ ମାନଙ୍କମଧ୍ୟରେ ସୋନାର କିଲ୍ଲା ଅର୍ଥାତ୍ ସୁବର୍ଣ୍ଣ ଦୁର୍ଗ ପ୍ରସିଦ୍ଧ। ଏହି ସହର ରାଓ ଜୟିଶାଲ ୧୧୫୬ ଖ୍ରୀଷ୍ଟାବ୍ଦରେ ସ୍ଥାପନ କରିଥିଲେ। ସୋନାର କିଲ୍ଲାକୁ ନେଇ ପ୍ରସିଦ୍ଧ ଚଳଚିତ୍ର ନିର୍ମାତା ସତ୍ୟଜିତ ରାୟଙ୍କର ଏକ ଲୋକପ୍ରିୟ ଚଳଚ୍ଚିତ୍ରରେ ଏହା ମୁଖ୍ୟ ବିନ୍ଦୁ ଭାବରେ ସ୍ଥାନ ପାଇଛି। ଜୟ ଶାଲିମାର ସହରର ଅନେକ ସ୍ଥାପତ୍ୟ କାରୁକାର୍ଯ୍ୟ ପୂର୍ଣ୍ଣ ହାବେଲି ଓ ଜୈନ ମନ୍ଦିର ରହିଛି। ବାଲି ପଥରରେ ନିର୍ମିତ (Sand Stone) ସୁବର୍ଣ୍ଣ ଦୁର୍ଗର କାରୁକାର୍ଯ୍ୟ ଅତି ଚମତ୍କାର। ଏତଦ୍ ବ୍ୟତୀତ ପଟ୍ଟବାନ କି ହାବେଲି, ନାଥମଲ ଜୀ ଙ୍କ ହାବେଲି ଓ ଶାଲିମ ସିଂ ଜୀ ଙ୍କ ହାବେଲି ପର୍ଯ୍ୟଟକ ମାନଙ୍କର ମନକୁ ଆକର୍ଷଣ କରିଥାଏ। ଏହା ବ୍ୟତୀତ ଗଦିଶାର ହ୍ରଦ, ବଡା ବାଗ୍ ଆକାଲ୍, (୧୭କି.ମି.) ମଧ୍ୟ ଦର୍ଶନୀୟ। ଜୟ ଶାଲିମାର ଠାରୁ ୧୬ କି.ମି. ଲଦ୍ରୁରଭା ଜୈନ ମନ୍ଦିର ପର୍ଯ୍ୟଟକ ମାନେ ପରିଦର୍ଶନ କରିଥାନ୍ତି। ମାତ୍ର ସମସ୍ତଙ୍କ ନଜରରେ ଜୟ ଶାଲିମାର ଠାରୁ ୪୫ କି. ମି. ଦୂର ଶାମ୍ ସୂର୍ଯ୍ୟାସ୍ତ ସ୍ଥଳୀ ଅବିସ୍ମରଣୀୟ ହୋଇ ରହିଥାଏ।

ପର୍ଯ୍ୟଟକ ମାନେ ୪୫ କି.ମି. ଦକ୍ଷିଣ ପଶ୍ଚିମ ଦିଗରେ ଥିବା ଖୁରୀ ଗ୍ରାମର ବାଲୁକା ପାହାଡ ପରିଦର୍ଶନ କରିଥାନ୍ତି।

ମରୁସ୍ଥଳୀ ଜାତୀୟ ଉଦ୍ୟାନ (Desert National Park)

ଜୟ ଶାଲିମାର ଠାରୁ ୪୦ କି.ମି. ଦୂରବର୍ତ୍ତୀ ମରୁସ୍ଥଳୀ ଜାତୀୟ ଉଦ୍ୟାନ ଥର୍ ମରୁଭୂମିର ଜୀବଜନ୍ତୁ ପର୍ଯ୍ୟବେକ୍ଷଣ ପାଇଁ ଏକ ଉତ୍କୃଷ୍ଟ କ୍ଷେତ୍ର। ଏଠାରେ ବିଭିନ୍ନ

ପ୍ରକାର କୋକିଶିଆଳି, ଗଧିଆ, ମରୁଭୂମି ବିଲେଇ ପ୍ରଭୃତି ଦେଖିବାରେ ଆନନ୍ଦ ମିଳିଥାଏ। ଆମ ସମସ୍ତଙ୍କୁ ଜଣା ଯେ ଜୟ ଶାଲିମାର ଠାରୁ ୧୧୨ କି.ମି. ଦୂର ପୋଖରାନ୍ ଠାରୁ ଭାରତର ପ୍ରଥମ ଆଣବିକ ପରୀକ୍ଷଣ ହୋଇଥିଲା। ପୋଖରାନ୍ ରେ ମାହେଶ୍ୱରୀ ହାବେଳି, ରଙ୍ଗ ବେରଙ୍ଗି ରାଜସ୍ଥାନୀ ପୋଷାକ ମନ୍ଦିର ଓ ପୋଖରାନ୍ ସଂଗ୍ରହାଳୟ ପରିଦର୍ଶନ ଯୋଗ୍ୟ।

ଜୟ ଶାଲିମାର ଜଳବାୟୁ -

ଜୟ ଶାଲିମାର୍ ଏକ ମରୁସ୍ଥଳୀ ହୋଇଥିବାରୁ ଗ୍ରୀଷ୍ମ ଦିନରେ ଗରମ ରହେ। ମାତ୍ର ଶୀତ ଦିନରେ ଖୁବ୍ ଆରାମ ଦାୟକ ଏବଂ ରାତ୍ରିରେ ତାପମାତ୍ର ୨ଡିଗ୍ରୀ ପର୍ଯ୍ୟନ୍ତ ଖସି ଆସିଥାଏ। ତେଣୁ ଜୟ ଶାଲିମାର ଭ୍ରମଣ ପାଇଁ ଅକ୍ଟୋବର ରୁ ମାର୍ଚ୍ଚ ପର୍ଯ୍ୟନ୍ତ ଅନୁକୂଳ ଭ୍ରମଣ ସମୟ।

**ମରୁଭୂମି ତୁମ
ସମୟ ସଙ୍କେତ
ସମୀରର ବାଲିଘର ତୋଳା
ଝିଂଟିକାର ସଙ୍ଗୀତ ତାନରେ
ବାଦଲର ଯାଦୁକରୀ ଖେଳା ॥
ଦିଗବଳୟ ଘୁଂଚି ଘୁଂଚି ଯାଏ
ଓଟର ମନ୍ଥର ଚାଲିରେ
ଅନନ୍ୟ ଯାଦୁକର ତୁମେ
କେତେ ଛବି ହୁଏ ଲେଖା
ତୁମର ସେ ମସୃଣ ବାଲିରେ ॥
ତପ୍ତ ବାଲୁକାର ସାଥେ
ଲୀଳା କରେ ଦିବସେ ସବିତା
ରାତ୍ରୀର ଆକାଶ ନେଇ
ତାରା ପୁଞ୍ଜ ଲେଖଇ କବିତା ॥**

ମଧ୍ୟ ଭାରତ

ଶିକାରୀ ବାଘର ଭୋଜନ ଦୃଶ୍ୟ

ବାନ୍ଧବ ଗଡ ଜାତୀୟ ଉଦ୍ୟାନର ସେହି ଅଭୁଲା ଦୃଶ୍ୟ ଏବେ ବି ମନେ ପଡେ। ପୂର୍ବ ଦିନ ସନ୍ଧ୍ୟାରେ ବାନ୍ଧବ ଗଡରେ ପହଂଚି ଜଙ୍ଗଲ ବିଭାଗର ଅତିଥି ଶାଳାରେ ରାତ୍ରୀ ଯାପନ ହୋଇଥିଲା। ରେୱା ଠାରୁ କାରରେ ବସି ଅତିଥି ଶାଳାରେ ପହଂଚିବା ପର୍ଯ୍ୟନ୍ତ ଦୁଇ ପାର୍ଶ୍ୱର ଦୃଶ୍ୟ ଖୁବ୍ ମନୋରମ ଥିଲା। ଅରଣ୍ୟର ବିଭିନ୍ନ ଶୋଭା ଓ ସଙ୍କେତ ସବୁବେଳେ ଆକର୍ଷଣୀୟ। ଜାତୀୟ ଉଦ୍ୟାନ ପରିସରର ପ୍ରବେଶ ଦ୍ୱାର ପୂର୍ବରୁ ଅନେକ ଆଦିବାସୀ ଗ୍ରାମ ଦେଇ ରାସ୍ତାଟି ଲମ୍ବି ଯାଇଥିଲା। ଗାଡିରେ ବସି ସେମାନଙ୍କର ବାସଗୃହ ଓ ଜୀବନଶୈଳୀର ଝଲକ ଦେଖିବାର ସୁଯୋଗ ଏବି ବି ସ୍ମରଣୀୟ। ସରଳ ଜୀବନ ଶୈଳୀ ମଧ୍ୟରେ କଠିନ ପରିଶ୍ରମ ପ୍ରତି ଜନଜାତି ମାନଙ୍କର ଆଗ୍ରହ ସେମାନଙ୍କୁ ପ୍ରତିକୂଳ ପରିବେଶ ମଧ୍ୟରେ ବଳିଷ୍ଠ କରି ଗଢି ତୋଳି ଆସିଛି। ଖରା,ବର୍ଷା, ଶୀତ, କାକର ଯେପରି ସେମାନଙ୍କର ପ୍ରିୟ ମିତ୍ର। ସେହିପରି ସ୍ୱଳ୍ପାହାର କିମ୍ବା ଅନାହାରକୁ ଖାତିର କରନ୍ତି ନାହିଁ। ପ୍ରକୃତି ସହ ମିଳିମିଶି ଚଳିବାର ସ୍ୱାଭାବିକ ମନୋଭାବ ଓ ପ୍ରସ୍ତୁତି ସେମାନଙ୍କୁ ଅନ୍ୟ ମାନଙ୍କ ଠାରୁ ଭିନ୍ନ କରି ରଖିଛି। ସେମାନେ ସର୍ବଦା ସାହସରେ ପରିପୂର୍ଣ୍ଣ।

ଖୁବ୍ ସକାଳୁ ନିତ୍ୟକର୍ମ ସାରି ହାତୀ ପିଠିରେ ବସି ଜାତୀୟ ଉଦ୍ୟାନ ପରିଦର୍ଶନର ବ୍ୟବସ୍ଥା ହୋଇଥିଲା। ହାତୀ ପିଠିରେ ବସି ମାହାନ୍ତଙ୍କ ସାଙ୍ଗରେ ଜଙ୍ଗଲ ରାସ୍ତାରେ ଭିତରକୁ ଯିବାକୁ ପଡିଥିଲା। ପୂର୍ବଦିନ ଶିକାର କରିଥିବା ଏକ ସ୍ଥାନରେ ବାଘଟି ଜଗି ରହି ଥିବାର ଖବର ମାହାନ୍ତଙ୍କ ପାଖରେ ଥିଲା। ଆମ ପୂର୍ବରୁ ଆଉ କେତେକ ସଫାରୀ ଜିପ୍ ସେଠାରେ ଯାଇ ପହଂଚି ସାରିଥିଲେ। ବାଘଟି କିନ୍ତୁ ନିର୍ବିକାର ଭାବରେ ତାହାର ଭୋଜନରେ ବ୍ୟସ୍ତ ଥିଲା। ମଧ୍ୟମ ଆକୃତିର ସଦ୍ୟ ମୃତ ହରିଣଟିଏ ଶୋଇ ରହିଥିବାର ଦୃଶ୍ୟ ଦୂରରୁ ଦେଖା ଯାଉଥିଲା। ଏହି ଦୃଶ୍ୟ ଦେଖି କିଛି ସମୟ ସେଠାରେ କଟାଇ

ପୁଣି ଜଙ୍ଗଲ ଭିତରକୁ ହାତୀରେ ବସି ଆଗକୁ ଚାଲିଲୁ। ଏଥର କିନ୍ତୁ ବାଘ ନୁହେଁ ବଣୁଆ ହାତୀ ସହ ସାକ୍ଷାତ ହେଲା। ତାଲିମ ପ୍ରାପ୍ତ ଆମର ହାତୀଟି ନିଜକୁ ନିରାପଦ ଦୂରତାରେ ରଖି ଆମକୁ ଜଙ୍ଗଲ ସଫାରୀରେ ବାଟ କଢାଇ ନେଉଥାଏ। ବାନ୍ଧବ ଗଡ ଜଙ୍ଗଲର ଶୋଭା ବିଭିନ୍ନ ପଶୁ ପକ୍ଷୀ ମାନଙ୍କୁ ହାତୀ ପିଠିରେ ବସି ଦେଖିବାର ଅନୁଭୂତି ଅନନ୍ୟ ଥିଲା। ଏହିପରି ପ୍ରାୟ ଦୁଇ ଘଂଟା କାଳ ବୁଲାବୁଲି କରି ଜାତୀୟ ଉଦ୍ୟାନ ମଧ୍ୟସ୍ଥ ବାନ୍ଧବ ଗଡ ଦୂର୍ଗ ସ୍ଥଳୀ ପାଖରେ ପହଂଚିଲୁ। ଏହି ଗଡଟି ଚନ୍ଦେଲା ବଂଶର ରାଜାଙ୍କ ଅମଳର ପରେ ଏହା ବାଘେଲ୍ ଓ ରେଓା ଶାସକ ମାନଙ୍କର ଅଧୀନସ୍ଥ ହୋଇଥିଲା। ପୁନଶ୍ଚ ମଧ୍ୟ ପ୍ରଦେଶ ସରକାର ଏହାକୁ ହାତକୁ ନେଇଥିଲେ। ବାନ୍ଧବ ଗଡ ମଧ୍ୟ ଭାରତର ଏକ ଜଣାଶୁଣା ଜାତୀୟ ଉଦ୍ୟାନ। ବାନ୍ଧବ ଗଡ ମଧ୍ୟରେ ଅନେକ ଛୋଟ ବଡ ପାହାଡ ରହିଛି। ଏକ ପାଖରେ ପାହାଡ ଓ ଏଥି ସହ ବିସ୍ତୃତ ସବୁଜିମା ଭରା ସମତଳ ଭୂମି ଖୁବ୍ ଆକର୍ଷଣୀୟ।

ଇତିହାସ ଭୁଗୋଳ ସହିତ ପୁରାଣ ସହ ସମ୍ପର୍କ ବାନ୍ଧବ ଗଡରେ ରହିଅଛି। କୁହାଯାଏ ଲଙ୍କା ବିଜୟ ପରେ ଶ୍ରୀରାମଚନ୍ଦ୍ର ଏହି ବନ୍ୟସ୍ଥଳୀରେ କିଛି ଦିନ ଅବସ୍ଥାନ କରିଥିଲେ। ଏଠାରେ ପୁରାତନ ଦୁର୍ଗର ଅବସ୍ଥିତି ବାନ୍ଧବ ଗଡର ବୈଶିଷ୍ଟ୍ୟକୁ ସାର୍ବଜନୀନ କରିଅଛି। ଫେରିବା ବାଟରେ ଜଙ୍ଗଲର ଛାୟା ଓ ସୂର୍ଯ୍ୟାସ୍ତ ଦୃଶ୍ୟର ଅନୁଭୂତି ଅବିସ୍ମରଣୀୟ ହୋଇ ରହିଗଲା। ଏହି ଜାତୀୟ ଉଦ୍ୟାନର ଅବସ୍ଥିତି, ପ୍ରାକୃତିକ ସମ୍ପଦ, ଓ ପରିବେଶ ନେଇ ଅନେକ ଭାବନା ଯେପରି ସାଙ୍ଗରେ ନେଇ ଆସିବାକୁ ଅଳି କରୁଛି।

ପ୍ରାୟ ୧୦୦ ବର୍ଗ କି.ମି.ରେ ବିସ୍ତୃତ ଜାତୀୟ ଉଦ୍ୟାନ ଅଂଚଳ ବନ୍ୟଜନ୍ତୁ ମାନଙ୍କର ମୁଖ୍ୟ ଆବାସସ୍ଥଳୀ। ଏହି ଜାତୀୟ ଉଦ୍ୟାନରେ ବିଶେଷତଃ ଶାଳ ବୃକ୍ଷ ଦେଖିବାକୁ ମିଳେ। ଏହା ସହ ମୁଖ୍ୟ ବନ୍ୟଜନ୍ତୁ ବ୍ୟାଘ୍ର ସହିତ ଚିତଳ, ସମ୍ବର, ଗଉର୍, ବନ୍ୟ ଶୁକର, ନୀଳ ଗାଈ ପ୍ରଭୃତି ଦେଖିବାକୁ ମିଳେ। ଏହି ଉଦ୍ୟାନର ମୁଖ୍ୟ ଆକର୍ଷଣ ବ୍ୟାଘ୍ର ସଂରକ୍ଷଣ ପରିଯୋଜନା ହୋଇଥିଲେ ମଧ୍ୟ ବିଭିନ୍ନ ପ୍ରକାର ପକ୍ଷୀ ସହିତି ବାଉଁଶ ବଣ ଓ ଘାସ ବଣ ଏହି ଅରଣ୍ୟର ଶୋଭା ବର୍ଦ୍ଧନ କରି ଆସୁଛି। ଥରେ ବୁଲିବାକୁ ଗଲେ ବାନ୍ଧବ ଗଡକୁ ବାରମ୍ବାର ଯିବା ପାଇଁ ଇଚ୍ଛା ହୁଏ। ତେଣୁ ପର୍ଯ୍ୟଟକ ମାନଙ୍କର ଭିଡ ଏଠାରେ ସ୍ୱାଭାବିକ। ନିର୍ଦ୍ଦିଷ୍ଟ ପର୍ଯ୍ୟଟନ ଋତୁରେ ଏଠାକୁ ବହୁ ସଂଖ୍ୟକ ପ୍ରକୃତି ପ୍ରେମୀ ପର୍ଯ୍ୟଟକ ଆସିଥାନ୍ତି। ଏଥିପାଇଁ ଜଙ୍ଗଲ ମଧ୍ୟ ତଥା ପାର୍ଶ୍ୱବର୍ତୀ ଅଂଚଳରେ ଅନେକ ପ୍ରବେଶ ଦ୍ୱାର ସହିତ ସରକାରୀ ଓ ବେସରକାରୀ ଅତିଥି ଶାଳା ରହିଅଛି। ଜଙ୍ଗଲ ବିଭାଗର କର୍ମଚାରୀ ନିଷ୍ଠାର ସହିତ ସବୁକିଛି ଶୃଂଖଳିତ ଭାବରେ ପରିଚାଳନା କରୁଥିବାର ଦେଖି ସେମାନଙ୍କୁ ଧନ୍ୟବାଦ ଦେବାକୁ ସ୍ୱତଃ ଆଗ୍ରହ ଜନ୍ମେ।

ବାନ୍ଧବ ଗଡର ବନ୍ଧନ ସଦା
ରହିଥାଏ ଆମ ମନେ
କେତେ ଜୀବଯନ୍ତୁ
ପକ୍ଷୀଙ୍କ ମେଳରେ
ଆନନ୍ଦ ଭରିଛି ବନେ ॥

■

ଭେଡାଘାଟ ଓ ଧୂଆଁଧାର

ଜବଲପୁର କଥା ମନକୁ ଆସିଲେ ନର୍ମଦା ନଦୀର ଜଳଧାରା ନିନାଦ ଶୁଣାଯାଏ। ନୌକା ଯେବେ ଶଙ୍ଖ ମର୍ମର ଗଣ୍ଡ ମଧ୍ୟରେ ଧୂଆଁଧାର ଜଳପ୍ରପାତର ସେହି ମନୋରମ ଦୃଶ୍ୟ କିଏ ବା ଭୁଲି ପାରିବ। ନର୍ମଦା ଭାରତର ଅନ୍ୟତମ ମହାନ ଓ ପୁଣ୍ୟତୋୟା ନଦୀ। ଭାରତର ମଧ୍ୟ ଭାଗରେ ପ୍ରବାହିତ ଆରବ ସାଗର ଅଭିମୂଖୀ ଏହି ନଦୀ ତାର ଚମତ୍କାରିତାର ଯାଦୁକରୀ ଧୂଆଁଧାର ଜଳପ୍ରପାତ ଦ୍ୱାରା ସୃଷ୍ଟି କରିଅଛି। ଆବାଳ ବୃଦ୍ଧ ବନିତା ଏହି ସ୍ଥଳୀରେ ନୌବିହାର କରି ଧରିତ୍ରୀ ଓ ଆକାଶ ମଧ୍ୟରେ ଏକ ସଂଯୋଗର ସେତୁ ଆବିଷ୍କାର କରିଥାନ୍ତି। ତରୁଣ ନାବିକର ମନଛୁଆଁ ଗୀତ ସବୁ କାନର ଗୁଞ୍ଜରିତ ହୋଇ କିଛି ଦିନ ପାଇଁ ରହିଯାଏ।

ଜବଲପୁର ପ୍ରଥମେ ଗଣ୍ଡ ରାଜାଙ୍କ ଅଧୀନରେ ଦ୍ୱାଦଶ ଶତାବ୍ଦୀରେ ରହିଥିଲା। ଏହା ପରେ କାଳଚୁରି ଏବଂ ପରେ ମରାଠା ମାନଙ୍କ ଶାସନାଧୀନ ହୋଇଥିଲା। ଇଂରେଜ ମାନେ ୧୮୭୦ ରେ ଏହାକୁ ନିଜର ଅଧୀନକୁ ନେଇ ସୈନ୍ୟ ଛାଉଣୀ ବସାଇଥିଲେ। ବାନ୍ଧବ ଗଡ ଓ କାହ୍ନା ଜାତୀୟ ଉଦ୍ୟାନର ପ୍ରବେଶ ପଥ ଭାବରେ ଜବଲପୁର ସମସ୍ତଙ୍କର ପରିଚିତ। ଏହା ମଧ୍ୟ ଏକ ଐତିହ୍ୟ ସମ୍ପନ୍ନ ସହର। ଏଠାକାର ମଦନ ମୋହନ ଦୁର୍ଗ, ରାଣୀ ଦୁର୍ଗାବତୀ ସ୍ମାରକୀ ସଂଗ୍ରହାଳୟ ଅନ୍ୟତମ ଦର୍ଶନୀୟ ସ୍ଥାନ। ନର୍ମଦା ନଦୀର ତିଲବାରା ଘାଟଠାରେ ମହାତ୍ମା ଗାନ୍ଧୀଙ୍କର ଚିତା ଭସ୍ମ ମଧ୍ୟ ଅର୍ପିତ ହୋଇଥିଲା। ଦ୍ୱାଦଶ ଶତାବ୍ଦୀର ମାଳାଦେବୀ ମନ୍ଦିର, କିଶାନ ଜୈନ ମନ୍ଦିର ଅନ୍ୟତମ ଆକର୍ଷଣ।

କିନ୍ତୁ ଭେଡାଘାଟରେ ନର୍ମଦାର ସେହି ନୌବିହାର ସ୍ମୃତି କେବେ ହେଲେ ମନରୁ ଲିଭି ଯାଏ ନାହିଁ। ରୋମାଂଚକର ନୌବିହାର ପରେ ପାଦରେ ଚାଲି ଜଳପ୍ରପାତର ଉପର ମୁଣ୍ଡକୁ ଯାଇ ଟିକିଏ ଶାନ୍ତ ହୋଇ ପ୍ରପାତର ନିନାଦ ଶୁଣିବାକୁ ମନ ଆଗ୍ରହୀ ହୁଏ। ସତରେ ପ୍ରକୃତି ମାଆ ତୁମେ ହିଁ ଧନ୍ୟ ଧନ୍ୟ ତୁମରି ଯାଦୁକରୀ ଖେଳ। ଶଙ୍ଖ

ମରମର ଶିଳା ବିଦୀନ କରି ତୁମେ କେବଳ ଖର ସ୍ରୋତା ନର୍ମଦା ଶଯ୍ୟାରେ ସୃଷ୍ଟି କରିପାର ଅପୂର୍ବ ଜଳପ୍ରପତ। ସେହି ଜଳସ୍ରୋତ ମଧ୍ୟରେ ନୃତ୍ୟରତ ଜଳଧାରା ଦେଖିବାକୁ ଦୂର ଦୂରାନ୍ତରୁ ପର୍ଯ୍ୟଟକ ମାନେ ଏଠାକୁ ଧାଇଁ ଆସୁଛନ୍ତି।

ଏହା ଦେଖି ଅନେକ ପ୍ରଶ୍ନବାଚୀ ମନରେ ଆସେ, ନର୍ମଦାର ଏହି ଗତି ଓ ସ୍ୱରୂପକୁ ନେଇ। ନଦୀ ମାତୃକା ପ୍ରତି ନିଜର ଶ୍ରଦ୍ଧା ଭାବନା ନିରବରେ ଜଣାଇ ଅନିଚ୍ଛା ସତ୍ତ୍ୱେ ଅନ୍ୟ ଗନ୍ତବ୍ୟ ସ୍ଥଳୀକୁ ଯିବାକୁ ହୋଇଥାଏ।

ଧୂଆଁଧାର କେତେ ଗୀତ
ଶୁଣାଏ ଗରବେ
ଧନ୍ୟ ତୁମେ ନଦୀ ମାତା
ନତମସ୍ତକ ହୁଅନ୍ତି ସରବେ ॥

ଭେଡାଘାଟ ଓ ଧୂଆଁଧାର ପରେ ଏହି ଅଂଚଳର ପ୍ରସିଦ୍ଧ ଜନଜାତିର ରାଣୀ ଦୂର୍ଗାବତୀଙ୍କର ଦଶମ ଶତାବ୍ଦୀର ଛତିଶ ଯୋଗିନୀ ମନ୍ଦିର ମନରେ ଲାଖି ରହିଯାଏ।

■

ମାହେଶ୍ୱର ଓ ନର୍ମଦା ନଦୀ

ଭାରତର ପ୍ରତିଟି ନଦୀ ନେଇ କେତେ କାହାଣୀ କେତେ ଇତିହାସ ପୌରାଣିକ ଉପାଖ୍ୟାନ ଓ କିମ୍ବଦନ୍ତୀର ଗନ୍ତାଘର ରହିଛି । ପ୍ରସିଦ୍ଧ ନଦୀ ମାନଙ୍କ ମଧ୍ୟରେ ଗଙ୍ଗା, ସିନ୍ଧୁ, ଗୋଦାବରୀ, ଯମୁନା ଓ କାବେରୀ ସମ୍ପର୍କରେ ଆମେ ଅନ୍ଭେ ବହୁତେ ପରିଚିତ । ସେହିପରି ନର୍ମଦୀ ଏପରି ଏକ ନଦୀ ଯାହା ଭାରତର ମଧ୍ୟ ବା ହୃଦ ସ୍ଥଳରୁ ମଧ୍ୟ ପ୍ରଦେଶର ଅମର କଂଟକ ରୁ ବାହାରି ପଶ୍ଚିମାଭିମୁଖୀ ହୋଇ ଗୁଜରାଟ ଉପକୂଳରେ ଆରବ ସାଗରରେ ମିଳିତ ହୋଇଅଛି । ନର୍ମଦା ନଦୀର ସ୍ୱଚ୍ଛତା ଓ ପବିତ୍ରତା ସମ୍ପର୍କରେ କୁହାଯାଏ ଯେ ଗଙ୍ଗା ଯେବେ ଅନୁଭବ କଲେ ଯେ ସେ ମଳିନତାର ଶିକାର ହୋଇଛନ୍ତି । ସେତେବେଳେ ସେ ଏକ କୃଷ୍ଣ ବର୍ଣ୍ଣ ଗାଈର ରୂପ ନେଇ ଆସି ନର୍ମଦୀ ନଦୀରେ ସ୍ନାନ କରି ନିଜକୁ ପରିଷ୍କୃତ କରିଥିଲେ ।

ନର୍ମଦାଙ୍କୁ ଶଙ୍କରୀ ଅଥବା ଶଙ୍କର ପୁତ୍ରୀ କୁହାଯାଏ । ମହାଦେବଙ୍କର ଅଷ୍ଟକଣିକାରୁ ତାଙ୍କର ଜନ୍ମ ବୋଲି ପ୍ରବାଦ ଅଛି । ନର୍ମଦା ନଦୀ ଶଯ୍ୟାରେ ଶିବଲିଙ୍ଗଙ୍କର ଆକୃତି ନେଇ ଛୋଟ ଛୋଟ ପଥର ଦେଖିବାକୁ ମିଳିଥାଏ । ଏହାକୁ ବନଲିଙ୍ଗ କୁହାଯାଏ । ଭୌଗୋଳିକ ଦୃଷ୍ଟି କୋଣରୁ ନର୍ମଦା ନଦୀ କଥା ଅନୁସାରେ ଉତର ଓ ଦକ୍ଷିଣ ଭାରତର ଏକ ସୀମା ଭାବରେ ପରିଗଣିତ । କୁହାଯାଏ ଯେଉଁ ରାଜା ମାନେ ଏହି ନଦୀର ସୀମା ପାର ହୋଇ ଅନ୍ୟ ପାର୍ଶ୍ୱରେ ରାଜ୍ୟ ଜୟ କରି ନିଜର ଆଧିପତ୍ୟ ବିସ୍ତାର କରିଛନ୍ତି ସେମାନେ ଚକ୍ରବର୍ତୀ ମର୍ଯ୍ୟାଦା ପାଇଥାନ୍ତି । ଅଧିକାଂଶ ରାଜା ଏହି ଗୌରବର ଅଧିକାରୀ ହେବା ପାଇଁ ରଣ କ୍ଷେତ୍ରରେ ଜୀବନ ବିସର୍ଜନ କରିଛନ୍ତି ।

ନର୍ମଦୀ ନଦୀର ମହତ୍ୱ ପରିପ୍ରେକ୍ଷୀରେ ନର୍ମଦୀ ନଦୀ ତୀରରେ ଅବସ୍ଥିତ ସୁନାମ ଧନ୍ୟ ସହର ମାହେଶ୍ୱର ବିଷୟରେ ଆଜି ଏଠାରେ ଆଲୋକପାତ କରାଯାଇଛି । ମାହେଶ୍ୱର ସହର ଆଧ୍ୟାତ୍ମିକ ଦୃଷ୍ଟିରୁ ଖୁବ୍ ମହତ୍ୱ ରଖିଥାଏ । ରାମାୟଣ ଓ ମହାଭାରତରେ ମଧ୍ୟ ଏହା ବିଷୟରେ ଉଲ୍ଲେଖ ରହିଅଛି । ଏହାର ପୁରାତନ ନାମ

ମହିଷ ମାଟି। ପବିତ୍ର ନର୍ମଦାର ଆକର୍ଷଣ ଏଠାକୁ ସାଧୁ ସନ୍ଥ, ତୀର୍ଥଯାତ୍ରୀ ତଥା ପର୍ଯ୍ୟଟକ ମାନଙ୍କୁ ଆମନ୍ତ୍ରଣ କରିଥାଏ। ହୋଲକର ଶାସନ ସମୟରେ ଏହାର ସୁନାମଧନ୍ୟା ରାଣୀ ଅହଲ୍ୟା ବାଈ ଙ୍କ ପାଇଁ ମାହେଶ୍ୱର ପ୍ରସିଦ୍ଧିର ପରାକାଷ୍ଠା ଲାଭ କରିଛି। ଏଠାକାର ଗୃହ ଗୁଡିକର ନିର୍ମାଣ କାରୁକାର୍ଯ୍ୟ ନର୍ମଦା ନଦୀର ସୌନ୍ଦର୍ଯ୍ୟ ତଥା ଅନ୍ୟାନ୍ୟ ମନ୍ଦିର ଓ ସ୍ମାରକୀ କୀର୍ତି ସବୁ ସମସ୍ତଙ୍କୁ ମୋହିତ କରିଥାଏ। ନଦୀ କୂଳରେ ଅବସ୍ଥିତ ପ୍ରାଚୀନ ଦୁର୍ଗ ଆକବରଙ୍କ ସମୟରେ ନିର୍ମିତ ବୋଲି କୁହାଯାଏ। ଏତଦ୍ ବ୍ୟତୀତ ମାହେଶ୍ୱର ପ୍ରାସାଦ ଅନ୍ୟାନ୍ୟ ମନ୍ଦିର ଗୁଡିକ ରାଣୀ ଅହଲ୍ୟାବାଈଙ୍କ ରାଜତ୍ୱ କାଳରେ (୧୭୬୬ ରୁ ୧୭୯୫) ନିର୍ମିତ। ଏଠାରେ ପ୍ରତିଷ୍ଠିତ ଅହଲ୍ୟାବାଈଙ୍କର ପ୍ରତିମୂର୍ତି ସମସ୍ତଙ୍କର ଦୃଷ୍ଟି ଆକର୍ଷଣ କରିଥାଏ। ଏତଦ୍ ବ୍ୟତୀତ ବାଣେଶ୍ୱର ମନ୍ଦିର ନଦୀ ମଧ୍ୟସ୍ଥ ଏକ କ୍ଷୁଦ୍ର ଦ୍ୱୀପରେ ଅବସ୍ଥିତ। ଅହିଲେଶ୍ୱର ଓ ରାଜରାଜେଶ୍ୱର ମନ୍ଦିର ମଧ୍ୟ ଖୁବ୍ ଆକର୍ଷଣୀୟ।

ନର୍ମଦା ନଦୀର ବିଭିନ୍ନ ଘାଟ ମଧ୍ୟରେ ଅହଲ୍ୟା ଘାଟ ସିଦ୍ଧେଶ୍ୱର ଘାଟ କାଶୀ ବିଶ୍ୱନାଥ ମନ୍ଦିର ଘାଟ ନିକଟବର୍ତୀ ଘାଟ, ପରଶୁରାମ ଘାଟ, ଜାଲେଶ୍ୱର ମହାଦେବ ମନ୍ଦିର ଘାଟ ଖୁବ୍ ଜଣାଶୁଣା। ଜଲେଶ୍ୱର ମହାଦେବ ମନ୍ଦିର ଏକ ପାହାଡ ଉପରେ ଅବସ୍ଥିତ ଏହାର ନିମ୍ନ ଭାବରେ ସପ୍ତ ମାତୃକା ସ୍ମାରକୀ ରହିଅଛି। ନର୍ମଦା ଓ ମାହେଶ୍ୱର ମନ୍ଦିର ସଙ୍ଗମ ସ୍ଥଳୀର ଜାଲେଶ୍ୱର ମହାଦେବ ମନ୍ଦିର ଅବସ୍ଥିତ। ପ୍ରାୟ ଚାରି କି.ମି. ନୌଯାତ୍ରା କରି ନର୍ମଦା ନଦୀର ସହସ୍ର ଧାରାର ପ୍ରାକୃତିକ ସୌନ୍ଦର୍ଯ୍ୟ ଉପଭୋଗ କରାଯାଇପାରେ। ଏଠାରେ ନର୍ମଦା ନଦୀ ପାର୍ବତ୍ୟ ଶଯ୍ୟାରେ ପ୍ରବାହିତ ହେଉଛନ୍ତି। ଏଠାକାର ଦୃଶ୍ୟ ଖୁବ୍ ମନୋରମ।

ମାହେଶ୍ୱର ପ୍ରକୃତି, ରାଜକୀୟ କାରୁକାର୍ଯ୍ୟ ତଥା ଧାର୍ମିକ ବିଶ୍ୱାସ ଓ ଭାବନାର ଏକ ସଙ୍ଗମସ୍ଥଳୀ। ମାହେଶ୍ୱର ମଧ୍ୟ ପ୍ରଦେଶର ଇନ୍ଦୋର ଠାରୁ ପ୍ରାୟ ୯୫ କି.ମି. ଦୂରରେ ଅବସ୍ଥିତ। ଏହା ମଧ୍ୟ ପ୍ରଦେଶର ଖର୍ଗୋନେ ଜିଲ୍ଲାରେ ଅବସ୍ଥିତ। ମାହେଶ୍ୱର ପରିଦର୍ଶନ ପରେ ଜଣେ ପର୍ଯ୍ୟଟକ ଏଠାରୁ ପ୍ରାୟ ୬୫ କି.ମି. ଦୂରରେ ନର୍ମଦା ନଦୀର ଓଙ୍କାରେଶ୍ୱର ଅନ୍ୟ ଏକ ରମ୍ୟସ୍ଥଳୀ ଯାଇ ପାରନ୍ତି। ମାଓ ରେଳ ଷ୍ଟେସନରୁ ମାହେଶ୍ୱର ଯାତ୍ରା ନିକଟବର୍ତୀ ହୋଇଥାଏ। ଏତଦ୍ ବ୍ୟତୀତ ଉଜ୍ଜୟିନୀ, ଭୋପାଳ, ଖଣ୍ଡୁଆ ତଥା ମଧ୍ୟ ପ୍ରଦେଶର ଅନ୍ୟାନ୍ୟ ସହରରୁ ମାହେଶ୍ୱର ଓ ଓଙ୍କାରେଶ୍ୱର ଯିବାର ସୁବିଧା ରହିଅଛି।

ନର୍ମଦୀ ନଦୀର ଅବସ୍ଥିତି ଓ ମହାନତାକୁ ଅନୁଭବ କରିବା ପାଇଁ ମାହେଶ୍ୱର ସମସ୍ତଙ୍କୁ ସର୍ବଦା ହାର୍ଦିକ ଆମନ୍ତ୍ରଣ କରିଥାଏ।

ଇତିହାସ କଥା କହି
ନର୍ମଦାର ଶୋଭା ସହ
ହରିନିଏ ଦୁଃଖ
ମାହେଶ୍ୱର ମନେ ରହେ ସଦା
କରି ନାହିଁ କାହାକୁ ବିମୁଖ ॥

ଗିରି ପଥର ପ୍ରଦେଶ

କୌଣସି ସହର, ପର୍ଯ୍ୟଟନ କ୍ଷେତ୍ର ଅଥବା ଅଭୟାରଣ୍ୟ ଭ୍ରମଣ ସମୟରେ ଅନୁଭୂତି ଗନ୍ତାଘରର ଦ୍ୱାର ଉନ୍ମୁକ୍ତ ହୋଇଯାଏ। ସମୟ ସବୁ ପଂଚେନ୍ଦ୍ରିୟର ପ୍ରୟୋଗ ତଥା ଭାବାବେଗ ମଧ୍ୟରେ କିପରି ଅତିବାହିତ ହୋଇଯାଏ,ଜଣା ପଡେ ନାହିଁ ସେହି ସ୍ଥାନରୁ ଫେରିବା ପରେ କିଛି ଦିନ ପାଇଁ ପରିଭ୍ରମଣର ସ୍ମୃତି ସତେଜ ରହି ବିସ୍ମରଣ ଆଡକୁ ଚାଲିଯାଏ। କେବେ କେବେ ନିରୋଳା ମୂହୁର୍ତରେ ପୁନଶ୍ଚ ରୋମନ୍ଥନର ରୂପ ନେଇ ସେହି ଅନୁଭୂତି ସବୁ ମାନସ ପଟକୁ ପୁନର୍ବାର ଆଗମନ କରନ୍ତି। ଏହି ପରିପ୍ରେକ୍ଷୀରେ ଆଜି ସମଗ୍ର ବିଶ୍ୱ ତଥା ଭାରତର ଏକ ଅନୁପମ କ୍ଷେତ୍ର ଲାଦାଖ ଭ୍ରମଣ କଥା ମନକୁ ଆସୁଛି।

କର୍ମସ୍ଥଳୀରୁ ଅବସର ନେବାପରେ ଦେଶର ଏପରି ଏକ ଅଂଚଳ ବୁଲିବାକୁ ଚାହୁଁଥିଲି, ଯାହା କଳ୍ପନାରେ ସହଜରେ ଆସିଯାଏ ମାତ୍ର, ବାସ୍ତବ ପରିଭ୍ରମଣ ନିମନ୍ତେ ଅନେକ ଆୟୋଜନ ତଥା ପ୍ରସ୍ତୁତି ଆବଶ୍ୟକ ହୋଇଥାଏ। ଲାଦାଖ୍ ଏପରି ଏକ କ୍ଷେତ୍ର। ଭାରତର ରାଜନୈତିକ ମାନଚିତ୍ରରେ ଏହା ଏବେ ଏକ କେନ୍ଦ୍ରଶାସିତ ଅଂଚଳ ଭାବରେ ପରିଗଣିତ। ମାତ୍ର ସେ ସମୟରେ ଏହା ଜମ୍ମୁ ଓ କାଶ୍ମୀର ପ୍ରଦେଶର ଅନ୍ତର୍ଗତ ଥିଲା। ଏକ ଭ୍ରମଣକାରୀ ସଂସ୍ଥା ସହିତ ଯୋଗାଯୋଗ କରି ଲାଦାଖ୍ ପରିଭ୍ରମଣ ନିମନ୍ତେ କାର୍ଯ୍ୟସୂଚୀ ସ୍ଥିର ହେଲା। ଦିଲ୍ଲୀରୁ ଲେହ ବିମାନଯାତ୍ରା ଅନ୍ୟ ବିମାନ ଯାତ୍ରା ଭଳି କେବଳ ଆକାଶ ଓ ମେଘ ଦେଖିବାରେ ସୀମାବଦ୍ଧ ନୁହେଁ। ଆକାଶ ମାର୍ଗରେ ଏପରି ଏକ ସ୍ୱର୍ଗୀୟ ଅନୁଭୂତି ଦେଖିବାକୁ ମିଳିବ ଭାବି ନଥିଲି। ଦିଲ୍ଲୀ ଛାଡିବା ପରେ ଏବଂ ଲେହ ବିମାନ ବନ୍ଦରରେ ଅବତରଣର ପ୍ରାୟ ଏକ ଘଂଟା ପୂର୍ବରୁ ମାଇଲ ମାଇଲ ଧରି ହିମାଳୟର ବରଫାବୃତ ଶୃଙ୍ଗ ସବୁ ଦେଖି ନିଜକୁ ବିଶ୍ୱାସ କରି ପାରିଲି ନାହିଁ ଏହା ଏକ ଅବିସ୍ମରଣୀୟ ଅନୁଭୂତି ହୋଇ ସବୁଦିନ ପାଇଁ ସାଇତା ରହିଗଲା। ଦ୍ୱିତୀୟ ବାର

ପୁନଶ୍ଚ ଲାଦାଖ୍ ର ମୁଖ୍ୟ ସ୍ଥଳୀ ଲେହ ଅଭିମୁଖେ ବିମାନଯାତ୍ରାର ସୁଯୋଗ ଏପର୍ଯ୍ୟନ୍ତ ମିଳିପାରି ନାହିଁ।

ଲାଦାଖ୍‌ର ନାମ ଲାଦାଖୀ ଶବ୍ଦ ଲାଦାଖ୍ ରୁ ଆରମ୍ଭ ହୋଇଛି। ଲା ର ଅର୍ଥ ଗିରିପଥ ବା ପାସ୍ ଏବଂ ଦା ର ଅର୍ଥ ସ୍ଥଳୀ କିମ୍ବା ସ୍ଥାନ। ତେଣୁ ଲାଦାଖ୍ କୁ ଗିରିପଥର ସ୍ଥଳୀ କୁହାଯାଏ। ଲାଦାଖ୍ କୁ ମଧ୍ୟ କ୍ଷୁଦ୍ର ତିବ୍ୱତ୍ କୁହାଯାଇ ପାରିବ। ଲାଦାଖ୍ ଏହାର ଅଧିବାସୀଙ୍କୁ ନେଇ ଲାମା ମାନଙ୍କ ପ୍ରଦେଶ କୁହାଯାଇପାରେ। କେହି କେହି ଏହାକୁ ପୃଥିବୀର ଛାତ ବୋଲି କହିଥାନ୍ତି। ଏହାକୁ କେତେକ ପ୍ରାର୍ଥନା ପତାକାର କ୍ଷେତ୍ର ବା ପ୍ରଦେଶ ଅର୍ଥାତ (Land Of Wind Horse) କହନ୍ତି।

ଏକ ତୁଷାରାବୃତ ମରୁ ଶୃଙ୍ଗର ସ୍ଥଳୀ ଭାବରେ ମଧ୍ୟ ଏହା ପରିଗଣିତ। ଏଠାକାର ଜଳବାୟୁ ଅତ୍ୟନ୍ତ ପ୍ରତିକୂଳ। ଭାରତୀୟ ହିମାଳୟର ଉତର ଭାଗରେ ଅବସ୍ଥିତ ଏହି ଅଂଚଳ ଭୌଗୋଳିକ ଦୃଷ୍ଟି କୋଣରୁ ସ୍ୱତନ୍ତ୍ର ଏବଂ ସାଂସ୍କୃତିକ ପରିଚୟରେ ମଧ୍ୟ ଭିନ୍ନ। ଏଠାରେ ଭାରତୀୟ ତଥା ତିବତୀୟ ସଂସ୍କୃତିର ପ୍ରଭାବ ପଡିଥିଲେ ମଧ୍ୟ ଲାଦାଖ୍ ର ଅଧିବାସୀ ସେମାନଙ୍କର ଅନନ୍ୟ ଜୀବନଶୈଳୀ ପାଇଁ ଜଣାଶୁଣା।

ଲେହରେ ପହଂଚିବା ପରେ ସେଠାକାର ଜଳବାୟୁ ସହିତ ନିଜକୁ ଖାପ୍ ଖୁଆଇ ରଖିବାକୁ ସମ୍ପୂର୍ଣ୍ଣ ବିଶ୍ରାମ ନେବାକୁ ପଡେ। ଲେହ ସହର ସମୁଦ୍ର ପତନ ଠାରୁ ୩୫୦୫ ମିଟର ଉଚ୍ଚତାରେ ଅବସ୍ଥିତ। ଏଠାରେ ଅନେକ ସୁଷମା ମଂଡିତ ମନେଷ୍ଟ୍ରୀ ବା ମଠ ଏବଂ ଐତିହାସିକ ସ୍ମାରକୀ ରହିଅଛି। ଲେହ ମଧ୍ୟ ପର୍ବତ ଆରୋହଣ ତଥା ପର୍ବତ ସ୍ଥଳୀରେ ପରିଭ୍ରମଣ ପାଇଁ ବିଖ୍ୟାତ। ପରଦିନ ଲେହରେ ଅବସ୍ଥିତ ଶାନ୍ତି ସ୍ତୁପ ପରିଦର୍ଶନରେ ଯିବାକୁ ହେଲା। ୧୯୮୫ ମସିହାରେ ବୌଦ୍ଧ ଧର୍ମର ବାର୍ତା ସମଗ୍ର ବିଶ୍ୱକୁ ଜଣାଇବା ପାଇଁ ଜାପାନୀ ମାନେ ଏହା ନିର୍ମାଣ କରିଥିଲେ। ଏହି ସ୍ତୁପ ଏକ ଗୋଲାକାର ଓ ପ୍ରଶସ୍ତ ସ୍ମାରକୀ ଯେଉଁଠାରେ ବୁଦ୍ଧଦେବଙ୍କର ଏକ ସ୍ୱର୍ଣ୍ଣ ପ୍ରତିମା ରହିଅଛି। ଏହି ସ୍ତୁପର କାରୁକାର୍ଯ୍ୟ ଅତୀବ ମନୋରମ। ଲେହ ସହର ତଥା ପାର୍ଶ୍ୱବର୍ତୀ ପାର୍ବତ୍ୟ ଭୂମିର ଶୋଭା ଅବଲୋକନ ନିମନ୍ତେ ଶାନ୍ତି ସ୍ତୁପ ଏକ ପ୍ରକୃଷ୍ଟ ସ୍ଥାନ। ପ୍ରାତଃକାଳରେ ଏହି ସ୍ଥାନ ଭ୍ରମଣ କଲେ ସୂର୍ଯ୍ୟଙ୍କର ସ୍ୱର୍ଣ୍ଣାଭ ଆଭାରେ ଝଲକୁ ଥିବା ସ୍ତୁପଟି ଖୁବ୍ ଚମତ୍କାର ଲାଗେ। ଏତଦ୍ ବ୍ୟତୀତ ନାମଗ୍ୟାଲ ମଠ ପରିଦର୍ଶନ କଲେ ଏଠାକାର ମୈତ୍ରୀୟ ବୁଦ୍ଧଦେବଙ୍କର ପ୍ରତିମୂର୍ତି ସହିତ ଅବଲୋକେତଶ୍ୱର ତଥା ମଂଜୁଶ୍ରୀଙ୍କର ପ୍ରତିମୂର୍ତି ଦେଖିବାକୁ ମିଳେ। ଏଠାରେ ଅନେକ ପୁରାତନ ପୋଥି ସଂଗୃହୀତ ହୋଇ ରହିଅଛି।

ଶେ ପେଲେସ୍

ଲେହଠାରୁ ଶେ ପ୍ରାସାଦ ଯାହା ତୀବତୀୟ ରାଜାଙ୍କର ସ୍ମାରକୀ ବହନ କରୁଅଛି

ଦେଖିବାକୁ ମିଳେ। ୧୭୦୦ ଶତାବ୍ଦୀରେ ଡେଲଡାନ୍ ତାଙ୍କ ପିତା ସିଂହେ ନାମାଗ୍ୟାଲ୍ ସ୍ମୃତିରେ ଏହି ପ୍ରାସାଦ ନିର୍ମାଣ କରିଥିଲେ। ଏଠାରେ ଏକ ବୃହତ ବୁଦ୍ଧ ଶାକ୍ୟ ମୁନିଙ୍କର ସ୍ୱର୍ଣ୍ଣ ଖଚିତ ପ୍ରତିମୂର୍ତ୍ତି ରହିଛି। ଏହାର କାରୁକାର୍ଯ୍ୟ ଅତ୍ୟନ୍ତ ଆକର୍ଷଣୀୟ। ଲେହର ପାର୍ଶ୍ୱବର୍ତ୍ତୀ ହେମିସ୍ ଏକ ସମୃଦ୍ଧଶାଳୀ ମଠ, ଏହା ଅତୀବ ପୁରାତନ। ଏଠାରେ ଅନେକ ପୁରାତନ ଚିତ୍ରପଟ୍ଟ ରହିଅଛି। ଏହା ଜନସାଧାରଣଙ୍କ ପାଇଁ ପ୍ରତି ୧୨ ବର୍ଷରେ ଥରେ ଦେଖିବାକୁ ହେମିସ୍ ଉତ୍ସବ ଆୟୋଜନ କରାଯାଇଥାଏ। ତୀବତୀୟ ଶୈଳୀର ବହିପତ୍ର ତଥା ପ୍ରସିଦ୍ଧ ଜୀବନଚକ୍ର ବା (Wheel Of Life) ସମ୍ପର୍କୀୟ ଅନେକ ପୁସ୍ତକ ଓ ପୋଥି ଏଠାକାର ପାଠାଗାରରେ ରହିଅଛି। ଲେହ ନିକଟବର୍ତ୍ତୀ କାଳୀ ମନ୍ଦିର ମଧ୍ୟ ୮୦୦ ବର୍ଷରୁ ଅଧିକ ପୁରୁଣା। ଏହାର ଉଚ୍ଚତାରୁ ଲେହ ବିମାନ ବନ୍ଦରରେ, ବିମାନ ଅବତରଣ ଦୃଶ୍ୟ ଖୁବ୍ ଆକର୍ଷଣୀୟ ଲାଗେ। ସେଠାକାର ଧାର୍ମିକ ବିଶ୍ୱାସ ଅନୁଯାୟୀ ଦେବୀ କାଳୀ, ବୁଦ୍ଧଦେବଙ୍କର ଏକ ଅବତାର ଭାବେ ଗଣାଯାଇଥାଏ। ଲେହର ଏହି ମନ୍ଦିରରୁ ଉଭୟ ହିନ୍ଦୁ ଏବଂ ବୌଦ୍ଧଧର୍ମର ସଙ୍କେତ ମିଳିଥାଏ।

ଫିକ୍ ସେ ମନେଷ୍ଟ୍ରୀ-

ଲାଦାଖ୍ ରେ ଅବସ୍ଥିତ ଫିକ୍ ସେ ମନେଷ୍ଟ୍ରୀ ଏକ ଲୋକପ୍ରିୟ ଦର୍ଶନୀୟ ସ୍ଥାନ। ଏଠାରେ ଲାଦାଖୀ ନିର୍ମାଣ ଶୈଳୀ ବହନ କରି ୧୨ ମହଲା ବିଶିଷ୍ଟ ସ୍ତୁପ ଓ ପ୍ରତିମୂର୍ତ୍ତି ତଥା କାନ୍ଥ ଚିତ୍ର (Wall Painting) ଦେଖିବାକୁ ମିଳେ। ଏଠାରେ ୧୫ ମିଟର ଉଚ୍ଚତାର ବୁଦ୍ଧଙ୍କର ପ୍ରତିମୂର୍ତ୍ତି ରହିଅଛି।

ଲେହ ପ୍ରାସାଦ ତୀବତୀୟ ନିର୍ମାଣଶୈଳୀରେ ନିର୍ମିତ। ତୀବତର ରାଜଧାନୀ ଲାସାରେ ଅବସ୍ଥିତ ପୋତାଲା ପ୍ରାସାଦ ଅନୁକରଣରେ ଏହାର ନିର୍ମାଣ କରାଯାଇଛି। ଏହାର ନବତଳ ବିଶିଷ୍ଟ କିଛି ଅଂଶ ଭଗ୍ନାବସ୍ଥାରେ ରହିଛି। ଏହା ତତ୍କାଳୀନ ରାଜାଙ୍କର ପରିବାରର ଆବାସସ୍ଥଳୀ ଥିଲା। ସପ୍ତଦଶ ଶତାବ୍ଦୀରେ ନିର୍ମିତ ଏହି ପ୍ରାସାଦ ଲେହର ମନଛୁଆଁ ଦୃଶ୍ୟ ଅବଲୋକନ ନିମନ୍ତେ ଏକ ଆଦର୍ଶ ସ୍ଥଳୀ।

ଏହିପରି ଭାବରେ ଦ୍ୱିତୀୟ ଦିନର ରହଣୀ କିପରି ଯେ ବିତିଗଲା ଜଣା ନାହିଁ। ଅପରାହ୍ନରେ ଲେହ ସହରର ବିଭିନ୍ନ ଗଳିକନ୍ଦି ତଥା ବାଣିଜ୍ୟ ସ୍ଥଳୀ ପରିଦର୍ଶନ କରି ସେଠାକାର ଜନଜୀବନ ସମ୍ପର୍କରେ କିଛି ଅନୁଭୂତି ସଂଗ୍ରହ କଲି। ତାହା ପରଦିନ ଲେହଠାରୁ ଦୂରବର୍ତ୍ତୀ ଲାଦାଖ୍ ର ଅନ୍ୟ ସ୍ଥାନ ଗୁଡ଼ିକର ପରିଭ୍ରମଣର କାର୍ଯ୍ୟକ୍ରମ ରହିଥିଲା। ସନ୍ଧ୍ୟା ସମୟରେ ହୋଟେଲରେ ଅନ୍ୟ ଅନ୍ତେବାସୀ ମାନଙ୍କ ସହିତ ଭାରତର ବିଭିନ୍ନ ସ୍ଥାନରୁ ଆସିଥିବା ପର୍ଯ୍ୟଟକ ମାନଙ୍କ ସହ କିଛି ବାର୍ତ୍ତାଳାପ ହେଲା। ଉଚ୍ଚତା ତଥା ଜଳବାୟୁ ଦୃଷ୍ଟିରୁ ଲେହରେ ଶୀତର ପ୍ରାଦୁର୍ଭାବ ଅଧିକ ଜଣା ପଡୁଥାଏ। ତେଣୁ ସନ୍ଧ୍ୟା

ସମୟରେ ବେଶୀ ସମୟ ବାହାରେ ବିଚରଣ ନକରି, ରାତ୍ର ଭୋଜନ ସଙ୍ଗେ ସଙ୍ଗେ କୋଠରୀ ମଧ୍ୟକୁ ଆସି ବିଶ୍ରାମ ନେଲି। ନିଜେ ଯେ ଭାରତର ଏପରି ଏକ ଉଚ୍ଚତାରେ ଅବସ୍ଥିତ ତୁଷାରାବୃତ ଶୃଙ୍ଗମାନଙ୍କ ଦ୍ୱାରା ପରେବେଷ୍ଟିତ ସ୍ଥଳୀରେ ରାତ୍ର ଯାପନ କରୁଅଛି ଏକଥା ଭାବି ଉଲ୍ଲସିତ ହେବାକୁ ପଡୁଥିଲା।

ନୁବ୍ରା ଉପତ୍ୟକା -

ଲାଦାଖ ଭ୍ରମଣ ସମ୍ପୂର୍ଣ୍ଣ ହୁଏ ନାହିଁ ନୁବ୍ରା ଉପତ୍ୟକା ନଦେଖିଲେ। ନୁବ୍ରା ନଦୀର ଯାଦୁକରୀ ମାୟା ଯେ କୌଣସି ସୌନ୍ଦର୍ଯ୍ୟ ପିପାସୁ ପର୍ଯ୍ୟଟକଙ୍କୁ ବାନ୍ଧି ରଖିବାକୁ ପ୍ରୟାସ କରେ। ଲେହ ଠାରୁ ନୁବ୍ରା ଉପତ୍ୟକାର ଦୂରତ୍ୱ ପ୍ରାୟ ୧୬୦ କି.ମି.। ଏଠାରେ ପହଂଚିବାକୁ ହେଲେ ବିଶ୍ୱର ଅନ୍ୟତମ ଉଚ୍ଚ ରାଜପଥ ଖର୍ଦୁଲାଂ ଗିରିପଥ ଅତିକ୍ରମ କରି ଯିବାକୁ ହୁଏ। ଏହାର ଉଚ୍ଚତା ସମୁଦ୍ର ପତନ ଠାରୁ ପ୍ରାୟ ଅଠର ହଜାର ଫୁଟ୍। ଏଠାରେ ପହଂଚିଲେ କେତେକ ପର୍ଯ୍ୟଟକଙ୍କୁ ଉଚ୍ଚତା ଜନିତ ଅଶ୍ୱସ୍ତି ବୋଧ ହୁଏ। ତେଣୁ ଗାଡିରେ ଅମ୍ଳଜାନ ସିଲିଣ୍ଡର ସାଧାରଣତଃ ରଖାଯାଇଥାଏ। ଏଠାରେ ଅଟକି ଯାଇ କିଛି ସମୟ ତୁଷାରାବୃତ ଶୃଙ୍ଗ ତଥା ପାରିପାର୍ଶ୍ୱିକ ସୁଷମା ର ଦୃଶ୍ୟ ସ୍ମୃତି ପାଇଁ ସଂଚିତ ରଖିବାକୁ ହୁଏ। ଧୀରେ ଧୀରେ ଗାଡି ନୁବ୍ରା ଉପତ୍ୟକା ଆଡକୁ ଗଡିଚାଲେ। ନୁବ୍ରା ନଦୀର ଅଙ୍କା ବଙ୍କା ଗତିପଥ ମନରେ କାବ୍ୟିକ କଳ୍ପନା ସୃଷ୍ଟି କରିଥାଏ। ସେଦିନ ସଂଧ୍ୟାରେ ନୁବ୍ରା ଭେଲିରେ ପହଂଚି ବିଳାସପୂର୍ଣ୍ଣ ତମ୍ବୁ ଗୃହରେ ରହିବାକୁ ପଡିଥିଲା। ରାତ୍ରୀର ନୀରବତା ମଧ୍ୟରେ ନୁବ୍ରା ଉପତ୍ୟକା ଯେପରି ଅନନ୍ୟ ସ୍ୱରରେ ନିସ୍ତବ୍ଧତାର ରାଗ ନେଇ ସଙ୍ଗୀତ ପରିବେଷଣ କରି ଚାଲିଥିଲା। ରାତ୍ର ଭୋଜନ ପରେ ବିଶ୍ରାମ ନେଇ ପୁନଶ୍ଚ ସକାଳେ ଫେରନ୍ତା ବାଟରେ ଅନେକ ପୁରାତନ ମନେଷ୍ଟ୍ରୀ ଦେଖିବାକୁ ମିଳିଲା। କେତକ ସ୍ଥଳୀରେ ଗାଡିରୁ ଓହ୍ଲାଇ ଉଚ୍ଚ ପାବଚ୍ଛ ଶ୍ରେଣୀ ଆରୋହଣ କରିବାକୁ ପଡିଥାଏ, ମାତ୍ର ମନେ ଷ୍ଟ୍ରୀର କାରୁକାର୍ଯ୍ୟ ଓ ଏହାର ଐତିହ୍ୟ ସମ୍ପର୍ଣ୍ଣ ପରିବେଶ ଆରୋହଣର ଶ୍ରମ ଲାଘବ କରିଥାଏ।

ଲେହରେ ପହଂଚିବା ପୂର୍ବରୁ ଭାରତ, ଚୀନ, ସୀମାବର୍ତୀ ପାଂଗଙ୍ଗ୍ ସରୋବରର ଶୋଭାରେ ବିସ୍ମିତ ହେବାକୁ ଥିଲା। ଏହି ହ୍ରଦଟି ତତ୍କାଳୀନ ତିବ୍ୱତ ଭାରତ ସୀମାରେ ରହିଆସୁଅଛି। ଏହି ହ୍ରଦ କୂଳରେ ନୀରବରେ କିଛି ସମୟ ପଦୋଚ୍ଚାରଣ କଲେ ମନରେ ଶାନ୍ତି ଓ ଆନନ୍ଦ ସଂଚାରିତ ହୋଇଥାଏ।

ଏହିପରି ଭାବରେ ନୁବ୍ରା ଉପତ୍ୟକା ଓ ପାଂଗଙ୍ଗ୍ ହ୍ରଦ ଭ୍ରମଣ କରି ଲାଦାଖ ଭ୍ରମଣର ଅନୁଭୂତିକୁ ସାକାର କରିବାକୁ ହୋଇଥିଲା। ଯେଉଁମାନଙ୍କ ପାଇଁ ତୀବତ୍ ଭ୍ରମଣ ସମ୍ଭବପର ନୁହଁ ଲାଦାଖ୍ ପର୍ଯ୍ୟଟନରୁ ତୀବତ ର ଜଳବାୟୁ ଓ ସ୍ଥାନୀୟ

ଅଧିବାସୀ ମାନଙ୍କର ଜୀବନଚର୍ଯ୍ୟା ସମ୍ପର୍କରେ କିଛି ଅନୁଭୂତି ସଂଗ୍ରହ କରିବା ସହଜ ହୋଇଉଠେ।

ଭୁଲି ହେବ ନାହିଁ ଲାଦାଖ ଭ୍ରମଣ

ଗିରିପଥ ଗିରିଶୃଙ୍ଗ କଥା

ଭବ୍ୟ ମଠ ପରିବେଶ

ଦର୍ଶନ କରିଲେ

ହରିନିଏ ସବୁ ବ୍ୟଥା ॥

କୁସିନାରା ଓ ମହା ପରିନିର୍ବାଣ

ଗୋରଖପୁରରେ ରାତ୍ର ରହଣୀ, ଅପରାହ୍ନରେ ଗୋରଖନାଥ ମନ୍ଦିର ଦର୍ଶନ ଶେଷ ହୋଇ ଯାଇଥାଏ। ପରଦିନ କୁସିନଗର ଅର୍ଥାତ୍ ପାଲି ଭାଷାରେ ସେ ସମୟରେ କୁହାଯାଉଥିବା କୁସିନାରା ପରିଦର୍ଶନ କାର୍ଯ୍ୟକ୍ରମ। ନିଦ ଆସିବା ଯାଏ ବୁଦ୍ଧଙ୍କ ଭାବନାରେ ନିମଗ୍ନ ରହିବାକୁ ପଡିଛି। ବୁଦ୍ଧଦେବଙ୍କ ତପସ୍ୟା ଓ ସିଦ୍ଧିଲାଭ କ୍ଷେତ୍ର ବୁଦ୍ଧ ଗୟା ତଥା ପ୍ରଥମ ଧାର୍ମିକ ପ୍ରବଚନ କ୍ଷେତ୍ର ବାରାଣାସୀ ନିକଟବର୍ତୀ ସାରନାଥ ପୂର୍ବରୁ ଭ୍ରମଣ କରି ସାରିଛି। ବୁଦ୍ଧଙ୍କ ମହାପରିନିର୍ବାଣ କ୍ଷେତ୍ର କିପରି ହୋଇଥିବ ଏକଥା ନେଇ ଅନେକ ଭାବନା। ଇତି ପୂର୍ବରୁ ପ୍ରୟାଗରାଜର ଜଣେ ବନ୍ଧୁଙ୍କ ଠାରୁ ଶୁଣିଥିଲି ଯେ କୁସି ନଗରରେ ବୁଦ୍ଧଙ୍କ ଶାଇତ ପ୍ରତିମୂର୍ତି ଥିବା ଗୃହରେ ତାଙ୍କର ଉପସ୍ଥିତି କିପରି ଅନୁଭବ କରି ହୁଏ। ସେହି ଦିନ ଠାରୁ କୁସି ନଗର ଭ୍ରମଣ ନିମନ୍ତେ ଉତ୍ସାହୀ ଥିଲି। ଗୋରଖପୁରର ପୂର୍ବ ଦିଗରେ ପ୍ରାୟ ୫୩ କି.ମି. ଦୂରରେ ସେ ଦିନର କୁସିନାରା ଅର୍ଥାତ୍ ଆଜିର କୁସି ନଗର ଅବସ୍ଥିତ। ବୁଦ୍ଧଦେବ କୁସିନାରାରେ ପହଂଚିବା ପୂର୍ବରୁ ଏହି ଅଂଚଳ ଦେଇ କିପରି ପଦବ୍ରଜରେ ଆସି ସବୁଦିନ ପାଇଁ ଏଠାରୁ ବିଦାୟ ନେଇଥିଲେ ଏକଥା ମନ ମଧ୍ୟରେ ଆଙ୍କି ହେଉଥାଏ। ଏକାଗ୍ର ଭାବରେ ସେହି ସମୟର କଥା ଭାବି ଭାବି ଆଖି ଛଳଛଳ ହୋଇଗଲା। ବୁଦ୍ଧଙ୍କର ସାକ୍ଷାତ ଉପସ୍ଥିତି, ସେ ପୁଣି ଏତେ ଦୂରରୁ ଏବଂ ପ୍ରାୟ ତିନି ହଜାର ବର୍ଷ ପରେ କିପରି ଅନୁଭୂତିକୁ ଆର୍ଦ୍ର କରି ଆସୁଛି, ସେକଥା ଭାବି ବୁଦ୍ଧଦେବଙ୍କୁ କୃତଜ୍ଞତା ଜଣାଇଲି।

ଗାଡି କୁସି ନଗରରେ ପହଂଚିଲା। ପ୍ରଥମେ ବୁଦ୍ଧଙ୍କ ମହା ପରିନିର୍ବାଣ ପୀଠର ସେହି ଧ୍ୟାନ ଗୃହକୁ ଗଲି, ସେଠାରେ ଟିକିଏ ଗହଳି ଥିଲା, ସେମିତି କିଛି ଲାଗିଲା ନାହିଁ ଟିକିଏ ବାହାରକୁ ଆସି ଚତୁଃପାର୍ଶ୍ୱର ଦୃଶ୍ୟ ଦେଖିବାକୁ ଲାଗିଲି। ଶାଳବଣର ସ୍ମୃତି କେଉଁ ବିଗତ ଦିନର କଥା ମନରେ ଚଳଚ୍ଚିତ୍ର ପରି ଖେଳି ଯାଉଥିଲା। ପୁନଶ୍ଚ ନୀରବରେ ସେହି ଗୃହକୁ ଗଲି। ଏଥର ଗହଳି ନଥିଲା କିଛି ସମୟ ଏକାଗ୍ର ଭାବରେ

ବୁଦ୍ଧଙ୍କର ଶାଇତ ଅବସ୍ଥାରେ ଥିବା ଅପୂର୍ବ ପ୍ରତିମୂର୍ତ୍ତିକୁ ଏକାଗ୍ର ଭାବରେ ଅନାଇ ଧ୍ୟାନସ୍ଥ ହେଲି। ଏଥର କିନ୍ତୁ ଜଣାଗଲା ସ୍ୱୟଂ ବୁଦ୍ଧଦେବ ଯେପରି ଏହି ଗୃହ ମଧ୍ୟରେ ଚିର ନୀରବରେ ଶୋଇ ରହିଛନ୍ତି। ଇତିହାସ ଓ ପ୍ରତ୍ନତତ୍ତ୍ୱର ଜାଗ୍ରତ ସମାହାର। ପୁନର୍ବାର ବାହାରକୁ ଆସି ଚତୁଃପାର୍ଶ୍ୱରେ ନୀରବରେ ବୁଲିବାକୁ ଲାଗିଲି। କୁସି ନଗର ଏକ ଛୋଟ ସହର ଗୋରଖପୁରର ପୂର୍ବରେ ଅବସ୍ଥିତ। ବୁଦ୍ଧଦେବ ଏହିଠାରୁ ହିଁ ଜନ୍ମ ଓ ମୃତ୍ୟୁର ସୀମା ଡେଇଁ ଊର୍ଦ୍ଧ୍ୱକୁ ଯାଇଥିଲେ। ବୁଦ୍ଧଙ୍କ ଜୀବନ କାଳରେ କୁସିନାରା ମଲ୍ଲ ରାଜାଙ୍କର ରାଜଧାନୀ ଥିଲା। ସେ ଦିନର ୧୬ ଟି ଜନପଦ(ରାଜ୍ୟ) ମଧ୍ୟରୁ ଏହା ଅନ୍ୟତମ।

ଦ୍ୱାଦଶ ଶତାବ୍ଦୀ ପର୍ଯ୍ୟନ୍ତ ଏହା ଏକ ଗୁରୁତ୍ୱପୂର୍ଣ୍ଣ ନଗରୀ ଥିଲା। ଏହାପରେ କ୍ରମଶଃ ଏହା ଲୋକଲୋଚନରୁ ଦୂରକୁ ଚାଲିଗଲା। ୧୮୭୬ ମସିହାରେ ଏଠାରୁ ଏକ ବୃହତ ସ୍ତୁପ ଖୋଦିତ ହୋଇଥିଲା। ଏହାପରେ ପୁନଶ୍ଚ ଭୂ-ଖୋଦନ ଜାରି ରହି ବୁଦ୍ଧଦେବଙ୍କର ଶାଇତ ପ୍ରତିମୂର୍ତ୍ତି ମିଳିଥିଲା। କୁସିନାରା ହେଉଛି ବୁଦ୍ଧଦେବଙ୍କର ଜୀବନରେ ଘଟିଥିବା ୪ ଗୋଟି ମୂଖ୍ୟ ଘଟଣାବଳୀର କ୍ଷେତ୍ର ମଧ୍ୟରୁ ଅନ୍ୟତମ। ଅନ୍ୟ ତିନୋଟି ହେଉଛି ଲୁମ୍ବିନୀ ବୁଦ୍ଧଙ୍କ ଜନ୍ମସ୍ଥାନ ଯାହା ବର୍ତମାନ ନେପାଳ ଦେଶରେ ଅବସ୍ଥିତ। ବୁଦ୍ଧ ଗୟାରେ ବୁଦ୍ଧଙ୍କର ଜ୍ଞାନୋଦୟ ହୋଇଥିଲା ଏବଂ ସାରନାଥରେ ବୁଦ୍ଧଦେବ ତାଙ୍କର ପ୍ରଥମ ପ୍ରବଚନ ଦେଇଥିଲେ।

କୁସି ନଗରର ଅନ୍ୟାନ୍ୟ ଦର୍ଶନୀୟ ସ୍ଥାନ -

ନିର୍ବାଣ ସ୍ତୁପ -

ଏହା ଇଟା ନିର୍ମିତ ଏକ ସ୍ତୁପ, ଉଚ୍ଚତା ପ୍ରାୟ ୧.୭୪ ମିଟର, ଏକ ଉଦ୍ୟାନ ମଧ୍ୟରେ ଅବସ୍ଥିତ। ୧୮୬୭ ମସିହାରେ ଏହା ଆବିଷ୍କୃତ ହୋଇଥିଲା। ଏଠାରୁ ମିଳିଥିବା ଏକ ତାମ୍ର ପାତ୍ର ଅନୁସାରେ ଏବଂ ତତ୍କାଳୀନ ବ୍ରାହ୍ମୀ ଲିପିରୁ ଜଣାଯାଏ ଯେ ବୁଦ୍ଧଙ୍କର ଦେହାବଶେଷ ଏଥିରେ ସଙ୍ଗୃହିତ ହୋଇ ରହିଥିଲା।

ନିର୍ବାଣ ମନ୍ଦିର -

ପୂର୍ବ ବର୍ଣ୍ଣିତ ନିର୍ବାଣ ମନ୍ଦିର ୧୮୬୭ ମସିହାରେ ଆବିଷ୍କୃତ ହୋଇଥିଲା। ଏଠାରେ ବୁଦ୍ଧଙ୍କର ଯେଉଁ ଶାଇତ ପ୍ରତିମୂର୍ତ୍ତି ରହିଛି ଏହାର ଦୈର୍ଘ୍ୟ ପ୍ରାୟ ୬ ମିଟର। ଏହି ପ୍ରତିମୂର୍ତ୍ତି ଟି ବାଲି ପଥରରୁ ନିର୍ମିତ। ଏଥିରେ ବୁଦ୍ଧଦେବ ବାମ ପାର୍ଶ୍ୱକୁ କଡ କରି ଶୟନ ମୁଦ୍ରାରେ ରହିଛନ୍ତି। ଏଥିରେ ଥିବା ଲେଖାରୁ ଏହି ପ୍ରତିମୂର୍ତ୍ତି ପଂଚମ ଶତାବ୍ଦୀର ବୋଲି ଜଣାଯାଏ।

ଏଠାରୁ ୪୦୦ ମିଟର ଦୂରରେ କଳା ପଥରରେ ବୁଦ୍ଧଙ୍କର ଭୂମି ସ୍ପର୍ଶ ମୁଦ୍ରାର ଏକ ପ୍ରତିମୂର୍ତ୍ତି ରହିଛି। "ମାତା କୁଅଁର' ତୀର୍ଥ କୁହାଯାଉଥିବା ଏହି ସ୍ଥାନରେ ବୁଦ୍ଧଦେବ ତାଙ୍କର ଅନ୍ତିମ ପ୍ରବଚନ ଦେଇଥିଲେ। ନିର୍ବାଣ ସ୍ତୁପଠାରୁ ପ୍ରାୟ ୧ କି.ମି. ଦୂରରେ ରମାମ୍ଭର ସ୍ତୁପ ରହିଛି। ଏଠାରେ ବୁଦ୍ଧଙ୍କର ଅନ୍ତେଷ୍ଟି କ୍ରିୟା ସମ୍ପନ୍ନ ହୋଇଥିଲା। ଏହି ସ୍ତୁପ ଗୋଲାକାର, ଏହାର ପରିଧୀ ୩୧.୧୪ ମିଟର। ଏହା ୪୭.୨୪ ମିଟର ଏକ ସ୍ତୁପର ମୂଳ ସ୍ତୁପ ଉପରେ ଅବସ୍ଥିତ। କୁସି ନଗରର ଅନ୍ୟାନ୍ୟ ଆକର୍ଷଣ ମଧ୍ୟରେ ଜାପାନୀ ମାନଙ୍କ ଦ୍ୱାରା ନିର୍ମିତ ମନ୍ଦିର, କୁସି ନଗର ସଂଗ୍ରହାଳୟ, ଓ ଶିଶୁ ମାନଙ୍କ ପାଇଁ ନିର୍ମିତ ଜାପାନୀ ଗାର୍ଡନ ରହିଅଛି।

ଏତଦ୍ ବ୍ୟତୀତ ମାୟନମାର୍ ମନ୍ଦିର, ଚୀନ୍ ମନ୍ଦିର , ଥାୟଲାଣ୍ଡ ମନ୍ଦିର ଏବଂ ନିର୍ବାଣ ମନ୍ଦିର, ପାର୍ଶ୍ୱବର୍ତୀ ଧ୍ୟାନ ଉଦ୍ୟାନ ଅନ୍ୟତମ।

ସେ ଦିନ ଏହି ସ୍ଥାନ ପରିଦର୍ଶନ କରି ଅପରାହ୍ନରେ ଫେରିବା ବାଟରେ ଏପରି ଅନୁଭୂତ ହେଲା, ଯେପରି ମହାପରିନିର୍ବାଣ କ୍ଷେତ୍ରରେ ବୁଦ୍ଧଦେବଙ୍କୁ ବିଦାୟ ଦେଇ ଫେରି ଆସୁଛି। ଅସ୍ତଗାମୀ ସୂର୍ଯ୍ୟଙ୍କୁ ଦିବସ ଅବସାନ ସମୟରେ ବିଦାୟ ଜଣାଇ ଗୋରଖପୁରରେ ପୁନଶ୍ଚ ରାତ୍ର ଯାପନ ନିମନ୍ତେ ଫେରି ଆସିଲି। ପରଦିନ ସକାଳର ସୂର୍ଯ୍ୟୋଦୟ ସହ ରେଳଗାଡିରେ ବସି ବାରାଣାସୀ ଅଭିମୁଖେ ଅଭିମୂଖେ ଯାତ୍ରା କଲି।

କୁସିନାରା ଭାବନାରେ
ଆଣିଦିଏ ଅନନ୍ୟ ସ୍ପନ୍ଦନ
ପରିନିର୍ବାଣ ବେଳର
ବୁଦ୍ଧଙ୍କ ଜୀବନ।।

ବିନସାରରେ ଦିନଟିଏ

ଉତ୍ତରାଖଣ୍ଡକୁ ସମସ୍ତେ ଦେବଭୂମି ବୋଲି ଜାଣିଛନ୍ତି। ଏଠାରେ ଅବସ୍ଥିତ ଚାରି ଧାମ ଶ୍ରଦ୍ଧାଳୁ ମାନଙ୍କ ପାଇଁ ଜୀବନ କାଳରେ ଥରେ ବୁଲି ଆସିବାର ସୁଯୋଗକୁ ଅପେକ୍ଷା କରିଥାଏ। ଏହା ଦ୍ୱାରା ଯେପରି ସମସ୍ତ ଜୀବନର ପୁଣ୍ୟ ଲାଭର ଆଶା ଚରିତାର୍ଥ ହୋଇଯିବ। ହିମାଳୟର ସହିତ ହିମାଳୟରୁ ନିର୍ଗତ ଗଙ୍ଗା ଓ ଅନ୍ୟାନ୍ୟ ନଦନଦୀ ଉତରାଖଣ୍ଡକୁ ଯଥାର୍ଥ ଏକ ସ୍ୱର୍ଗଲୋକର ମର୍ଯ୍ୟାଦା ଦେଇ ଆସିଛି । ଉତରାଖଣ୍ଡର ପ୍ରସିଦ୍ଧ ତୀର୍ଥକ୍ଷେତ୍ର ହରିଦ୍ୱାର ଋଷିକେଶ ଓ ଚାରିଧାମ ଯଥା ବଦ୍ରିନାଥ, କେଦାରନାଥ, ଗଙ୍ଗୋତ୍ରୀ ଏବଂ ଯମୁନୋତ୍ରୀ ବ୍ୟତୀତ ଆହୁରି ଅନେକ ପର୍ଯ୍ୟଟନ ସ୍ଥଳୀ ରହିଛି। ଏହିସବୁ ସ୍ୱଳ୍ପ ପରିଚିତ ପର୍ଯ୍ୟଟନ କ୍ଷେତ୍ର ପ୍ରକୃତି ପ୍ରେମୀ ମାନଙ୍କୁ ଆକର୍ଷିତ କରିଥାଏ। ଏହି ପ୍ରସଙ୍ଗରେ ଆଜି ଆମେ ବିନସାର୍ ବିଷୟରେ ଆଲୋକପାତ କରିବା।

ଉତ୍ତରାଖଣ୍ଡର ଲୋକପ୍ରିୟ ଶୈଳନିବାସ ନୈନିତାଲ ଖୁବ୍ ସୁନ୍ଦର ହୋଇଥିଲେ ମଧ୍ୟ ସର୍ବଦା ଜନଗହଳି ପୂର୍ଣ୍ଣ ମନେ ହୁଏ। ସେହିପରି ମସୌରୀ ଆଦି ଶୈଳନିବାସ ଦିଲ୍ଲୀର ନିକଟବର୍ତ୍ତୀ ହୋଇଥିବାରୁ ସପ୍ତାହନ୍ତ ପର୍ଯ୍ୟଟକ ସହିତ ଗ୍ରୀଷ୍ମକାଳୀନ ପର୍ଯ୍ୟଟକମାନଙ୍କ ଦ୍ୱାରା ଲୋକାରଣ୍ୟ ହୋଇଯାଏ।

ଏହି ଭାବନା ମଧ୍ୟରେ ଦିଲ୍ଲୀ ଭ୍ରମଣ କାଳରେ ହଠାତ୍ ଦିନେ ସମୟ ଦେଖି ଏକାକୀ ବାହାରି ବସିଲି, ପୂର୍ବରୁ ଶୁଣିଥିବା ବିନସାର ଅଭୟାରଣ୍ୟ ଭ୍ରମଣ ପାଇଁ। ଆଲମୋଡା ଠାରେ ଅବସ୍ଥିତ ବିବେକାନନ୍ଦଙ୍କ ଆଶ୍ରମ ପରିଦର୍ଶନ ପରେ ବିନସାର ଅଭିମୂଖେ ଚାଲିଲି। ଏଠାରୁ ବିନସାରର ଦୂରତ୍ୱ ପ୍ରାୟ କୋଡିଏ କି.ମି.। ପାର୍ବତ୍ୟ କ୍ଷେତ୍ର ଶୋଭା ଦେଖି ଦେଖି ଧୀର ମନ୍ଥର ଗତିରେ ଗାଡି ବିନସାରରେ ଯାଇ ଅପରାହ୍ନ ପୂର୍ବରୁ ପହଂଚିଲା। ଖୁବ୍ ମନୋରମ ସ୍ଥଳୀରେ ଅବସ୍ଥିତ କ୍ଲବ ମହିନ୍ଦ୍ରା ଆବାସ ସ୍ଥଳୀରେ ଷ୍ଟୁଡିଓ ରୁମଟିଏ ମିଳିଗଲା। ବୃହତର ଶୟନ କକ୍ଷ ସହିତ ସବୁଜିମା ଭରା ପାର୍ଶ୍ୱବର୍ତୀ ବାଲକୋନୀରୁ, ପର୍ବତ ମାଳା ସବୁ ମନୋମୁଗ୍ଧକର ଲାଗୁଥିଲା। କିଛି ସମୟ ତଳକୁ

ଆସି ଚତୁଃପାର୍ଶ୍ୱରେ ବୁଲାବୁଲି କରି ପୁଣି ଉପରକୁ ଆସି ବାଲକୋନୀରେ ବସି ପଠନ ଓ ଲେଖନ ସାମଗ୍ରୀ ଧରି ବସି ପଡ଼ିଲି। ପ୍ରକୃତି ମାଆର କୋଳରେ ଏକ ଦୋଳିରେ ବସି ନିଜକୁ ଆମୋଦିତ କରୁଥିବା ପରି ଅନୁଭବ ମନେ ହେଲା।

ବିନସାରର ଶାନ୍ତ ପ୍ରକୃତି ଏକାନ୍ତ ଅଭିଳାଷୀ ପର୍ଯ୍ୟଟକ ମାନଙ୍କୁ ସର୍ବଦା ଆମନ୍ତ୍ରଣ କରିଥାଏ। ଚଉଦିଗରେ ସବୁଜିମାର ଆସ୍ତରଣ ହିମାଳୟର ଶାନ୍ତ ପ୍ରକୃତି ସହିତ ପକ୍ଷୀ ମାନଙ୍କର ମଧୁର ସଙ୍ଗୀତ ଭିନ୍ନ ଏକ ଲୋକକୁ ନେଇଯାଉଥାଏ। କିଛି ସମୟ ସନ୍ଧ୍ୟାକାଳୀନ ଦୃଶ୍ୟ ଅବଲୋକନ କରି ପୁଣି ବିଶ୍ରାମ ନେଲି।

ପରଦିନ ସକାଳେ ଜିରୋ ପଏଂଟ ବୁଲି ଦେଖିବାର କଥା। ଏହି ସ୍ଥଳୀରୁ ହିମାଳୟର ନନ୍ଦାଦେବୀ, ପଂଚଚୂଲୀ, ତ୍ରିଶୁଳ ଓ ହିମାଳୟର ଅନ୍ୟାନ୍ୟ ଶିଖର ଦେଖିବା ସହଜ। ପକ୍ଷୀ ମାନଙ୍କୁ ଭଲ ପାଉଥିବା ଏବଂ ପକ୍ଷୀ ମାନଙ୍କୁ ନିରୀକ୍ଷଣ କରି ଚିତ୍ର ଉତୋଳନ କରିବାକୁ ଭଲ ପାଉଥିବା ପର୍ଯ୍ୟଟକ ମାନଙ୍କ ପାଇଁ ବିନସାର ପ୍ରକୃଷ୍ଟ କ୍ଷେତ୍ର। ବିନସାରର ଉଚ୍ଚତମ ସ୍ଥଳୀ ପ୍ରାୟ (ଜିରୋ ପଏଂଟ) ପ୍ରାୟ ୨୪୦୮ ମିଟର ଉଚ୍ଚତାରେ ଅବସ୍ଥିତ। ଏଠାରୁ ୩୫୦ କି.ମି. ଦୂରରେ ଥିବା ହିମାଳୟ ଶିଖର ସବୁ ଦୃଷ୍ଟି ଗୋଚର ହୋଇଥାଏ। ଏଥି ମଧ୍ୟରେ ନେପାଳରେ ଅବସ୍ଥିତ ଅନ୍ନପୂର୍ଣ୍ଣା ଶିଖର ଅନ୍ୟତମ।

କୁମାଓ ଅଂଚଳର ଚାନ୍ଦ ବଂଶର ରାଜାଙ୍କର ଗ୍ରୀଷ୍ମକାଳୀନ ରାଜଧାନୀ ଭାବରେ ବିନସାର ଏକଦା ରହିଥିଲା। ଏଠାରେ ଅବସ୍ଥିତ ଷୋଡଶ ଶତାବ୍ଦୀର ବିନେଶ୍ୱର ମହାଦେବ ମନ୍ଦିର ଏପର୍ଯ୍ୟନ୍ତ ସେହିପରି ରହିଅଛି। ସମ୍ଭବତଃ ଏହି ମହାଦେବଙ୍କ ନାମରୁ ବିମସାର ଆସିଅଛି। ଅରଣ୍ୟ ମଧ୍ୟରେ ପଦବ୍ରଜରେ ବିନସାରକୁ ଆବିଷ୍କାର କରିବାର ଆନନ୍ଦ ଏକାନ୍ତ ଅନନ୍ୟ। ପର୍ବତ ଓ ଉପତ୍ୟକାର ଆରୋହଣ ପର୍ଯ୍ୟଟକ ଓ ପରିବ୍ରାଜକ ମାନଙ୍କୁ ଅଶେଷ ଆନନ୍ଦ ଦେଇଥାଏ। ତୁଷାରାବୃତ ବୃହତର ହିମାଳୟ ପର୍ବତ ମାଳାର ଶିଖର ଗୁଡିକୁ ବିନସାରରୁ ଅବଲୋକନ କରିବା ର ଆନନ୍ଦ ସ୍ମୃତି ପଟରେ ସାଇତା ହୋଇ ରହିଥାଏ। ମାର୍ଚ୍ଚ ଓ ଏପ୍ରିଲ ମାସ କିମ୍ବା ସେପ୍ଟେମ୍ବର ଓ ଅକ୍ଟୋବର ମାସ ପାଗ ପ୍ରାୟ ପରିଷ୍କାର ଥାଏ। ଏସବୁ ଶିଖର ଜିରୋ ପଏଂଟରୁ ସହଜରେ ଦୃଷ୍ଟିଗୋଚର ହୁଏ। ବିନସାରର ଅଭୟାରଣ୍ୟରେ ବନ୍ୟପ୍ରାଣୀ ମାନଙ୍କୁ ନଜର ଦେବାର ଆଗ୍ରହ ପର୍ଯ୍ୟଟକ ମାନଙ୍କୁ ଏଠାକୁ ଆକର୍ଷିତ କରିଥାଏ। ବିନସାର କାଠ ଗୋଦାମ ରେଳ ଷ୍ଟେସନ ଠାରୁ ପ୍ରାୟ ୧୨୨ କି.ମି. ଦୂର। ଏଠାକୁ ଦିଲ୍ଲୀର ଆନନ୍ଦ ବିହାର ରେଳ ଷ୍ଟେସନରୁ କାଠ ଗୋଦାମ ପର୍ଯ୍ୟନ୍ତ ଶତାବ୍ଦୀ ଏକ୍ସପ୍ରେସରେ ପହଂଚି ହୁଏ। ଏତଦ୍ ବ୍ୟତୀତ ପୁରୁଣା ଦିଲ୍ଲୀରୁ ରାଣୀଖେତ ଏକ୍ସପ୍ରେସରେ ମଧ୍ୟ ଆସିବା ସହଜ।

ଦିଲ୍ଲୀରୁ ମୁରାଦାବାଦ ରାମପୁର କାଠ ଗୋଦାମ ଭିମତାଲ ଓ ଆଲମୋଡା ଦେଇ ଏଠାରେ ପହଂଚି ହୁଏ। ସମଗ୍ର ଦୂରତ୍ୱ ୪୦୦ କି.ମି.। ବିନସାର ଅଭୟାରଣ୍ୟରେ ଚିତା ବାଘ, ପାହାଡୀ ଛେଳି, ବନ୍ୟ ବରାହ, ଝିଙ୍କ, ବିଲୁଆ, ଜଙ୍ଗଲୀ ବିଲେଇ, ଏବଂ ଲଙ୍ଗୁର ସହିତ ପ୍ରାୟ ୨୦୦ ପ୍ରକାର ପକ୍ଷୀ ପ୍ରଜାତି ଦେଖିବାର ସୁଯୋଗ ରହିଛି। ଏତଦ୍ ବ୍ୟତୀତ ବିନସାର ନିକଟବର୍ତ୍ତୀ ଗ୍ରାମ ଗୁଡିକ ପରିଦର୍ଶନ କରି ଜଣେ ହିମାଳୟ ଅଂଚଳର ଗ୍ରାମୀଣ ଜନଜୀବନ ସମ୍ପର୍କରେ ଜ୍ଞାନ ଆହରଣ କରିପାରେ।

ସ୍ୱଳ୍ପ ସମୟରେ
ବିନସାର ନେଇଯାଏ
ସ୍ୱର୍ଗୀୟ ସୁଷମା ଆଡକୁ
ଆଖି ଲାଖିରହେ ଦେଖିବାକୁ
ତୁଷାରାବୃତ ଶିଖର ଗୁଡିକୁ।।

■

ଜିମ୍ କାର୍ବେଟ୍ ଜାତୀୟ ଉଦ୍ୟାନ

ଜିମ୍ କାର୍ବେଟ୍ ର ସେହି ସ୍ମରଣୀୟ ସକାଳଟି ଆଜି ବି ମନରେ ସତେଜ ରହିଛି। ପୂର୍ବଦିନ ଅପରାହ୍ନରେ ରାମଗଙ୍ଗା ନଦୀ ତୀରରେ ବୁଲାବୁଲି କରି ରାତ୍ର ରହଣୀ ପାଇଁ ଉଦ୍ୟାନ ମଧ୍ୟସ୍ଥ ବନ ବିଭାଗର ଆବାସଟିଏ ମିଳି ଗଲା। ରାତ୍ରିରେ କେବଳ ପକ୍ଷୀ ଓ କୀଟପତଙ୍ଗ ମାନଙ୍କର ଶବ୍ଦରେ ଅରଣ୍ୟର ଅନୁଭୂତି ନେବାକୁ ହୋଇଥିଲା। ରାତ୍ରୀ କାଳରେ ନିବାସ ପରିସର ବାହାରରେ ନ ବୁଲିବାକୁ କଡା ନିୟମ ଥିଲା। ତେଣୁ ଚୁପ୍‌ଚାପ୍ ରାତ୍ର ଯାପନ କରିବାକୁ ହେଲା। ପରଦିନ ସକାଳେ ଜିପ୍ ରେ ବସି ଦିଖାଲା ଅଂଚଳ ନିକଟବର୍ତ୍ତୀ ବୁଲିବାର କାର୍ଯ୍ୟକ୍ରମ ରହିଥିଲା। ପାଖ ଆଖ ବିଭିନ୍ନ ସ୍ଥାନରେ ବରାହ ତଥା ହରିଣ ପଲ ସହଜରେ ଦୃଷ୍ଟି ଗୋଚର ହେଉଥିଲେ। ଜଙ୍ଗଲର ମୁକ୍ତ ପରିବେଶରେ ଜଙ୍ଗଲର ରାଜା ବାଘ ଦେଖିବାକୁ ସମସ୍ତେ ଆଗ୍ରହୀ ରହିଥାନ୍ତି। କିନ୍ତୁ ଏହା ଦ୍ୱାରା ଜଙ୍ଗଲର ଶୋଭା ଦର୍ଶନ ତଥା ଅନ୍ୟାନ୍ୟ ପଶୁପକ୍ଷୀ ମାନଙ୍କର ବିଚରଣ ଓ ବ୍ୟବହାର ଦେଖିବାର ସୁଯୋଗରୁ ଅନେକ ସମୟରେ ବଂଚିତ ହେବାକୁ ପଡେ। କେତେ ଜାତିର ପକ୍ଷୀ, କେତେ ପ୍ରକାର ସେମାନଙ୍କ ସ୍ୱର ଓ ରଙ୍ଗ, ନୀରବ ନ ରହିଲେ ଏସବୁ ର ଅନୁଭୂତି ହାତଛଡା ହୋଇଯାଏ।

ହଠାତ୍ ଜିପ୍ ରେ ଥିବା ଗାଇଡ ଜଣକ ଗାଡିର ଚାଳକଙ୍କୁ ଠାରରେ କିଛି ସୂଚନା ଦେଲେ। ତେଣୁ ଚାଳକ ଗାଡି ଧୀରେ ଧୀରେ ଚଳାଇବାକୁ ଲାଗିଲେ। ବାମ ପାର୍ଶ୍ୱରେ କିଛି ଦୂରରେ ଏକ ଦନ୍ତା ହାତୀ ସଦର୍ପରେ ବିଚରଣ କରୁଥିବାର ଦୃଶ୍ୟ ଦେଖିବାକୁ ମିଳିଲା। ଏହାକୁ ନିରୀକ୍ଷଣ କରୁ କରୁ ଏକ ହାତୀ ପଲ ଅନେକ ହାତୀ ସହିତ ଏକ ବିରାଟ ପଟୁଆରରେ ଜିପ୍ ସାମନାରେ ରାସ୍ତା ପାର ହେଉଥିବାର ଆକର୍ଷଣୀୟ ଦୃଶ୍ୟ। ଏହା ସହସା ରୋମାଂଚକର ଥିଲା। ସେମାନେ ଖୁବ୍ ଶୃଂଖଳିତ ଭାବରେ ବିଭିନ୍ନ ଅଙ୍ଗଭଙ୍ଗୀ କରି ଖୁସି ମନରେ ନିକଟବର୍ତ୍ତୀ ଜଳାଶୟରେ ସ୍ନାନ ନିମନ୍ତେ ଯାଉଥିଲେ। ହାତୀ ପଲ ରାସ୍ତା ପାର ହେବା ପର୍ଯ୍ୟନ୍ତ ଧୈର୍ଯ୍ୟ ସହିତ ସେଠାରେ

ଅପେକ୍ଷା କରିବାକୁ ପଡିଥିଲା । ଏହା ପରେ ଅନ୍ୟାନ୍ୟ କିଛି ଅଂଚଳ ବୁଲାବୁଲି କରି ସେଦିନର ପ୍ରାତଃ ସଫାରୀ ସମ୍ପୂର୍ଣ୍ଣ ହୋଇଥିଲା । ଏକଥା ସମସ୍ତଙ୍କୁ ଜଣା ଯେ ଜିମ୍ କାର୍ବେଟ୍ ଭାରତର ଏକ ପ୍ରଖ୍ୟାତ ଜାତୀୟ ଉଦ୍ୟାନ । ସୁନାମ ଧନ୍ୟ ଶିକାରୀ ତଥା ଇଂରେଜ ଅମଳର ବନ୍ୟପ୍ରାଣୀ ବିଶାରଦ ଜିମ୍ କର୍ବେଟଙ୍କ ନାମରେ ନାମିତ । ଏହି ଜାତୀୟ ଉଦ୍ୟାନ ଉତରାଖଣ୍ଡ ପ୍ରଦେଶର ଗୌରବ ମଣ୍ଡନ କରୁଛି । ବନ୍ୟପ୍ରାଣୀ ବ୍ୟତୀତ ଏଠାକାର ବନ୍ୟ ସମ୍ପଦ ର ସୁଷମା ସମସ୍ତଙ୍କୁ ମୋହିତ କରିଥାଏ । ଏଥି ସହିତ ଘନ ଜଙ୍ଗଲ ମଧ୍ୟରେ ରାତ୍ରୀ ଯାପନ ତଥା ଆବାସ ସ୍ଥଳୀ ନିକଟରେ ଜଙ୍ଗଲର ଅନୁଭୂତି ଖୁବ୍ ଆମୋଦକର । ଜିମ୍ କାର୍ବେଟ୍ ଜାତୀୟ ଉଦ୍ୟାନର ପର୍ଯ୍ୟଟନ ଅଂଚଳ ମଧ୍ୟରେ ଦିଖାଲା ଅନ୍ୟତମ । ଏହାର ଅବସ୍ଥିତି ବନ୍ୟପ୍ରାଣୀ ମାନଙ୍କର ଦେଖିବାର ସୁଯୋଗ ସହଜରେ ଦେଇଥାଏ । ଏତଦ୍ ବ୍ୟତୀତ ଏଠାକାର ସୁବ୍ୟବସ୍ଥା ପ୍ରକୃତି ପ୍ରେମୀ ମାନଙ୍କୁ ପସନ୍ଦ ଯୋଗ୍ୟ । ଆଜିକାଲି ଜିମ୍ କାର୍ବେଟ୍ ର ପାର୍ଶ୍ୱବର୍ତୀ ଅଂଚଳରେ ଜଙ୍ଗଲ ବିଭାଗର ଅନୁମୋଦନ ନେଇ ଅନେକ ହୋଟେଲ ଓ ରିଜର୍ଟ ନିର୍ମିତ ହୋଇଛି । ଅନ୍ୟ ଏକ ବାର ଜିମ୍ କାର୍ବେଟ୍ ଯାତ୍ରା ସମୟରେ ରାସ୍ତା ପାର ହୋଇ ଦ୍ରୁତ ବେଗରେ ଯାଉଥିବା ଏକ ଚିତା ବାଘର ଦୃଶ୍ୟ ଏପର୍ଯ୍ୟନ୍ତ ମନରେ ଲାଖି ରହିଛି ।

ଏହି ଜାତୀୟ ଉଦ୍ୟାନର ବିସ୍ତୃତ ଇଲାକାରେ ବିଭିନ୍ନ ପ୍ରଜାତିର ବନ୍ୟପ୍ରାଣୀ, ସରୀସୃପ ଓ ପକ୍ଷୀ ମାନଙ୍କୁ ଦେଖିବା ପାଇଁ ଦେଶ ବିଦେଶରୁ ଅନେକ ପର୍ଯ୍ୟଟକ ଆସିଥାନ୍ତି । ନିଜ ସ୍ମୃତି ପଟରେ ଏ ସବୁ ଅନୁଭୂତି ଅଧିକାଂଶ ସାଇତି ରଖିଥାନ୍ତି କିମ୍ବା ନିଜର କ୍ୟାମେରା ରେ ଚିତ୍ରୋତୋଳନ କରି ଅନ୍ୟ ମାନଙ୍କୁ ଦେଖାଇବାର ସୁଯୋଗ ନିଅନ୍ତି । ଏଠାକୁ ରେଳ ଯୋଗେ ଆସିବାକୁ ହେଲେ ରାମ ନଗର ଷ୍ଟେସନରେ ଅବତରଣ କରିବାକୁ ହୁଏ । ମୌସୁମୀ ବୃଷ୍ଟି କାରଣରୁ ଜୁନ୍ ମାସର ମଧ୍ୟ ଭାଗରୁ ସେପ୍ଟେମ୍ବର ପର୍ଯ୍ୟନ୍ତ ଭାରତର ଅଧିକାଂଶ ଜାତାୟ ଉଦ୍ୟାନ ପର୍ଯ୍ୟଟକ ମାନଙ୍କ ପାଇଁ ସାଧାରଣତଃ ବନ୍ଦ ରହିଥାଏ ।

ଜିମ୍ କାର୍ବେଟଙ୍କ ଦ୍ୱାରା ଲିଖିତ ସେ ସମୟର ମଣିଷ ଖିଆ ବ୍ୟାଘ୍ର ଶିକାରର କାହାଣୀ ଖୁବ୍ ରୋମାଂଚକର । ବନ୍ୟଯନ୍ତୁ ପ୍ରେମୀ ପାଠକ ମାନଙ୍କୁ ଏହା ସର୍ବଦା ଆନନ୍ଦ ପ୍ରଦାନ କରିଥାଏ । ରାମଗଙ୍ଗା ଉପତ୍ୟକା ମଧ୍ୟରେ ଅବସ୍ଥିତ ଏହି ଜାତୀୟ ଉଦ୍ୟାନ ହିମାଳୟର ପାଦଦେଶର ଶୋଭା ବର୍ଦ୍ଧନ କରି ଆସୁଛି । ନୂଆ ଦିଲ୍ଲୀ ଠାରୁ ଏହାର ଦୂରତ୍ୱ ପ୍ରାୟ ୩୦୦ କି.ମି. । ନଭେମ୍ବର ଠାରୁ ମାର୍ଚ୍ଚ ମାସ ପରିଭ୍ରମଣ ପାଇଁ ଏହା ପ୍ରକୃଷ୍ଟ ସମୟ । ଡିସେମ୍ବର ଠାରୁ ଫେବୃଆରୀ ପର୍ଯ୍ୟନ୍ତ ଏଠାର ତାପମାତ୍ରା ପ୍ରାୟ ୫ ଡିଗ୍ରୀକୁ ଖସି ଆସିଥାଏ । ଜଙ୍ଗଲ ବିଭାଗର ବିଶ୍ରାମ ସ୍ଥଳୀ ମଧ୍ୟରେ ଦିଖାଲା,

ବିଜରାଣୀ, ସରାବଦୁଲୀ ଠାରେ ରହିବାର ବ୍ୟବସ୍ଥା ରହିଅଛି । ଏତଦ୍ ବ୍ୟତୀତ ସପରିବାର ଛୁଟି ବିତାଇବା ପାଇଁ ଘରୋଇ ଆବାସସ୍ଥଳୀର ସୁବ୍ୟବସ୍ଥା ପାର୍ଶ୍ୱବର୍ତୀ ବିଭିନ୍ନ ସ୍ଥାନରେ ରହିଅଛି ।

ଜିମ୍ କାର୍ବେଟ ତୁମେ ମନେ ପଡ
ଅନେକ ଅଭୁଲା କାହାଣୀକୁ ନେଇ
ବ୍ୟାଘ୍ର ସଙ୍ଗେ ସାକ୍ଷାତ ନିମନ୍ତେ
କେତେ ଦୂରୁ ଆସୁ ଆମେ ଧାଇଁ ॥

ଦେବ ପ୍ରୟାଗର ସ୍ମୃତି

ଆମର ପୁଣ୍ୟ ଜନ୍ମଭୂମି ଭାରତବର୍ଷ କଥା ଭାବି ବସିଲେ ହିମାଳୟ ଭାବନା ପ୍ରଥମେ ମନକୁ ଆସେ। ପୁନଶ୍ଚ ମାତୃସ୍ୱରୂପା ଗଙ୍ଗା ନଦୀର ପ୍ରତିଛବି ସ୍ୱତଃ ଚକ୍ଷୁ ସମ୍ମୁଖରେ ଉଭାସିତ ହୋଇଉଠେ। ହିମାଳୟ ଓ ଗଙ୍ଗାନଦୀ ଧାର୍ମିକ ଓ ଆଧ୍ୟାତ୍ମିକ ତଥା ଭୌଗୋଳିକ ଦୃଷ୍ଟି କୋଣରୁ ଆମ ଦେଶକୁ ସ୍ୱତନ୍ତ୍ର ପରିଚୟ ଦେଇଛନ୍ତି। ସମସ୍ତେ ଭାବନ୍ତି ଗଙ୍ଗାନଦୀ ହିମାଳୟରୁ ବାହାରି ଗଙ୍ଗା ସାଗର ଠାରେ ସାଗର ସହିତ ସମ୍ମିଳିତ ହୋଇଛି। ମାତ୍ର ପ୍ରକୃତ ପକ୍ଷେ ଏକଥା ସାମାନ୍ୟ ଭିନ୍ନ। ହିମାଳୟର ଭିନ୍ନ ଭିନ୍ନ ଉତ୍ସରୁ ଦୁଇଟି ନଦୀ ସୃଷ୍ଟ ହୋଇଛନ୍ତି। ପ୍ରଥମଟି ଭାଗିରଥୀ ଓ ଅନ୍ୟଟି ଅଳକାନନ୍ଦା ଏହି ଦୁଇ ନଦୀ ଦେବ ପ୍ରୟାଗଠାରେ ମିଳିତ ହୋଇ ଗଙ୍ଗା ନାମ ଧାରଣ କରିଛନ୍ତି। ସେହି ଦୃଷ୍ଟିରୁ ପ୍ରୟାଗରାଜର ଗଙ୍ଗା ଯମୁନା ଓ ସରସ୍ୱତୀର ସଙ୍ଗମ ପରି ଦେବ ପ୍ରୟାଗ ଗଙ୍ଗା ନଦୀକୁ ବିଶେଷ ପରିଚୟ ପ୍ରଦାନ କରିଛି। ପଂଚ ପ୍ରୟାଗ ମଧ୍ୟରୁ ଦେବ ପ୍ରୟାଗ ଅନ୍ୟତମ। ଏଠାରେ ଅଳକାନନ୍ଦା ଓ ଭାଗିରଥୀ ନଦୀର ସ୍ୱଚ୍ଛ ଧାରା କିପରି ଭାବରେ ମିଳିତ ହୋଇ ନୂତନ ନାମ ଗଙ୍ଗା ନାମ ଧାରଣ କରିଛନ୍ତି, ଏହାର ଅନୁଭୂତି ସହିତ ଅନନ୍ୟ ଦୃଶ୍ୟ ଦେଖିବାକୁ ହୋଇଥାଏ।

ଦେବ ପ୍ରୟାଗ ସହରଟି ଖୁବ୍ ଛୋଟ ହେଲେ ମଧ୍ୟ ଏକ ସୁଷମା ମଂଡିତ ପୁଣ୍ୟ ପୀଠ, ଏହା ଏହି ତିନି ନଦୀର ଭୂଗୋଳ ଓ ମହାନତାକୁ ପରିପ୍ରକାଶ କରୁଛି। ଏହାର ସଙ୍ଗମ ସ୍ଥଳୀରେ ଗଙ୍ଗା ମନ୍ଦିର ଅବସ୍ଥିତ। ଏଠାରେ ଚନ୍ଦ୍ର ଓ ସୂର୍ଯ୍ୟ ଗୁମ୍ଫା ଅବସ୍ଥିତ। ଧାର୍ମିକ ବିଶ୍ୱାସ ଅନୁସାରେ ଏହି ସ୍ଥଳିରେ ସ୍ନାନ କଲେ ପୂର୍ବ ଜନ୍ମର ପାପ ସବୁ ପ୍ରକ୍ଷାଳିତ ହୋଇ ପୁଣ୍ୟ ଅର୍ଜନ ହୋଇଥାଏ। ଗଙ୍ଗାନଦୀରେ ପରଲୋକଗତ ସମ୍ପର୍କୀୟ ମାନଙ୍କର ଚିତା ଭସ୍ମ ବିସର୍ଜନ କରି ଏଠାରେ ଶ୍ରାଦ୍ଧ ସମ୍ପାଦନ କରାଯାଇଥାଏ। ଏହା ଅଖଂଡ ସୌଭାଗ୍ୟର ସୂଚନା ଦିଏ। ଏହି ସ୍ଥଳୀରେ ତର୍ପଣ ଏକ ଅଲୌକିକ ଅନୁଭୂତି।

କୁହାଯାଏ ଯେ ପ୍ରଭୁ ଶ୍ରୀରାମ ଓ ଭ୍ରାତା ଲକ୍ଷ୍ମଣ ଏଠାରେ ଏକ ଯଜ୍ଞ ବର୍ତ୍ତମାନର

ରଘୁନାଥ ମନ୍ଦିରର ପ୍ରାଙ୍ଗଣରେ ଆୟୋଜନ କରିଥିଲେ। ଆଦି ଶଙ୍କରାଚାର୍ଯ୍ୟ ଖ୍ରୀଷ୍ଟିୟ ପ୍ରଥମ ଶତାବ୍ଦୀରେ ଏଠାରେ ଏକ ରଘୁନାଥଙ୍କ ପ୍ରତିମୂର୍ତ୍ତି ସ୍ଥାପନ କରିଥିଲେ। ପ୍ରଭୁ ଶ୍ରୀରାମଙ୍କ ପ୍ରତି ଉଦ୍ଦିଷ୍ଟ ଚାରିଗୋଟି ମୁଖ୍ୟସ୍ଥଳୀ ମଧ୍ୟରୁ ଏହା ଅନ୍ୟତମ। ଦେବ ପ୍ରୟାଗଠାରେ ଅନ୍ୟ କେତେକ ଛୋଟ ଛୋଟ ମନ୍ଦିର ଯଥା ଅନ୍ନପୂର୍ଣ୍ଣା ଦେବୀ, ହନୁମାନ ଓ ଗରୁଡ ମହାଦେବ ମନ୍ଦିର ରହିଅଛି। ସ୍ୱଳ୍ପ ଦୂରରେ ଚଂଡେଶ୍ୱର ମହାଦେବ ମନ୍ଦିର ଅବସ୍ଥିତ।

ଆଚାର୍ଯ୍ୟ ପଂଡିତ ଚନ୍ଦ୍ରଶେଖର ଯୋଶୀ ୧୯୪୬ ମସିହାରେ ନିକଟସ୍ଥ ତୁନାଙ୍ଗୀ ଗ୍ରାମରେ ନକ୍ଷତ୍ର ପର୍ଯ୍ୟବେକ୍ଷଣ ନିମନ୍ତେ ଏକ ନକ୍ଷତ୍ର ବୈଦ୍ୟଶାଳା ପ୍ରତିଷ୍ଠା କରିଥିଲେ। ଏଠାରେ ଅଧ୍ୟୟନ ଓ ଅନୁସନ୍ଧାନ ନିମନ୍ତେ ଏକ ପାଠାଗାର, ପୁରାତନ ପୋଥି ସହ ହିନ୍ଦୀ ଓ ଗଡବାଲୀ ଭାଷାରେ ପୁସ୍ତକ ମାନ ରହିଅଛି।

ଧାର୍ମିକ ଭାବନା ବ୍ୟତୀତ ପ୍ରକୃତି ପ୍ରେମୀ ମାନଙ୍କୁ ଦେବ ପ୍ରୟାଗ ଏକ ଅପୂର୍ବ ସୁଯୋଗ ପ୍ରଦାନ କରିଥାଏ। ପ୍ରାତଃ ଓ ସନ୍ଧ୍ୟାକାଳରେ ନଦୀ ମାନଙ୍କର ମିଳନସ୍ଥଳୀର ଦୃଶ୍ୟ ମନ ମଧ୍ୟରେ ଅନେକ ନୈସର୍ଗିକ ଭାବନାର ସୃଷ୍ଟି କରିଥାଏ। ବିଭିନ୍ନ ନଦନଦୀ ମାନଙ୍କର ଭାରତବର୍ଷକୁ ମହାନ କରି ଗଢି ତୋଳିବାରେ ସେମାନଙ୍କର ଅବଦାନ ସମ୍ପର୍କରେ ଆମ ସମସ୍ତଙ୍କୁ ଜଣା। ବଦ୍ରିନାଥ ଯିବା ରାସ୍ତାରେ ରାତ୍ରଟିଏ ଦେବପ୍ରୟାଗରେ କଟାଇବାର ସୁଯୋଗ ନୂତନ ଅନୁଭୂତି ସଂଗ୍ରହ ନିମନ୍ତେ ସୁଯୋଗ ଦେଇଥାଏ। ଋଷିକେଶ ଠାରୁ ଦେବ ପ୍ରୟାଗର ଦୂରତ୍ୱ ପ୍ରାୟ ୭୫ କି.ମି. ଏବଂ ପହଂଚିବା ପାଇଁ ଦୁଇ ରୁ ଅଢେଇ ଘଂଟା ସମୟ ଲାଗେ। ଏଠାରେ ସରକାରୀ ଓ ବେସରକାରୀ ଅତିଥିଶାଳା ଯାତ୍ରୀ ମାନଙ୍କ ପାଇଁ ରହିଅଛି।

ଦେବ ପ୍ରୟାଗର ପ୍ରଭାତ
ନେଇଯାଏ ପୁଣ୍ୟର ରାଇଜେ
ତ୍ରିଧାରାର ସୁଷମା
ଆଣିଦିଏ ଆନନ୍ଦ ସହଜେ॥

ହରିଦ୍ୱାରରେ ଗଙ୍ଗା ସ୍ନାନ

ମନର ଉତ୍କଣ୍ଠାକୁ ସାଥୀରେ ନେଇ ସେଦିନ ଯାଇଥିଲି ହିମାଳୟ ଆଡକୁ ବୁଲି ଯିବାକୁ। କେଦାରନାଥ ଅଭିମୁଖୀ ହୋଇ ଦିଲ୍ଲୀରୁ ସଡକ ପଥରେ ଯାତ୍ରା। ମାତ୍ର ଭୟଙ୍କର ବନ୍ୟା ପରେ କେଦାର ନାଥ ମନ୍ଦିର ବନ୍ଦ ଥିବା ଜାଣି ହରିଦ୍ୱାରରେ କିଛି ଘଂଟା ଅତିବାହିତ କରିବାକୁ ସ୍ଥିର କଲି। ହରିଦ୍ୱାର ଗଙ୍ଗା ସ୍ନାନ ପୁଣ୍ୟକାଂକ୍ଷୀ ଶ୍ରଦ୍ଧାଳୁ ମାନଙ୍କୁ ଆକର୍ଷିତ କରିଥାଏ। ଭଡା ଗାଡିର ତରୁଣ ଚାଳକ ଜଣକ ହରିକି ପୁଡି ଠାରେ ଗଙ୍ଗାସ୍ନାନ ପାଇଁ ଅତ୍ୟନ୍ତ ଆଗଭର ଦେଖି ଗାଡିକୁ ଅନୁମୋଦିତ ସ୍ଥାନ ଦେଖି ରଖିବାକୁ ସମ୍ମତି ପ୍ରଦାନ କଲି। ଗାଡି ଚାଳକ ଜଣକ ଖୁସିରେ ଗାଧୋଇବା ସମୟରେ ମୁଁ ଗଙ୍ଗାକୂଳରେ ରହି ଏସବୁ ଦେଖୁଥାଏ। ମାତ୍ର ଚାଳକ ଜଣକ ସ୍ନାନର ସୁଯୋଗ ହାତଛଡା ନକରିବାକୁ ମୋତେ ବାରମ୍ବାର ଅନୁରୋଧ କଲା। ସମସ୍ତଙ୍କ ମେଳରେ ସ୍ନାନ କରିବାର ସଙ୍କୋଚକୁ ଗଙ୍ଗା କୂଳରେ ରଖି ଦେଇ ଜଳ ଭିତରକୁ ଧୀରେ ଧୀରେ ପ୍ରବେଶ କଲି।

ଭକ୍ତି ଭାବନାରେ ଆବିଷ୍ଟ ହୋଇ ବହୁ ନରନାରୀ ସ୍ନାନ କରୁଥାନ୍ତି। ଗଙ୍ଗା ମାତାଙ୍କର ନାମ ଜପ ସହିତ ଆଉ କେତେକ ପୁଷ୍ପ ଡାଲା ନଦୀ ଜଳରେ ଭସାଉଥାନ୍ତି। ଏଥି ସହିତ ବନ୍ଧୁ ଓ ପରିଜନଙ୍କ ସହିତ ଆନନ୍ଦ ମନରେ ଗଙ୍ଗା ସ୍ନାନର ସୌଭାଗ୍ୟ ସମସ୍ତଙ୍କୁ ଯେପରି ଆପ୍ଲୁତ କରି ରଖିଥାଏ। ଅଳ୍ପ ସମୟ ପାଣିରେ ରହି ଗଙ୍ଗା ମାତାଙ୍କ ପବିତ୍ର ଜଳଧାରା ପ୍ରତି ନିଜର ଶ୍ରଦ୍ଧା ଓ ସମ୍ମାନ ଜ୍ଞାପନ କଲି।

ଏହା ପରେ ଗଙ୍ଗାନଦୀର ଅପର ପାର୍ଶ୍ୱରେ ଥିବା ନିକାଂଚନ ଘାଟ ଆଡକୁ ଯାଇ କିଛି ସମୟ ନୀରବରେ କଟାଇଲି। ହରିଦ୍ୱାର କ୍ଷେତ୍ର ସହିତ ଗଙ୍ଗାମାତାଙ୍କର ସମ୍ପର୍କ ସର୍ବଜନ ବିଦିତ। ପୁରାଣ ଯୁଗରୁ ଏ ପର୍ଯ୍ୟନ୍ତ ଭକ୍ତି ଭାବନା ସହିତ ଶ୍ରଦ୍ଧାଳୁ ମାନେ ସହସ୍ର ସଂଖ୍ୟାରେ ଏଠାକୁ ଆସିଥାନ୍ତି। ପୂର୍ବରୁ ଏକ ମହାକୁମ୍ଭ ସମୟରେ ଏଠାରେ ସ୍ନାନ କରିଥିବା କଥା ସ୍ମରଣକୁ ଆସିଲା। ଲକ୍ଷ ଲକ୍ଷ ଜନ ସମାବେଶ ସେଦିନ ହୋଇଥିଲା। ପ୍ରାୟ ୫୦ ଲକ୍ଷରୁ ଊର୍ଦ୍ଧ୍ୱ ଶ୍ରଦ୍ଧାଳୁ ସେଦିନ ବୁଡ ପକାଇଥିବା ଜାଣିବାକୁ

ପାଇଲି। ପୃଥିବୀର କୌଣସି ଏକ ମଧ୍ୟମ ଜନସଂଖ୍ୟା ବିଶିଷ୍ଟ ସମଗ୍ର ଜନତା ଯେପରି ଏଠାରେ ସମାଗମ ହୋଇଛନ୍ତି। ପୂର୍ବ ଦିନ ସଂଧ୍ୟାରେ ପହଂଚି ନଦୀକୂଳସ୍ଥ ମୁକ୍ତ ଶିବିରରେ ଅବସ୍ଥାନ କରିଥିବା ସ୍ମୃତି ପୁନଃ ଜାଗରିତ ହୋଇ ଉଠିଲା। ପୁଣ୍ୟତୋୟା ଗଙ୍ଗାନଦୀ ହରିଦ୍ୱାର ଠାରୁ ସମତଳ ଶଯ୍ୟାରେ ପ୍ରବେଶ କରି ଆଗକୁ ପ୍ରବାହିତ ହେଉଛନ୍ତି। ସମସ୍ତଙ୍କ ଭକ୍ତି ଭାବନା ଓ ଭ୍ରମଣ ପିପାସାକୁ ସମ୍ବଳ କରି ଆଜିକାଲି ଗମନାଗମନ ଓ ଆର୍ଥିକ ସ୍ୱଚ୍ଛଳତା ବୃଦ୍ଧି ଯୋଗୁଁ ହରିଦ୍ୱାର ଏକ ତୀର୍ଥ କୈନ୍ଦ୍ରିକ ବ୍ୟବସାୟ ସ୍ଥଳ ପାଲଟି ଯାଇଛି।

ଏହିପରି ଭାବନା ମଧ୍ୟରେ ଗଙ୍ଗାନଦୀର ଉପର ପାର୍ଶ୍ୱରେ ଥିବା ସେତୁ ପାର ହୋଇ ନିକଟସ୍ଥ ଅଭୟାରଣ୍ୟ ଭ୍ରମଣକୁ ଯାଇ ହାତୀ ପିଠିରେ ବସି ବନ୍ୟଯନ୍ତୁ ଦେଖିବାର ଆନନ୍ଦ ନେଲି। ଗଙ୍ଗାନଦୀ ଅନାଦି କାଳରୁ କାହା ପାଇଁ କେତେ ଆବେଗ ଓ ସନ୍ଦେଶ ଦେଇ ଆସୁଅଛି। ଏଥର ଏକାକୀ ରହିଥିବାରୁ ଗଙ୍ଗାନଦୀ ଓ ହରିଦ୍ୱାର ଚତୁଃପାର୍ଶ୍ୱ ଗାଡିରେ ବସି ପରିକ୍ରମା କରିବାକୁ ଭାବିଲି।

ହରିଦ୍ୱାରରେ ଗଙ୍ଗାନଦୀ ନିକଟସ୍ଥ ସହରର ଅପର ପାର୍ଶ୍ୱବର୍ତ୍ତୀ ରାଜପଥର ଅନତି ଦୂରରେ ଏକ ବୃକ୍ଷ ଛାୟା ତଳେ ବସି ଗଙ୍ଗାମାତାଙ୍କ ପ୍ରତି ଶ୍ରଦ୍ଧା ଓ କୃତଜ୍ଞତାରେ ବିଭୋର ହୋଇ ଉଠିଲି। ଗଙ୍ଗୋତ୍ରୀରୁ ଗଙ୍ଗା ସାଗର ଯାଏ କେତେ ଦୂରର ଯାତ୍ରା,ସମଗ୍ର ଭାରତର ଭୁଖଣ୍ଡ ମଧ୍ୟରେ। ଏଥି ସହିତ ଜଡିତ ଭଗୀରଥଙ୍କ ତପସ୍ୟାର କଥା ଭାବି ତନ୍ମୟ ହୋଇ ଉଠିଲି।

ହରିଦ୍ୱାରେ ଗଙ୍ଗା ମାତା
ଦର୍ଶନ ଓ ସ୍ନାନ
ଅପୂର୍ବ ସନ୍ତୋଷ ଭରା
ଶତ ଜନ୍ମ ପୁଣ୍ୟ ।।

ମନେପଡେ ମନାଲୀ

ସ୍ମୃତିର ଝରକା ଫାଙ୍କରେ ମନାଲୀର ମୁହଁ ବେଳେବେଳେ ଝଲସି ଉଠେ। ଶାନ୍ତ ସୌମ୍ୟ ତୁଷାରାବୃତ ଶିଖର ଓ ବିପାସା ନଦୀର ଚଳଚଂଚଳ ଗତି କିଏ ବା ପାଶୋରି ପାରିବ। ଥରେ ଯଦି ପାଖରୁ ଦେଖିଥିବାର ସୁଯୋଗ ମିଳିଥାଏ ମନାଲୀ ମନରେ ଘର କରି ରହିଯାଏ। ହିଡମ୍ବା ମନ୍ଦିରରେ ପ୍ରବେଶ କଲେ ମହାଭାରତର କାହାଣୀ କହି ଉଠେ ଭୀମ ଓ ହିଡମ୍ବାଙ୍କ ପରିଣୟ କଥା, ନିଜର ଭାବଭଙ୍ଗୀ ନେଇ। ନିଦାଘ ଅବକାଶ ସମୟରେ ସମସ୍ତଙ୍କ ପ୍ରିୟ ମନାଲି, ପ୍ରକୃତି ପ୍ରେମୀ ମାନଙ୍କୁ କେବେ ବି ନିରାଶ କରିବାକୁ ଚାହେଁ ନାହିଁ। ସ୍ୱଚ୍ଛ ନଦୀର ଜଳଧାରା ଓ ପ୍ରତିଟି ପ୍ରସ୍ତର ଖଣ୍ଡ ଯେପରି ସ୍ୱପ୍ନିଳ ସ୍ୱରରେ ଗୀତ ଗାଇ ଚାଲିଥାଏ। କେଉଁ ପୁରାତନ ଯୁଗର ମନୁଆଳୟ ଅଥବା ଆଜିର ମନାଲୀ ସମସ୍ତଙ୍କୁ ସ୍ନେହ ଦେଇ ବାନ୍ଧି ରଖିବାକୁ ଚାହେଁ। ଆହୁରି ଆଗକୁ ଗଲେ ମନାଲୀ ଓ ଲେହ ରାଜପଥରେ ରୁଥାଂ ଗିରିପଥ ନିକଟରେ ଶୀତଳତା ଓ ତୁଷାର କଣିକା ମଧ୍ୟରେ ଦିଗ ହଜା ନହେବାର ସତର୍କ ସୂଚନା ସମସ୍ତଙ୍କୁ ସଚେତନ କରାଇଥାଏ। ରୁଥାଂ ଯିବା ଆଗରୁ ବରଫରେ ଚାଲିବା ପାଇଁ ଚମଡା ଜୋତା ଓ ପଶମ ଟୋପି ସାଙ୍ଗରେ ଭଡାରେ ନେବାକୁ ପଡିଥାଏ। ସ୍ୱର୍ଗର ସୁଷମା କିପରି ହୋଇଥାଏ ତାହା ମନାଲୀ ଦେଖିବା ପରେ ଜଣେ ଅନୁମାନ କରିପାରେ। ହିମାଳୟର ଆଶୀର୍ବାଦ ନେଇ ହିମାଚଳ ପ୍ରଦେଶର ଏହି ପୁଣ୍ୟଭୂମି ପର୍ଯ୍ୟଟନ ପ୍ରବଣ ମଣିଷକୁ ଆଶିଷ ଓ ଆମୋଦ ଦେବା ପାଇଁ ଅକୁଣ୍ଠ ଚିତରେ ସର୍ବଦା ଆମନ୍ତ୍ରଣ କରିଥାଏ।

ତୁଷାରାବୃତ ପର୍ବତ ଶିଖର ଗଭୀର ଗର୍ତ୍ତ, ସବୁଜିମା ଭରା ଉପତ୍ୟକା, ପାର୍ବତ୍ୟ ଜଳାଶୟ, ବହମାନ ନଦୀ, ଏସମସ୍ତ ଆଭରଣ ନେଇ ମନାଲୀ ନିଜକୁ ସର୍ବଦା ସୁସଜ୍ଜିତ କରି ରଖିଛି। ଶାନ୍ତ ସମୟ ଯାପନ କିମ୍ବା ଦୁଃସାହସିକ ପରିଭ୍ରମଣ ପାଇଁ ଏହା ହିଁ ପ୍ରକୃଷ୍ଟ କ୍ଷେତ୍ର। ସମୁଦ୍ର ପତନ ଠାରୁ ପ୍ରାୟ ସାତ ହଜାର ତିରିଶି ଫୁଟ ଉଚ୍ଚତାରେ ରହି ଏହା ଯେପରି ପର୍ଯ୍ୟଟନ ପିପାସୁ ମାନଙ୍କୁ ସମ୍ମୋହନ ମନ୍ତ୍ର ଦେଇ ଆମନ୍ତ୍ରଣ କରିଥାଏ।

ସେଓ ବଗିଚାର ସୁଷମା ମଧ୍ୟରେ ହଜି ଯିବାର ଆନନ୍ଦ ଏହିଠାରେ ମିଳିଥାଏ। ପାର୍ଶ୍ୱବର୍ତୀ କୁଲୁ ସହ ମନାଲୀ ଯେପରି ଦୁଇ ଯମଜ ଭଗିନୀ ପରି ସମସ୍ତଙ୍କୁ ଆତିଥ୍ୟ ଦେବାକୁ ଅନାଇ ବସିଛି। ବଶିଷ୍ଠ ଗ୍ରାମ, ପୁରୁଣା ମନାଲୀ ତିବତୀୟ ମଠ ସମୂହ ତଥା ଅର୍ଜୁନ ଗୁମ୍ଫା ମନାଲୀର ଅନ୍ୟତମ ଆକର୍ଷଣ। ଫେରିବା ବାଟରେ କୁଲୁ ର ରଘୁନାଥ ମନ୍ଦିର, ବିଜଳୀ ମହାଦେବ ଓ ନାଗର ଭ୍ରମଣ କଥା ଭୁଲିଗଲେ ଭ୍ରମଣ ଅଧା ରହିଯାଏ। ଉଭୟ ପଞ୍ଜାବ ଓ ହରିଆଣାର ପଥ ଦେଇ ଯାଇଥିବା ରାସ୍ତାରେ ନାଲ୍ଲାଗଡ ଦୁର୍ଗ ଓ ଭରତ ଗଡ ଦୁର୍ଗ ମନାଲୀ ଯାତ୍ରିଙ୍କ ପାଇଁ ଐତିହ୍ୟପୂର୍ଣ୍ଣ ଆକର୍ଷଣ।

ଥରେ ସାକ୍ଷାତ ହେଲେ
ବାରମ୍ବାର ଆସିବାକୁ
ମନେ ହୁଏ ମନାଲୀ ପାଖକୁ
ପ୍ରତୀକ୍ଷାରେ ରହିଥାଏ
ଶୁଣିବାକୁ ତାହାର ଡାକକୁ ॥

■

ମୁନ୍‌ସୀଆରୀ ମନ କଥା

ଇଂରାଜୀରେ କୁହାଯାଇଛି "It is not the destination, It's the journey" Ralph Waldo Emerson - ଅର୍ଥାତ୍ – ଯାତ୍ରା ହୁଏ ମନେ ଲକ୍ଷ୍ୟସ୍ଥଳୀ ସମ।

ଦିଲ୍ଲୀରୁ କାଠ ଗୋଦାମ ପର୍ଯ୍ୟନ୍ତ ରେଳ ଯାତ୍ରା। ସେଠାରୁ ପୁଣି ଭଡାଗାଡି ଯୋଗେ ରାମଗଡରେ ପହଂଚି ରାତ୍ର ରହଣୀ। ନିକଟସ୍ଥ ଦିଲ୍ଲୀର ଶ୍ରୀ ଅରବିନ୍ଦ ଆଶ୍ରମ ଶାଖାର ମନୋମୁଗ୍ଧକର ପରିବେଶରେ କିଛି ଘଂଟା କଟାଇବାର ଅଭୁଲା ସ୍ମୃତି ଏବେ ମଧ୍ୟ ମନକୁ ଆସେ। ହିମାଳୟର ପାଦଦେଶସ୍ଥିତ, ତରୁଲତାର ଆକର୍ଷଣ ମନ ପ୍ରାଣରେ ସର୍ବଦା ଅହେତୁକ ଆନନ୍ଦ ଆଣିଥାଏ। ଏକାଠି ଭ୍ରମଣ କରୁଥିବା ବ୍ୟକ୍ତି ପାଇଁ ପ୍ରତିଟି ବୃକ୍ଷଲତା, ଅପରିଚିତ ପାହାଡ, ଏପରିକି ପ୍ରସ୍ତର ଖଣ୍ଡ ପାଖରେ କିଛି ସମୟ ଅତିବାହିତ କରି ଭାବର ଆଦାନ ପ୍ରଦାନ ସୁଯୋଗ ସ୍ମୃତିର ଗନ୍ତାଘରରେ ସର୍ବଦା ସାଇତା ହୋଇ ରହେ। ହିମାଳୟ ଯେପରି ସମଗ୍ର ଭାରତବାସୀଙ୍କର ଆଶା ଆକାଂକ୍ଷାର ମଉଡମଣି। କେତେ ନଦନଦୀର ଜନ୍ମଦାତା। ତୁଷାରବୃତ ଶୃଙ୍ଗ ନଜରକୁ ଆସିଲେ ଏକାନ୍ତ ଇନ୍ଦ୍ରିୟ ପ୍ରବଣ ବ୍ୟକ୍ତି ମଧ୍ୟରେ ସ୍ୱର୍ଗୀୟ ଆବେଗ ଅନୁଭୂତ ହୋଇଥାଏ।

ରାମଗଡରେ ପରଦିନ ସକାଳେ ପାରିପାର୍ଶ୍ୱିକ ଶୋଭା ମଧ୍ୟରେ ନିଜକୁ ହଜାଇ ଦେବାର ସୁଯୋଗ ହାତଛଡା କରିବାକୁ ଚାହୁଁ ନଥିଲି। ଏହାପରେ ହିମାଳୟର ଖୁବ୍ ନିକଟବର୍ତ୍ତୀ ତୁଷାରବୃତ ଏକ ଅଂଚଳର ପରିସର ମଧ୍ୟରେ ପରିଭ୍ରମ କରିବାର ଆକାଂକ୍ଷା ମୁନସୀ ଆରୀ ଆଡକୁ ଟାଣିନେଲା। ଗାଡିଟିଏ ଭଡାରେ ନେଇ ସକାଳୁ ସକାଳୁ ବାହାରି ପଡିଲି। କାଠଗୋଦାମ ଠାରୁ ମୁନସୀ ଆରୀ ପ୍ରାୟତଃ ୨୮୦ କିଲୋମିଟର ଦୂର। ହିମାଳୟର ପାଦଦେଶ ସ୍ଥିତ ଅଙ୍କାବଙ୍କା ରାସ୍ତା ଦେଇ ଗାଡି ଆଗକୁ ଚାଲିଲା। ପ୍ରତିଟି ମୋଡ ଯେପରି ଏକ ନୂତନତାର ଛାପ ମନ ମଧ୍ୟରେ ଛାଡି ଯାଉଥାଏ। ଗାଡିରୁ ଓହ୍ଲାଇ ଯେ କୌଣସି ନିକାଂଚନ ସ୍ଥାନରେ କିଛି ସମୟ କଟାଇବାର ଆକର୍ଷଣ ଏଡାଇବା

କଷ୍ଟକର ମନେ ହେଉଥିଲା। ପ୍ରତିଟି ସୁ-ଦୃଶ୍ୟ ମୋଡ ଜଣେ କବି, ଚିତ୍ରକର ଏବଂ ପ୍ରକୃତି ପ୍ରେମୀ ପାଇଁ ମନୋନିବେଶ କରିବାର ଯଥେଷ୍ଟ ଖୋରାକ ବହନ କରୁଥାଏ। କେତେକ ରାସ୍ତା ଆଖି ପାଉନଥିବାର ଉଚ୍ଚତାରୁ ଆସି ପୁଣି ସମୁଦ୍ର ପତନ ଆଡକୁ ଓହ୍ଲାଇ ଆସିବା ପରି ଲାଗୁଥାଏ। ଏହିପରି ଦିନର ଅର୍ଦ୍ଧେକ ଭାଗ କିପରି କଟିଗଲା ଜଣା ପଡିଲା ନାହିଁ। ଅପରାହ୍ଣରେ ଯାଇ ମୁନସୀ ଆରୀରେ ପହଂଚିଲି। ହିମାଳୟର ପଂଚଚୂଳୀ ଦର୍ଶନ ପାଇଁ ଏହା ଏକ ସ୍ୱଳ୍ପ ପରିଚିତ , ନିକାଂଚନ ସ୍ଥଳୀ।

ଜଣେ ସେନାବାହିନୀର ଅବସର ପ୍ରାପ୍ତ ସୈନିକଙ୍କର ଅତିଥି ଗୃହରେ ରାତ୍ର ଯାପନ ପାଇଁ ଖୁବ୍ ସହଜ ଓ ସୁବିଧାରେ କୋଠରୀଟିଏ ମିଳିଗଲା। ଅତିଥି ଗୃହର ମାଲିକ ଜଣକ ଖୁବ୍ ଭଦ୍ର ଓ ଆମାୟୀକ ବ୍ୟକ୍ତି। ଖାଦ୍ୟପେୟର ବ୍ୟବସ୍ଥା ସହିତ ପାଖଆଖର ଦର୍ଶନୀୟ ସ୍ଥାନ ଗୁଡିକ ସମ୍ବନ୍ଧୀୟ ସୂଚନା ତାଙ୍କଠାରୁ ପାଇ ଖୁବ୍ ଆଶ୍ୱସ୍ତ ହେଲି। ମୁଁ ରହୁଥିବା କୋଠରୀର ପ୍ରଶସ୍ତ ଝରକାରୁ ତୃଷାରାବୃତ ହିମାଳୟର ଶୋଭା ଖୁବ୍ ଚମତ୍କାର ଲାଗୁଥାଏ।

ପରଦିନ ସକାଳେ ଖାଲି ପାଦରେ ପ୍ରାତଃ ଭ୍ରମଣରେ ବାହାରିଲି। ପାଇନ୍ ଓ ରୋଡେନଡ୍ରମ୍ ଜଙ୍ଗଲର ଶୋଭା ପାରିଜାତ ର ଭ୍ରମ ସୃଷ୍ଟି କରୁଥାଏ।

କୌଣସି ଶୈଳ ନିବାସ କାହାରିକୁ କେବେ ବି ନିରାଶ କରେ ନାହିଁ। ମୁନସୀଆରୀ ଅନ୍ୟ ଶୈଳ ନିବାସ ପରି ଜନ ଗହଳି ପୂର୍ଣ୍ଣ ନୁହେଁ। ଏକ କ୍ଷୁଦ୍ର ଗ୍ରାମୀଣ ପରିବେଶରେ ଏହା ନିଜକୁ ପ୍ରତିଷ୍ଠିତ କରି ରଖି ହିମାଳୟ ଦର୍ଶନ ସୁଯୋଗ ସର୍ବଦା ଦେଇ ଆସିଛି। ପର୍ବତାରୋହୀ ମାନଙ୍କ ପାଇଁ ଏହା ମଧ୍ୟ ଏକ ପ୍ରବେଶ ପଥ। ପ୍ରକୃତି ପରିବେଶ ତଥା ହିମାଳୟର ଅବସ୍ଥିତି ଓ ଉପସ୍ଥିତିକୁ ପାଖରୁ ଅନୁଭବ ଏବଂ ଉପଭୋଗ କରିବାର ଆଶାୟୀ ମାନଙ୍କୁ ମୁନିସୀଆରୀ କେବେ ବି ନିରାଶ କରେ ନାହିଁ। ହିମାଳୟର ପଂଚଚୂଳୀ ଶିଖର ଦର୍ଶନ କରିବାର ମାଧ୍ୟମ ଭାବରେ ଏହା ପ୍ରସିଦ୍ଧ। ଏତଦ୍ ବ୍ୟତୀତ ଜନୈକ ଉତ୍ସାହୀ ବ୍ୟକ୍ତିଙ୍କ ଦ୍ୱାରା ପ୍ରତିଷ୍ଠିତ ଜନଜାତି ସଂଗ୍ରହାଳୟ ପରିଦର୍ଶନ କରି ଜଣେ ପର୍ଯଟକ ଅନେକ ଜ୍ଞାନ ଆହରଣ କରିଥାନ୍ତି। ଫେରିବା ବାଟରେ ଚକୌରୀ ଶୈଳନିବାସରେ କିଛି ଘଂଟା କିମ୍ବା ଦିବସଟିଏ ଅତିବାହିତ କରି ହିମାଳୟ ଦର୍ଶନର ଆକାଂକ୍ଷା ପୂର୍ଣ୍ଣ ଭାବରେ ସାର୍ଥକ ହୁଏ।

ଯିବା କିମ୍ବା ଫେରିବା ବାଟରେ କସୌନି ଶୈଳ ନିବାସ ପଡିଥାଏ। କସୌନିରେ ଗାନ୍ଧିଜୀଙ୍କର ଅବସ୍ଥାନର ସ୍ମୃତି ପୀଠ ଅନାସକ୍ତି ଆଶ୍ରମ ରହିଛି। ଏତଦ୍ ବ୍ୟତୀତ ଏକାନ୍ତ ଭାବରେ ଲୋକଲୋଚନରୁ ଦୂରରେ ରହିଥିବା ଚକୌରୀର ମନୋମୁଗ୍ଧକର ପରିବେଶ ଯେ କୌଣସି ହିମାଳୟ ପ୍ରେମୀ ପର୍ଯ୍ୟଟକ ଓ ପରିବ୍ରାଜକ ମନରେ, ଅନେକ

ଅଭିନବ ଅନୁଭୂତି ସୃଷ୍ଟି ଯେ ନ କରିବ ଏଥିରେ ସନ୍ଦେହର ଅବକାଶ ନାହିଁ।

ପଂଚଚୂଳୀ ପର୍ବତ ମଧ୍ୟରେ ହଂସଲିଙ୍ଗ, ରାଜାରୟା, ଚିପଲକୋଟ୍, ଶିଖରାବଳୀ ରହିଛି । ଏ ସମସ୍ତ ଶିଖର ସମୁଦ୍ର ପତନ ଠାରୁ ଉଣେଇଶି ହଜାର ଫୁଟ ଉଚ୍ଚତାରେ ଅବସ୍ଥିତ।

ସୂର୍ଯ୍ୟାସ୍ତ ସମୟରେ ସମସ୍ତ ଶିଖର ଯେପରି ଇନ୍ଦ୍ରଧନୁର ସାତ ରଙ୍ଗ ନେଇ ରଙ୍ଗାୟିତ ହୋଇଯାଏ। ଏହା ଧୀରେ ଧୀରେ ପଟ୍ଟଚିତ୍ର ପରି ଧୂସରତା ଆଡକୁ ଗତିକରି ସଂଧ୍ୟାର ଆଗମନକୁ ସ୍ୱାଗତ କରେ।

ପାର୍ଶ୍ୱବର୍ତୀ ଡର୍କୋଟ ଗ୍ରାମରେ ଅବସ୍ଥିତ ଦର୍ଶନୀୟ ସ୍ଥାନ ମଧ୍ୟରେ ମହେଶ୍ୱରୀ କୁଣ୍ଡ, ରହିଅଛି । ଶତାଧିକ ବର୍ଷ ପୁରାତନ କାଷ୍ଠ ନିର୍ମିତ ଘର,ପାରମ୍ପରିକ ଗୃହ ନିର୍ମାଣ ଶୈଳୀର ସ୍ମାରକୀ ଏଠାରେ ଦେଖିବାକୁ ମିଳେ।

ହାତ ତିଆରି ପସ୍ମିନା ଶାଲ, ଅଙ୍ଗରା ଶାଲ, ମେଷ ଲୋମର କମ୍ବଳ ଜଣେ ଚାହିଁଲେ ଏଠାରୁ କ୍ରୟ କରିପାରିବେ। ମୁନସୀ ଆରୀ ଠାରୁ ପ୍ରାୟ ୧୭ କିଲୋମିଟର ଦୂରତ୍ୱ ଗୌରୀଗଙ୍ଗା ନଦୀ ଶଯ୍ୟା। ଜଣେ ଚାହିଁଲେ ଏହି ନଦୀର ଶୀତଳ ଜଳରେ ସ୍ନାନର ଆନନ୍ଦ ସହିତ ଗୌରୀଗଙ୍ଗାଙ୍କ ଶୀତଳ ସ୍ନେହର ସ୍ପର୍ଶ ପାଇ ପାରିବ। ମୁନସୀ ଆରୀ ବୁଗିଆଲ୍ ମଧ୍ୟ ଏକ ବଣଭୋଜୀ କ୍ଷେତ୍ର। ପଂଚଚୂଳୀ ପର୍ବତ ଶ୍ରେଣୀ ଓ ଜୌହାର ଉପତ୍ୟକା ଅବଲୋକନ ପାଇଁ ଏହା ପ୍ରକୃଷ୍ଟ ସ୍ଥାନ। ଜଣେ ଚାହିଁଲେ ପ୍ରାୟ ତିନି ଘଂଟା ପଦଯାତ୍ରା କରି ନନ୍ଦାଦେବୀ ମନ୍ଦିରରେ ଉପାସନା କରି ପାରନ୍ତି। ଜଣେ ଅବସର ପ୍ରାପ୍ତ ଶିକ୍ଷକଙ୍କ ଦ୍ୱାରା ପ୍ରତିଷ୍ଠିତ ନିକଟସ୍ଥ ମାଷ୍ଟରଜୀ ସଂଗ୍ରହାଳୟ ଭୁଟିଆ ଜନଜାତି ସମ୍ପର୍କରେ ଅନେକ କିଛି ଅବଗତ କରାଏ। ମୁନସୀଆରୀ ଠାରୁ ଆଠ କିଲୋମିଟର ଦୂର ବାଲାନ୍ତି ଆଳୁଚାଷ କ୍ଷେତ୍ର ପର୍ଯ୍ୟଟନ କରି ଜଣେ ୧୮୦ ଡିଗ୍ରୀର ତୁଷାରାବୃତ ଶୃଙ୍ଗ ଅବଲୋକନ କରିପାରନ୍ତି। ଫେରିବା ବାଟରେ ବିରଥି ଜଳପ୍ରପାତରେ ସ୍ନାନ କରି ନିଜର ଦୁଃସାହସିକ ଆଗ୍ରହ ସହିତ ପରିଚିତ ହୋଇପାରେ।

ମୁନସୀଆରୀ ଭ୍ରମଣ ପାଇଁ ଫେବୃଆରୀ ଠାରୁ ଜୁନ ମାସ ମଧ୍ୟବର୍ତୀ ସମୟ କିମ୍ବା ଅକ୍ଟୋବର ମାସରୁ ଡିସେମ୍ବର ଅନୁକୂଳ ସମୟ। ରୋଡେନଡ୍ରମ ପୁଷ୍ପ ସମ୍ଭାର ପରିଦର୍ଶନ ପାଇଁ ମାର୍ଚ୍ଚ ପ୍ରାରମ୍ଭରୁ ଅପ୍ରେଲ ଶେଷ ପର୍ଯ୍ୟନ୍ତ ଜଣେ ପର୍ଯ୍ୟଟକ ସୁଯୋଗ ନେଇପାରନ୍ତି। ମୁନସୀଆରୀ ପ୍ରାୟ ସାତ ହଜାର ଫୁଟ୍ ଉଚ୍ଚତାରେ ଅବସ୍ଥିତ। ଜୌହାର ଉପତ୍ୟକା ଓ ଗୌରୀଗଙ୍ଗା ନଦୀ ଏହାର ଶୋଭା ବର୍ଦ୍ଧନ କରେ। ନିକଟବର୍ତୀ ବିମାନବନ୍ଦର ପନ୍ତ ନଗର, ନିକଟବର୍ତୀ ରେଳଷ୍ଟେସନ କାଠ ଗୋଦାମ।

It travels on and on,
the river in one
dark line
across the snow field.
Boncho

ମଣିଷ ଆଖିରେ ଆଣିଦିଅ ତୁମେ ଦିବ୍ୟ ଭାବନା
ତୁଷାର ଶିଖର ତୁମ ଧୋଇନିଏ ଦୁଃଖ ଓ ଯାତନା ।
ସ୍ୱପ୍ନିଳ ସମ୍ଭାର ନେଇ ଜାଗ୍ରତ ପ୍ରହରୀ
ଶାଶ୍ୱତର ବାର୍ତ୍ତାବହ ହେ ହିମାଳୟ ଆମେ ସବୁ
ସ୍ତାବକ ତୁମରି ।

ଦକ୍ଷିଣ ଭାରତ

ବନାନୀ ଓ ବନ୍ୟପ୍ରାଣୀ କଥା

ସମଗ୍ର ବିଶ୍ୱ ଓ ବ୍ରହ୍ମାଣ୍ଡ ଭଗବାନଙ୍କ ଦ୍ୱାରା ସୃଷ୍ଟ ହେଲେ ମଧ୍ୟ କେରଳକୁ God's Own Country ଅର୍ଥାତ୍ ଭଗବାନଙ୍କ ନିଜ ଦେଶ କୁହାଯାଏ। ଏଥର ଆମେ କେରଳ ପ୍ରଦେଶର ଏପରି ଏକ ସ୍ଥାନ ଭ୍ରମଣରେ ଯିବା, ଯାହା ଭାରତର ଏକାନ୍ତ ଦକ୍ଷିଣ ପ୍ରାନ୍ତରେ ଅବସ୍ଥିତ, ବ୍ୟାଘ୍ର ସଂରକ୍ଷଣ କ୍ଷେତ୍ର। ପେରିୟାର ଅଭୟାରଣ୍ୟ ଭାରତର ଅନ୍ୟତମ ବିଶିଷ୍ଟ ବନ୍ୟଯନ୍ତୁ ସଂରକ୍ଷିତ ସ୍ଥାନ। ପଶ୍ଚିମଘାଟର ଉଚ୍ଚତା ମଧ୍ୟରେ ନିଜକୁ ସୁରକ୍ଷିତ ରଖି ପାରିଛି। ପେରିୟାର ନଦୀର ବୃହତ ବନ୍ଧ ଓ ଜଳାଶୟ ସବୁଜିମା ମଧ୍ୟରେ ବିଶ୍ୱମଣ୍ଡଳୀୟ ଅରଣ୍ୟ ଆଚ୍ଛାଦିତ କ୍ଷେତ୍ର। ଏହି ଅଂଚଳ ହାତୀ, ବାଘ ଚିତ୍ରିତ ମୃଗ, ସମ୍ବର, ଭଲ୍ଲୁକ ଇତ୍ୟାଦିର ସ୍ୱଚ୍ଛନ୍ଦ ଚରାଭୂମି। ଯନ୍ତ୍ରଚାଳିତ ନୌକାରେ ବସି ହ୍ରଦ ମଧ୍ୟରେ ବଣୁଆ ହାତୀ ପଲ, ଏପରିକି ବେଳେ ବେଳେ ବ୍ୟାଘ୍ର ଅବଲୋକନ କରିବାର ଚାଂଚଲ୍ୟ ଯେ କୌଣସି ପ୍ରକୃତି ଓ ବନ୍ୟ ପ୍ରାଣୀପ୍ରେମୀଙ୍କ ମନରେ ଆନନ୍ଦ ସଂଚାର କରିପାରେ। ବନ୍ୟଯନ୍ତୁ ପାଣି ପିଉଥିବାର ଦୃଶ୍ୟ ଓ ପକ୍ଷୀ ମାନଙ୍କର ଜଳକ୍ରୀଡା ସ୍ମୃତି ପଟ୍ଟରୁ ସହଜରେ ଲିଭେ ନାହିଁ। ପର୍ଯ୍ୟବେକ୍ଷଣ ମଂଚାରୁ ବନ୍ୟପ୍ରାଣୀ ଅବଲୋକନ କରିବାର ଅନୁଭୂତି ଏକାନ୍ତ ଅନନ୍ୟ। ଏହା ସାରା ବର୍ଷ ଖୋଲା ରହେ। ତଥାପି ସେପ୍ଟେମ୍ବର ଠାରୁ ମଇ ମାସ ପର୍ଯ୍ୟନ୍ତ ଭ୍ରମଣ ଖୁବ୍ ଆନନ୍ଦ ଦାୟକ।

ପଣ୍ଡିଚେରୀ ଠାରୁ ଟେକାଡି ର ଦୂରତ୍ୱ ୪୩୯.୮ କି.ମି.। ମଦୁରାଇ ଠାରୁ ୧୫୦ କି.ମି.। ବସ୍ କିମ୍ବା ଟ୍ରେନ ରେ ମଦୁରାଇ ଠାରୁ ମଧ୍ୟ ଏଠାକୁ ଯାଇହେବ । ମୁନ୍ନାର ଯିବା ରାସ୍ତାରେ କିଛି ସମୟ ଟେକାଡୀରେ କଟାଇ ରାତ୍ରୀ ଯାପନ କରି ଆଗକୁ ଯାଇ ପାରନ୍ତି। ଟେକାଡି ଠାରୁ ଆଲେପି ଓ ସାବେରୀ ମଲା ଯିବା ସହଜ। ସମଗ୍ର ଇଡୁକି ଜିଲ୍ଲା ପ୍ରକୃତିର ସୁଷମା ଭଣ୍ଡାର। ନଦୀ, ଜଳପ୍ରପାତ,ପର୍ବତ ଶ୍ରେଣୀ ଓ ମସଲା

ବଗିଚା ସମସ୍ତଙ୍କୁ ସହଜରେ ଆପଣାର କରିନିଏ। ମଦୁରାଇ କୋଚିନ୍ ରାଜପଥରେ ଟେକାଡି ପଡେ।

ଟେକାଡୀର କଫି ଫୁଲର ଆକର୍ଷଣ ଏବେ ମଧ୍ୟ ମୋ ମାନସ ବଗିଚାରେ ସତେଜ ହୋଇ ରହିଛି। ଟେକାଡୀ ଠାରେ ପେରିୟାର ଲେକ୍ ରେ ନୌବିହାର ତଥା ଅଭୟାରଣ୍ୟ ପରିଭ୍ରମଣ କରିବାର ସୁଯୋଗ ଅନେକ ଥର ମିଳିଛି। କେତେ ଥର ସପରିବାର କିମ୍ବା ଏକାକୀ ଯାତ୍ରା କରିଛି। ନିକଟସ୍ଥ ଔଷଧୀୟ ବୃକ୍ଷ ସମୂହର ଉଦ୍ୟାନ ସମସ୍ତଙ୍କୁ ଭଲ ଲାଗିବ। ଏହାଛଡା ନୌବିହାର ସମୟରେ ହରିଣ ଓ ହସ୍ତୀ ମାନଙ୍କ ସହିତ ନିରାପଦ ଦୂରତ୍ୱରୁ ସାକ୍ଷାତ ଅନୁଭୂତି ଅଭିଭୂତ କରେ। ସବୁଜ ପର୍ବତ ଶ୍ରେଣୀ, ନଦୀ, ଓ ଜଳାଶୟ, ଔଷଧ ଉଦ୍ୟାନ ସହିତ ସ୍ଥାନୀୟ ଅଧିବାସୀ ମାନଙ୍କର ଜୀବନ ଶୈଳୀ, ଦେଶ ବିଦେଶର ବିଭିନ୍ନ ପର୍ଯ୍ୟଟକ ମାନଙ୍କୁ ଖୁବ୍ ଭଲ ଲାଗେ। ଶିଶୁ ମାନଙ୍କର କୁତୁହଳ ପର୍ଯ୍ୟବେକ୍ଷଣ କରିବାର ଅନୁଭୂତି ଏଠାରେ ଏକାନ୍ତ ଅନନ୍ୟ। ଜଣେ ଶିଶୁର ହାତରୁ ମୃଦୁ ପାନୀୟ ବୋତଲ ଛଡାଇ ନେଇ ବାନରଟି ଖୁସି ମନରେ ନିଜକୁ ଆପ୍ୟାୟିତ କରୁଥିବାର ଦୃଶ୍ୟ ଏବେ ମଧ୍ୟ ମନେ ଅଛି। ପେରିୟାର ଜଳାଶୟ ପାର୍ଶ୍ୱବର୍ତୀ ଆବାସସ୍ଥଳୀ ଖୁବ୍ ମନୋରମ। ଏତଦ୍ ବ୍ୟତୀତ ଆହୁରି ଅନେକ ସରକାରୀ ଓ ବେସରକାରୀ ଅତିଥି ଗୃହ ତଥା ହୋଟେଲ ବିଭିନ୍ନ ସ୍ଥାନରେ ରହିଛି।

ତାମିଲନାଡୁର ଡିଣ୍ଡଗଲ ଠାରୁ କେରଳର- ମୁନ୍ନାର ଯିବା ରାସ୍ତାରେ କୁମୁଲି ନାମକ ସ୍ଥାନ ନିକଟରେ ତାମିଲ ନାଡୁ କେରଳର ସୀମାଠାରୁ ଟେକାଡି ପର୍ଯ୍ୟଟନ ଆରମ୍ଭ ହୁଏ। ବାଙ୍ଗାଲୁରୁ- କନ୍ୟାକୁମାରୀ ରାଜପଥ ଏବଂ ତ୍ରିଚି ମଦୁରାଇ ରାଜପଥ ସଂଯୋଗ ସ୍ଥଳୀରେ ତାମିଲନାଡୁର ଡିଣ୍ଡିଗଲ ସହର ଅବସ୍ଥିତ। ଏଠାରୁ କୋଡେଇକେନାଲ ମଦୁରାଇ କିମ୍ବା କୋଏମ୍ବାଟୁର ଓ ମୁନ୍ନାର ଯାତ୍ରା ସହଜ। ଦକ୍ଷିଣ ଭାରତର ପ୍ରସିଦ୍ଧ ତୀର୍ଥକ୍ଷେତ୍ର ସାବରୀ ମଲ୍ଲା ରାସ୍ତାରେ ଟେକାଡିର ଅନତି ଦୂରରେ କୁମୁଲି ସହର ଅବସ୍ଥିତ। କେରଳ ସରକାରଙ୍କର ପର୍ଯ୍ୟଟନ ବିଭାଗର ରମଣୀୟ ପେରିୟାର ହାଉସ୍‌ରେ କିଛି ବର୍ଷ ପୂର୍ବେ ସପରିବାର ଅବସ୍ଥାନର ଅନୁଭୂତି ଏବେ ମଧ୍ୟ ସ୍ମରଣୀୟ ହୋଇ ରହିଛି। ପେରିୟାର ହ୍ରଦ ଭ୍ରମଣ ପାଇଁ ପେରିୟାର ହାଉସ୍ ନିକଟସ୍ଥ କାର୍ଯ୍ୟାଳୟରୁ ନୌବିହାର ନିମନ୍ତେ ଟିକଟ କିଣିବାକୁ ପଡିଥାଏ।

କୁମୁଲି ଠାରୁ ପ୍ରାୟ ପାଂଚ କିଲୋମିଟର ଦୂର ମୁନ୍ନାର ରାସ୍ତାରେ ବନ ପର୍ବତ ଘେରା ଉପତ୍ୟକା ମଧ୍ୟରେ ଲୋକ ପ୍ରିୟ ସରୋବର ଗ୍ରୁପ୍ ହୋଟେଲ ର "ସରୋବର ପଏଟ୍ରି' ରେ ମଧ୍ୟାହ୍ନ ଭୋଜନ ଅନୁଭୂତି ଏବେ ମଧ୍ୟ ମନେ ପଡୁଛି। ମୁକ୍ତ ଭୋଜନାଳୟରୁ ମନୋମୁଗ୍ଧକର ଉପତ୍ୟକାର ଦୃଶ୍ୟ ସାଙ୍ଗକୁ ସ୍ୱାଦିଷ୍ଟ ଖାଦ୍ୟ ପର୍ଯ୍ୟଟକଙ୍କ

ମନକୁ ସ୍ମୃତି ଓ ଆନନ୍ଦରେ ଭରିଦିଏ। ଯେ କୌଣସି ପ୍ରକୃତି ପ୍ରେମୀ ତଥା ସୃଜନ ଧର୍ମୀ କବି ଲେଖକ ଓ ଭାବୁକଙ୍କ ପାଇଁ ଏହା ଏକ ସ୍ୱାଗତ ଯୋଗ୍ୟ ପରିବେଶ।

"ଆଖି ଲାଖି ରହେ ହେ ବନାନୀ
ତୁମ ସୁଷମା ମାୟାରେ
ମନେହୁଏ ବନ୍ଦୀ ଆଜି
ତୁମର ସେ ମମତା ଛାୟାରେ"

ଉପତ୍ୟକାର ଦୃଶ୍ୟ ମଧ୍ୟରେ ଜଣେ କେବଳ ନିମଗ୍ନ ନୁହେଁ, ହଜିଗଲା ପରି ଲାଗେ। ଆଖି ଫେରାଇ ଆଣିବାର ପ୍ରୟାସ ଅନେକ ସମୟରେ କଷ୍ଟକର ହୁଏ। ଏ କଣ ବନାନୀର ମାୟା ଅଥବା ପ୍ରକୃତି ମାଆର ଯାଦୁକରୀ ବୁଝି ହୁଏ ନାହିଁ। ଜଳାଶୟର ନିକଟବର୍ତ୍ତୀ ଜଙ୍ଗଲ ପରିସୀମା ମଧ୍ୟରେ ହାତୀ ମାନଙ୍କର ଅବାଧ ବିଚରଣ ପର୍ଯ୍ୟଟକ ବିଶେଷ କରି ଶିଶୁ ମାନଙ୍କୁ ଭିନ୍ନ ଏକ ଜଗତକୁ ନେଇଯାଏ। ଜଳାଶୟରେ ନୌବିହାର ଓ ବନ୍ୟଯନ୍ତୁ ନିରୀକ୍ଷଣ ପରେ ପର୍ଯ୍ୟଟକ ମାନେ ଅଭୟାରଣ୍ୟର ମୁଖ୍ୟ ଦ୍ୱାର ନିକଟରେ ଅବସ୍ଥିତ ମସଲା ଦୋକାନ ରୁ ବିଭିନ୍ନ ପ୍ରକାର ସ୍ଥାନୀୟ ଉତ୍ପାଦିତ ମସଲା ସୁଲଭ ମୂଲ୍ୟରେ କ୍ରୟ କରିପାରିବେ। କିଛି ବ୍ୟକ୍ତି ବିଭିନ୍ନ ସ୍ମାରକୀ କିଣିବାରେ ନିଜକୁ ସାନ୍ଧ୍ୟ ସମୟ ତକ ଅତିବାହିତ କରିଥାନ୍ତି। ବିଭିନ୍ନ ପ୍ରକାର ଔଷଧୀ- ତୈଳ ଗୃହ ପ୍ରସ୍ତୁତ ଚକୋଲେଟ୍ ତଥା ମସଲା ଚା ପ୍ୟାକେଟ୍ କିଣିବା ଅନେକଙ୍କୁ ଆନନ୍ଦ ଦେଇଥାଏ। ଏହିପରି ଭାବରେ ଟେକାଡୀରେ ସମୟ କିପରି ବିତିଯାଏ ଜଣା ପଡେ ନାହିଁ। ରାତ୍ର କାଳୀନ ପକ୍ଷୀ ମାନଙ୍କର କୁତୁହଳ ପୂର୍ଣ୍ଣ ଶବ୍ଦ ଏବଂ ପ୍ରାତଃ ଭ୍ରମଣର ସ୍ମୃତି ପର୍ଯ୍ୟଟକ ମାନେ ଟେକୀଡୀରୁ ପାଇଥାନ୍ତି। ସମଗ୍ର କେରଳର ପ୍ରାକୃତିକ ସୁଷମାର ଏକ ସଂକ୍ଷିପ୍ତ ପରିଚୟ ଟେକାଡୀଠାରୁ ମିଳିଥାଏ।

ବନ୍ୟଯନ୍ତୁ ସମ୍ପର୍କରେ **ଶ୍ରୀଅରବିନ୍ଦଙ୍କର** ନିମ୍ନୋକ୍ତ ପଂକ୍ତି ସମୂହ ଉଦ୍ଧାର କରି ଟେକାଡୀ ଭ୍ରମଣ କାହାଣୀ ର ପୂର୍ଣ୍ଣଚ୍ଛେଦ ଟାଣୁଛି।

Alive and clad wih trees and herbs and flowers
Earth's great brown body smiled towards the skies,
Azure replied to azure in the sea's laugh;
New sentient creatures filled the unseen depts.
Life's glory and swiftness ran in the beauty of beasts.
Man dared and met with his soul the world.

■

କାବେରୀ ଉତ୍ସର ସନ୍ଧାନେ

ଆମେ ସବୁବେଳେ ନଦୀକୁ ମାଆ ଭାବରେ ମାନି ଆସିଛୁ। ବିଶ୍ୱର ବିଭିନ୍ନ ନଦୀ କୂଳରେ ମାନବ ସଭ୍ୟତା ଗଢି ଉଠିଛି। ଗଙ୍ଗା ନଦୀ ତୀରରେ ଅବସ୍ଥିତ ଦଶ ହଜାର ବର୍ଷରୁ ଉର୍ଦ୍ଧ୍ୱ ଭାରତୀୟ ସଭ୍ୟତାର କେନ୍ଦ୍ରବିନ୍ଦୁ ବାରାଣୀସୀ ପ୍ରତି ଗଙ୍ଗା ନଦୀର ଆଶିର୍ବାଦ କଥା ସ୍ୱତଃ ମନକୁ ଆସେ। ସେହିପରି ଆମ ଓଡିଶାର ମହାନଦୀ ତୀରବର୍ତ୍ତୀ କଟକ ସହର ମଧ୍ୟ ହଜାର ବର୍ଷର ଇତିହାସ ବହନ କରି ଚାଲିଛି। ନଦୀ ତୀରରେ ଗଢି ଉଠିଥିବା ସହର ଏପରିକି ନଦୀ ମାନଙ୍କର ସଙ୍ଗମ ସ୍ଥଳୀ ବିଷୟରେ ଆମର ଅଳ୍ପ ବହୁତ ଧାରଣା ଅଛି। ଆଜି କିନ୍ତୁ ଆମେ ଏକ ମହାନ ନଦୀର ଉତ୍ସ ସମ୍ପର୍କରେ ଆଲୋକପାତ କରିବା।

ଦକ୍ଷିଣ ଭାରତର ବୃହତ ନଦୀ ମାନଙ୍କ ମଧ୍ୟରେ କାବେରୀ ଅନ୍ୟତମ। ଏହି ନଦୀ କର୍ଣ୍ଣାଟକର କୁର୍ଗ ଜିଲ୍ଲାର ଅନ୍ତର୍ଗତ ବ୍ରହ୍ମଗିରି ପର୍ବତରୁ ପ୍ରବାହିତ ହୋଇଛି। ଏହି ସ୍ଥାନଟିକୁ ସ୍ଥଳ କାବେରୀ କୁହାଯାଏ। ଏହି ସ୍ଥାନଟି ମହୀଶୂର ଠାରୁ ପ୍ରାୟ ଦେଢ ଶହ କି.ମି. ଓ ମାଙ୍ଗାଲୋର ଠାରୁ ୧୬୦ କି. ମି. ଦୂରରେ ଅବସ୍ଥିତ। କୋଡାଭା ମାନେ କାବେରୀକୁ ଦେବୀ ବୋଲି ମାନିଥାନ୍ତି। କାବେରୀ ନଦୀର ଉତ୍ପତି ନେଇ ପୁରାଣରେ ଏକ କିମ୍ବଦନ୍ତୀ ରହିଛି। ଏଥିରେ କୁହାଯାଇଛି ଯେ ଦେବୀ କାବେରୀ କାବେରା ମୁନିଙ୍କର କନ୍ୟା ଥିଲେ। ଯେତେବେଳେ ତାଙ୍କୁ ବିବାହର ସମୟ ଆସିଲା ସେହି ଅଂଚଳରେ ଭ୍ରମଣ କରୁଥିବା ଅଗସ୍ତ ମୁନି ବିବାହ ସୂତ୍ରରେ ପତ୍ନୀ ଭାବରେ ତାଙ୍କୁ ପାଇବାକୁ ଇଚ୍ଛା ପ୍ରକାଶ କରିଥିଲେ। କାବେରୀ ଏଥିପାଇଁ ରାଜି ହୋଇଥିଲେ କିନ୍ତୁ ଗୋଟାଏ ସର୍ତ ରଖିଥିଲେ, ଏହି ସର୍ତଟି ହେଲା ମୁନି ଅଗସ୍ତ୍ୟ ତାଙ୍କୁ କେବେହେଲେ ଗୋଟାଏ ମୁହୂର୍ତ ଅର୍ଥାତ୍ ଆନୁମାନିକ ଏକ ଘଂଟା ପାଇଁ କାବେରୀଙ୍କୁ ଛାଡି ଦୂରକୁ ଯିବେ ନାହିଁ। ଅଗସ୍ତ୍ୟ ମୁନି ରାଜି ହେଲେ ଏବଂ ତାଙ୍କୁ ପତ୍ନୀ ଭାବରେ ଗ୍ରହଣ କଲେ। ଗୋଟିଏ ଦିନ ଅଗସ୍ତ୍ୟ ମୁନି ତାଙ୍କର ପ୍ରାର୍ଥନାରେ ନିମଗ୍ନ ରହି ଏହି ପ୍ରତିଜ୍ଞା କଥା ଭୁଲି ଗଲେ।

କ୍ରୋଧାନ୍ୱିତ ହୋଇ କାବେରୀ ଏକ ପାର୍ବତ୍ୟ ଝରଣା ଭାବରେ ଦୂରକୁ ଯିବାକୁ ଲାଗିଲେ।

ପ୍ରତି ବର୍ଷ ଅକ୍ଟୋବର ମାସ ତୃତୀୟ ସପ୍ତାହରେ ଏକ ଶୁଭ ଦିନରେ ଏହି ଝରଣା ନିଜକୁ ନବୀକରଣ କରିଥାଏ। ଏହି ଦିନଟିକୁ କାବେରୀ ସଂକ୍ରମଣ ଉତ୍ସବ ଭାବରେ ପାଳନ କରାଯାଇ ଦେବୀ କାବେରୀଙ୍କୁ ପୂଜା ଅର୍ଚ୍ଚନା କରାଯାଏ। ପ୍ରତ୍ୟେକ କୋଡାଭା ଅଦିବାସୀ ନିଜ ନିଜ ଗୃହରେ ଉତ୍ସବ ପାଳନ କରିଥାନ୍ତି। ଅଧିକାଂଶ ପର୍ଯ୍ୟଟକ ଏହି ଦିନରେ କାବେରୀର ଉତ୍ସ ଜଳାଶୟରେ ସ୍ନାନ ନିମନ୍ତେ ଯାତ୍ରା କରିଥାନ୍ତି। ଏବଂ ସେଠାରୁ ପବିତ୍ର ତୀର୍ଥ ଜଳ ନେଇ ଫେରିଥାନ୍ତି।

ସ୍ଥଳ କାବେରୀ ସ୍ଥଳୀରେ ସେମିତି କିଛି ମନ୍ଦିର ନଥାଏ। ଏଠାରେ କେବଳ ଏକ ପୁଷ୍କରିଣୀ ଓ କୁଣ୍ଡରେ ଆରାଧନା କରାଯାଏ। ଯାହାକୁ କାବେରୀର ଉତ୍ପତି ସ୍ଥଳ କୁହାଯାଏ। କେତେକଙ୍କ ମତରେ ଯଦି ଏଠାରେ ନୂତନ ମନ୍ଦିର ନିର୍ମିତ ହୁଏ ତେବେ ଏହା ଅଧିକ ପର୍ଯ୍ୟଟକ ଆକର୍ଷଣ କରି ସ୍ଥାନର ଅନାବଶ୍ୟକ ବାଣିଜ୍ୟିକ ପ୍ରଭାବ ପକାଇ ସ୍ଥାନଟିର ଶାନ୍ତି ନଷ୍ଟ କରିବ।

କାବେରୀ ଏକ ବର୍ଷା ଜଳ ନିର୍ଭର ଯୋଗ୍ୟ ନଦୀ। ନଦୀର ଉତ୍ପତି ସ୍ଥଳରେ ଦୋଦାଭିରାଜ ମନ୍ଦିର ରହିଛି। ଏଠାରୁ ଉତ୍ପନ୍ନ ହୋଇ ଭାଗମଣ୍ଡଳ ଆଡକୁ କାବେରୀ ନଦୀ ପ୍ରବାହିତ ହୋଇଛି। ଏହିଠାରେ କନିକେ ଓ ସୁଜ୍ୟୋତି ନାମକ ଅନ୍ୟ ଦୁଇଟି ଅନ୍ତଃସ୍ରୋତା ନଦୀ କାବେରୀ ସହିତ ମିଳିତ ହୋଇଛନ୍ତି।

ଏହା ଭାଗମଣ୍ଡଳାଠାରୁ କର୍ଣ୍ଣାଟକ ପ୍ରବେଶ ଦେଇ ତାମିଲନାଡୁ ମଧ୍ୟ ଦେଇ ସମୁଦ୍ର ମଧ୍ୟରେ ବଙ୍ଗୋପସାଗରରେ ମିଳିତ ହୋଇଛି। ତାମିଲନାଡୁର ବିଶିଷ୍ଟ ତୀର୍ଥ କ୍ଷେତ୍ର ତିରୁଚିରା ପଲ୍ଲୀ ସହର କାବେରୀ ନଦୀ କୂଳରେ ଅବସ୍ଥିତ ଏକ ଲୋକପ୍ରିୟ ପର୍ଯ୍ୟଟନ ସ୍ଥଳୀ। ସ୍ଥଳ କାବେରୀ ଠାରେ କାବେରୀ ଦେବୀଙ୍କ ପୀଠ ପୁଷ୍କରିଣୀରେ ପହଂଚିବାକୁ ହେଲେ ପାବଛ ଆରୋହଣ କରିଯିବାକୁ ପଡେ। ଏଠାରେ ପହଂଚିଲେ ସମଗ୍ର ଉପତ୍ୟକାର ମନୋରମ ଦୃଶ୍ୟ ଆକର୍ଷିତ କରିଥାଏ। କାବେରୀ ଉଦଗମ ସ୍ଥଳୀରେ ସ୍ନାନ କରି ଶ୍ରଦ୍ଧାଳୁ ମାନେ ନିଜକୁ ଧନ୍ୟ ମନେ କରନ୍ତି। ଶିବାଲୀ ବ୍ରାହ୍ମଣ ପରିବାରର ପୁରୋହିତ ମାନେ ଏଠାରେ ଦୈନନ୍ଦିନ ପୂଜା ଅର୍ଚ୍ଚନା କରିଥାନ୍ତି।

ଭାଗମଣ୍ଡଳା ବିଷୟରେ ସ୍କନ୍ଧ ପୁରାଣରେ ବର୍ଣ୍ଣନା ରହିଛି। ଏଠାରେ ସ୍ଥାପିତ ଶିବଲିଙ୍ଗ ଋଷି ଭଗନ୍ଦ କାଶୀରୁ ଆଣି ପ୍ରାଣ ପ୍ରତିଷ୍ଠା କରିଥିଲେ। କୋଡାଭା ରାଜା ଦୋଦାବିରା ରାଜେନ୍ଦ୍ରଙ୍କ ସ୍ଥାପିତ ମନ୍ଦିରଟି ପ୍ରାୟ ୨୦୦ ବର୍ଷ ତଳେ ପୁନଃ ନିର୍ମିତ ହୋଇଛି। ଏହାର ପୁରାତନ ନିର୍ମାଣ ଶୈଳୀ ଖୁବ୍ ଆକର୍ଷଣୀୟ। କାବେରୀ ଉତ୍ସ ନିକଟରେ ସମୟ ବିତାଇବାର ଆନନ୍ଦ ଶ୍ରଦ୍ଧାଳୁ ଓ ପର୍ଯ୍ୟଟକ ମାନଙ୍କୁ ବିମୋହିତ

କରିଥାଏ। ଉତ୍କଣ୍ଠା ତଥା ଆଧ୍ୟାତ୍ମିକ ଭାବ ଏହା ହୃଦୟରେ ଭରିଦିଏ। ଏଥି ସହିତ ପ୍ରାକୃତିକ ପରିବେଶରେ ଅତିବାହିତ ସମୟ ନିଜ ମଧ୍ୟରେ ଅନେକ ଗଭୀର ଭାବନାର ସଂଚାର କରିଥାଏ।

କିଏ ଖୋଜେ ପୁରାଣ ଓ ଇତିହାସ
ଆଉ କିଏ ଭୂଗୋଳର ମାନଚିତ୍ର ନେଇ
ତୁମେ ସଦା ରହିଥାଅ
ଜନମାନସରେ ହେ କାବେରୀ!
ମହନୀୟା ନଦୀ ମାତା ହୋଇ॥

କାଳୀ ନଦୀ ଓ ଡାଣ୍ଡେଲୀ

ନଦ ନଦୀ, ବନାନୀ ଓ ବନ୍ୟପ୍ରାଣୀ, ପ୍ରକୃତି ମଣିଷ ଓ ମଣିଷର ପ୍ରକୃତି ପ୍ରେମ ମଧ୍ୟରେ ନିବିଡ ସମ୍ପର୍କର ପରିଚୟ, ଡାଣ୍ଡେଲୀ ଠାରେ ହିଁ ପ୍ରତ୍ୟକ୍ଷ କରିହୁଏ। ଡାଣ୍ଡେଲୀ ଅଭୟାରଣ୍ୟ ଥରେ ବୁଲି ଗଲେ ବାରମ୍ବାର ଯିବାର ଇଚ୍ଛା ଉଜ୍ଜୀବିତ ରହିଥାଏ। କାଳୀ ନଦୀରେ ନୌବିହାର ସହିତ କୁମ୍ଭୀର ମାନଙ୍କ ସହ ନିରାପଦ ସାକ୍ଷାତ ଅନୁଭୂତି କାହାକୁ ବା ଆକୃଷ୍ଟ ନ କରିବ। ଡାଣ୍ଡେଲୀ ଅଭୟାରଣ୍ୟ ଅଂଚଳଟି କର୍ଣ୍ଣାଟକ ପ୍ରଦେଶର ଉତର କାନାଡା ଜିଲ୍ଲାରେ ପଶ୍ଚିମ ଘାଟ ପର୍ବତ ମାଳା ମଧ୍ୟରେ ଅବସ୍ଥିତ। ବାଙ୍ଗାଲୁରୁ ଠାରୁ ଏହାର ଦୂରତ୍ୱ ପ୍ରାୟ ୪୮୧ କି.ମି.। ସଡକ ପଥରେ ୧୧ ଘଂଟା ଓ ରେଳପଥରେ ୯ ଘଂଟା ସମୟ ଲାଗିବ। ନିକଟତମ ବଡ ସହର ହୁବ୍‌ଲି ଡାଣ୍ଡେଲୀଠାରୁ ୭୦ କି.ମି. ଦୂର। ଏଠାରେ କୃଷ୍ଣ ବର୍ଣ୍ଣର ବ୍ୟାଘ୍ରର (Black Panther) ସନ୍ଧାନ ମିଳିଥାଏ ବୋଲି ସମସ୍ତେ ଆକର୍ଷିତ ହୋଇଥାନ୍ତି। ଏତଦ୍ ବ୍ୟତୀତ ଉଡନ୍ତା ଗୁଣ୍ଡୁଚି ମୂଷା, ଉଡନ୍ତା ଏଣ୍ଡୁଅ ପ୍ରଭୃତି ଦେଖିବାର ସମ୍ଭାବନା ରହିଛି। ଡାଣ୍ଡେଲୀ ଭାରତର ଅନ୍ୟତମ ପୁରାତନ ବନ୍ୟଜନ୍ତୁ ସଂରକ୍ଷଣ କ୍ଷେତ୍ର। ଏଠାରେ ହାତୀ,ସମ୍ବର ଓ ପ୍ରଭୃତି ବିଶାଳକାୟ ବନ୍ୟପ୍ରାଣୀ ରହିଛନ୍ତି। ମାତ୍ର ସେମାନେ ସହଜରେ ନଜରକୁ ଆସନ୍ତି ନାହିଁ।

ରଙ୍ଗବେରଙ୍ଗର କାଠଖୁମ୍ପା ପକ୍ଷୀ କାଳି ନଦୀର ତୀରରେ ଥିବା ବାଉଁଶ ବଣରେ ଦେଖିବାକୁ ମିଳିଥାଏ। କାଳି ନଦୀରେ ଦେଶୀ ଗୋଲାକାର ଭେଳାରେ ବସି ନୌବିହାରର ଆନନ୍ଦ ନେଉଥିବା ସମୟରେ ବିଶାଳକାୟ କୁମ୍ଭୀର ମାନଙ୍କୁ ପାଖରୁ ଦେଖିବାର ମୂହୁର୍ତ ଗୁଡିକ ସ୍ମୃତିରେ ସାଇତା ହୋଇ ରହିଯାଏ। କାଳି ନଦୀର ଖର ସ୍ରୋତରେ ଭେଳା ଦ୍ୱାରା (Rafting) ଦୁଃସାହସିକ ଭ୍ରମଣ ମଧ୍ୟ ତରୁଣ ପର୍ଯ୍ୟଟକ ମାନଙ୍କୁ ଆକର୍ଷିତ କରିଥାଏ। ନଦୀ ଓ ଅରଣ୍ୟ ମଧ୍ୟରେ କର୍ଣ୍ଣାଟକ ସରକାରଙ୍କର ଅତିଥି ଶାଳା ଖୁବ୍ ମନୋରମ। ଦିବସ ଯାକ ବନ୍ୟଜନ୍ତୁ ପରିଦର୍ଶନ କରି ଅରଣ୍ୟ ଓ ନଦୀ ମଧ୍ୟରେ ରାତ୍ରୀର ମନୋରମ ରହଣୀକୁ ଏହା ସହଜ କରିଥାଏ। ଏଠାକାର

ନାଲି ପିମ୍ପୁଡି ନିରୀକ୍ଷଣ କରିବାର ଆଗ୍ରହ ମଧ୍ୟ ଖୁବ୍ ରୋଚକ ହୋଇଥାଏ। ଏହି ଅଂଚଳରେ ଅନେକ ପ୍ରକୃତି ଶିବିର (Nature Camp) ବିଭିନ୍ନ ଗୋଷ୍ଠୀର ପର୍ଯ୍ୟଟକ ମାନଙ୍କ ପାଇଁ ରହିଅଛି। ଏତଦ୍ ବ୍ୟତୀତ ଶିରୋଲୀ ଶିଖର ୨୫ କି.ମି., କାଭେଡା ଗୁମ୍ଫା ୩୦ କି.ମି. ପରିସର ମଧ୍ୟରେ ରହିଅଛି। ପର୍ଯ୍ୟଟକ ମାନଙ୍କର ଉଲ୍ଲାସ ଓ ଦୁଃସାହସିକ ଭ୍ରମଣକୁ ଏହା ଖୋରାକ ଯୋଗାଇଥାଏ। କୁଲାଗି ନେଚର କେମ୍ପ ଓ ଫେରିବା ବାଟରେ ଜଙ୍ଗଲ ଓ ଅଙ୍କା ବଙ୍କା ରାସ୍ତା ଦେଇ ଆସିବାର ଆନନ୍ଦ ଡାଣ୍ଡେଲୀ ଭ୍ରମଣକୁ ଖୁବ୍ ରୋଚକ କରି ଗଢି ତୋଳିଥାଏ।

ଏଠାରେ ବିଭିନ୍ନ ପ୍ରକୃତି ନିବାସରେ ସମଗ୍ର ଦିବସ ଓ ରଜନୀ ବିତାଇବାର ଆନନ୍ଦ ଜନଗହଳି ପୂର୍ଣ୍ଣ ସହରରୁ ଆସୁଥିବା ପର୍ଯ୍ୟଟକ ମାନଙ୍କ ପାଇଁ ସ୍ୱର୍ଗୀୟ ଆନନ୍ଦ ପ୍ରଦାନ କରିଥାଏ। କାଳି ନଦୀର ସୁଷମା ଓ ଖର ସ୍ରୋତର ପ୍ରବାହ ମନ ମଧ୍ୟରେ ଅନେକ ଆବେଗ ସଂଚାର କରେ। ପଶ୍ଚିମ ଘାଟର ଏହି ପ୍ରାକୃତିକ ଶୋଭା ପରିପୂର୍ଣ୍ଣ ସ୍ଥାନଟିକୁ ଦେଖିବା ପାଇଁ ଦୂର ଦୂରାନ୍ତରୁ ଅନେକ ପର୍ଯ୍ୟଟକ ଆସିଥାନ୍ତି। କାଳି ନଦୀର ତୀରବର୍ତ୍ତୀ ସରକାରୀ ଆବାସ ସ୍ଥଳୀରେ ରହୁଥିବା ପର୍ଯ୍ୟଟକ ମାନଙ୍କୁ ପ୍ରତିଦିନ ସକାଳେ ଜଣେ ସୂଚନା ପ୍ରଦାନ କାରୀ (Guide) ସ୍ଥାନୀୟ ବ୍ୟକ୍ତି ପଶୁପକ୍ଷୀ ଓ ବୃକ୍ଷଲତା ବିଷୟରେ ନିକଟବର୍ତ୍ତୀ ଆଗ୍ରହ ଉଦ୍ଦୀପକ ଅଂଚଳ ମାନଙ୍କୁ ନେଇ ବହୁତ କଥା ବୁଝାଇଥାନ୍ତି। ବ୍ୟସ୍ତ ଜୀବନଚର୍ଚ୍ଚା ମଧ୍ୟରେ ମଣିଷର ମନକୁ ଶାନ୍ତ୍ୱନା ଓ ସୌନ୍ଦର୍ଯ୍ୟରେ ଭରି ଦେବାକୁ ହେଲେ ଡାଣ୍ଡେଲୀ ଓ କାଳି ନଦୀର କଥା ମନକୁ ଆସେ। ଏବଂ ଏହାର ଆମନ୍ତ୍ରଣକୁ ଉପେକ୍ଷା କରାଯାଇ ନପାରେ।

କାଳୀନଦୀର ସ୍ରୋତ
କୁମ୍ଭୀରଙ୍କ ସନ୍ତରଣ ଖେଳ
ଡାଣ୍ଡେଲୀର ଆଦର ଓ
ଆତିଥ୍ୟ ମଧ୍ୟରେ
ଜଣାପଡେ ନାହିଁ ବେଳ ॥

ମାଙ୍ଗାଲୋର ଓ ମୁରୁଡେଶ୍ୱର

ପଣ୍ଡିଚେରୀରୁ ଟ୍ରେନ ଯାତ୍ରା ମାଙ୍ଗାଲୋର ଅଭିମୁଖେ। ସନ୍ଧ୍ୟାରେ ବସିଲେ ପରଦିନ ସକାଳେ ପହଂଚିବାର ସମୟ ନିର୍ଘଂଟ। କିଛି ଘଂଟା ଟ୍ରେନରେ ବସିବା ପରେ ଦିବସର ଅବସାନ ହୁଏ। ବିଭିନ୍ନ ରେଳ ଷ୍ଟେସନ ତଥା ପାର୍ଶ୍ୱବର୍ତୀ ଦୃଶ୍ୟ ଦେଖିବାରେ ସମୟ କଟିଯାଏ। କେତେ ପ୍ରକାର ଗ୍ରାମ ଓ ସହର ଅତିକ୍ରମ କରି ଗଡି ଚାଲେ ରେଳ ଗାଡି। ସକାଳ ହେବା ବେଳକୁ କାଲିକଟ୍ ଅଥବା ଆଜିକାର କୋଜିକୋଡ ଷ୍ଟେସନ ପାର ହୋଇ ସାରିଥିଲା। ଭାରତର ପଶ୍ଚିମ ଘାଟ ପର୍ବତ ମାଳା ଓ ଆରବ ସାଗରକୁ ଏକ ସଙ୍ଗରେ ଦେଖିବାର ଅପୂର୍ବ ସୁଯୋଗ ଏହି ଯାତ୍ରାରେ ମିଳିଥାଏ।

ଟ୍ରେନରେ ଜଣେ ଅପରିଚିତ ଭଦ୍ରବ୍ୟକ୍ତି ଙ୍କ ସହ ସାକ୍ଷାତ ହେଲା। ମାଙ୍ଗାଲୋର ପ୍ରଥମ ଥର ପାଇଁ ଏକାକୀ ଭ୍ରମଣ କରୁଥିବାରୁ କେଉଁ ହୋଟେଲରେ ସହଜ ଓ ସୁବିଧାରେ ରହିପାରିବେ ତାଙ୍କଠାରୁ ବୁଝିନେଲି। ସକାଳ ୯ଟା ପୂର୍ବରୁ ପହଂଚି ଉକ୍ତ ହୋଟେଲରେ କୋଠରୀଟିଏ ନେଇଗଲି। ପରିଚ୍ଛନ୍ନ ପରିବେଶ, ନିତ୍ୟକର୍ମ ଶେଷ କରି ମାଙ୍ଗାଲୋର ନିକଟବର୍ତୀ ସମୁଦ୍ର ଉପକୂଳ ବୁଲିବାରେ ବାହାରି ପଡିଲି। ସୁନ୍ଦର ଉପକୂଳ, ଝାଉଁବଣ ଏବଂ ବାଲୁକାରାଶି ଏଠାରେ ଖୁବ୍ ଆକର୍ଷଣୀୟ। ପଶ୍ଚିମ ଉପକୂଳର ସୂର୍ଯ୍ୟାସ୍ତ ସର୍ବଦା ମନୋମୁଗ୍ଧକର ହୋଇଥାଏ। ଅପରାହ୍ନରେ ପୁନର୍ବାର ଆସିବାକୁ ସ୍ଥିର କଲି। ମଧ୍ୟାହ୍ନ ଭୋଜନ ପରେ ମାଙ୍ଗାଲୋର ସ୍ଥିତ ବିଭିନ୍ନ ମନ୍ଦିର ଓ ପୁରାତନ ଗୀର୍ଜା ଭ୍ରମଣରେ ବାହାରିଲି। ପୁନଶ୍ଚ ସୂର୍ଯ୍ୟାସ୍ତର କିଛି ଘଂଟା ପୂର୍ବରୁ ସମୁଦ୍ର କୂଳରେ ପହଂଚି ଗଲି। ମାଙ୍ଗାଲୋରର ସୁରତକାଲ୍ ଓ ଓଲାଲ୍ ବିଚ୍ ସମସ୍ତଙ୍କୁ ଭଲ ଲାଗେ। ଅପରାହ୍ନର ଶାନ୍ତ ପରିବେଶରେ ସୂର୍ଯ୍ୟଙ୍କୁ ବିଦାୟ ଦେବାର ଆୟୋଜନରେ ଏହି ଉପକୂଳ ଯେପରି ମନ ପ୍ରାଣ ଲଗାଇ ଦେଇଛି। ସୂର୍ଯ୍ୟ ଧୀରେ ଧୀରେ ଢଳିବାକୁ ଲାଗିଲେ। ସକାଳେ ପୂର୍ବ ଉପକୂଳରେ ଉଦିତ ହୋଇଥିବା ସୂର୍ଯ୍ୟ ଅପରାହ୍ନରେ ପୁଣି ପଶ୍ଚିମ ଉପକୂଳରେ ଅଦୃଶ୍ୟ ହୋଇଯାନ୍ତି। ଝାଉଁବଣ, ପକ୍ଷୀ କାକଳି ଓ ସୂର୍ଯ୍ୟାସ୍ତ ଦର୍ଶନାର୍ଥୀ ମାନଙ୍କ ମେଳରେ

ଉପକୂଳ ଯେପରି ବିଭୋର ହୋଇଉଠେ। ନୀଳ ସାଗର, ନୀଳ ଉର୍ମିମାଳା ଏବଂ ବିସ୍ତୃତି ମଧ୍ୟରେ ଦିଗବଳୟର ଶୋଭା ସମସ୍ତଙ୍କ ମନକୁ ଛୁଇଁଯାଏ। ମାଙ୍ଗାଲୋରର ଉପକୂଳ ସୂର୍ଯ୍ୟାସ୍ତ ସ୍ମୃତି ପାଇଁ ଏକ ଅମୂଲ୍ୟ ଉପଢୌକନ।

ପରଦିନ ସକାଳେ ମାଙ୍ଗାଲୋର ଠାରୁ ପ୍ରାୟ ୧୪୦ କି.ମି. ଦୂର ମୁରୁଡେଶ୍ୱର ମନ୍ଦିର ଭ୍ରମଣରେ ବାହାରି ପଡିଲି। ସାଗର ତୀରରେ ଅବସ୍ଥିତ ଶିବ ମନ୍ଦିରଟି ସହିତ ମହାଦେବଙ୍କର ଏକ ବିଶାଳ ପ୍ରତିମୂର୍ତ୍ତି ମଣ୍ଡପ ଉପରେ ଆସୀନ। ପର୍ଯ୍ୟଟକ ଓ ଶ୍ରଦ୍ଧାଳୁମାନେ ଏଠାରେ ଫଟୋ ଉଠାଇବାରେ ବ୍ୟସ୍ତ ରହିଥାନ୍ତି। ମୁରୁଡେଶ୍ୱର ମନ୍ଦିର ଓ ଏହାର ପାର୍ଶ୍ୱବର୍ତ୍ତୀ ସମୁଦ୍ର ଉପକୂଳ ଖୁବ୍ ମନୋରମ କିନ୍ତୁ ଜନାକୀର୍ଣ୍ଣ ଥାଏ। ଏଠାରେ କିଛି ଘଂଟା କଟାଇ ପୁଣି ମାଙ୍ଗାଲୋର ଫେରି ଆସିଲି। ପରଦିନ ନିକଟବର୍ତ୍ତୀ କୋଲୁର୍ ସ୍ଥିତ ମୁଖାମ୍ବିକା ମନ୍ଦିର ଓ ଶୃଙ୍ଗେରୀର ଶଙ୍କରାଚାର୍ଯ୍ୟ ମଠ ଭ୍ରମଣର କାର୍ଯ୍ୟକ୍ରମ ରହିଥିଲା।

ସନ୍ଧ୍ୟା ଆସେ ଛପି ଛପି
ପୂରୁବ ଦିଗରୁ
ଅସ୍ତରାଗ ପଶ୍ଚିମରୁ
ଲିଭିବା ଆଗରୁ ।।
ବାଲିବେଳା ଝାଉଁବଣ
ଉର୍ମିମାଳା ଯେତେ
ସୂର୍ଯ୍ୟଙ୍କୁ ବିଦାୟ ଦେଇ
ମର୍ମାହତ କେତେ ।।

■

କଫିର ସହର

କଫି ବଗିଚାର ବିସ୍ତୃତି ମଧ୍ୟରେ ସମୟ ଅତିବାହିତ କରିବାର ଅପୂର୍ବ ଆନନ୍ଦ କର୍ଣ୍ଣାଟକର କୁର୍‌ଗୁ ଓ ଚିକ୍ ମାଙ୍ଗାଲୋର ହିଁ ଦେଇଥାଏ । ଦୈନନ୍ଦିନ ଜୀବନର ଜଞ୍ଜାଳ ଓ ଜନ ଗହଳିରୁ ଟିକିଏ ଦୂରକୁ ଯାଇ ପ୍ରକୃତି କୋଳରେ, କିଛି ସମୟ ନିଜକୁ ହଜାଇ ଦେବାର ଆନନ୍ଦ ପାଇବାକୁ ଯାଇ ସେଠାରେ ପହଂଚି ଗଲି । ରାସ୍ତାର ଦୁଇ ପାର୍ଶ୍ୱରେ ସବୁଜିମାର ଶୋଭା ଖୁବ୍ ମନୋରମ ଲାଗୁଥାଏ । ବାଙ୍ଗାଲୋରରୁ ପ୍ରାୟ ୨୫୦ କି. ମି. ଦୂର, କିଛି ଘଂଟା ଭ୍ରମଣ କଲାପରେ ପାହାଡ ଓ ଶାନ୍ତ ଗ୍ରାମ୍ୟ ପରିବେଶ । ମୁକ୍ତ ଆକାଶ ପକ୍ଷୀ ମାନଙ୍କର କାକଳି ସହିତ ଯେପରି ସ୍ୱାଗତ କରିବାକୁ ରହିଥାଏ । ବାବାବୁଦାଗିରିର ଆକର୍ଷଣ, ଭଦ୍ରା ଅଭୟାରଣ୍ୟଭ୍ରମଣ, ଚିକ୍ ମାଗାଲୋର୍ ପର୍ଯ୍ୟଟନକୁ ସାର୍ଥକ କରିଥାଏ । କୁହାଯାଏ ବାବାବୁଦାନ୍ ତାଙ୍କର ମକ୍କା ତୀର୍ଥ ଭ୍ରମଣ କାଳରେ ଆରବ ଦେଶରୁ କିଛି କଫି ମଞ୍ଜି ଏଠାକୁ ଆଣି ଏହି ଅଂଚଳରେ କଫି ଚାଷର ଶୁଭାରମ୍ଭ କରିଥିଲେ । ପ୍ରକୃତି ମେଳରେ ଅବସର କଟାଇବାର ଆକର୍ଷଣ ଚିକ୍‌ମାଗାଲୋର୍ ପରିଦର୍ଶନ ପାଇଁ ପ୍ରୋତ୍ସାହିତ କରିଥାଏ । କୁହାଯାଏ ତତ୍କାଳିନ ସେଠାକାର ରାଜା ତାଙ୍କ କନ୍ୟାଙ୍କୁ ଏହି ଅଂଚଳଟି ଉପହାର ସୂତ୍ରରେ ଦେଇଥିବାରୁ ରାଜାଙ୍କ ପୁତ୍ରୀଙ୍କ ନାମ ଅନୁସାରେ ଏହି ଅଂଚଳଟି ନାମିତ । ଏହା ଅଧୂନାତନ କର୍ଣ୍ଣାଟକ ପ୍ରଦେଶର ଏକ ପ୍ରଖ୍ୟାତ ଜିଲ୍ଲା । ନିକଟବର୍ତୀ ପର୍ଯ୍ୟଟନ ସ୍ଥଳୀ ମଧ୍ୟରେ ହେବେ ଜଳପ୍ରପାତ, ଖୋରାନାଡୁରେ ଥିବା ଆଦି ଶଙ୍କରାଚାର୍ଯ୍ୟଙ୍କ ଦ୍ୱାରା ପ୍ରତିଷ୍ଠିତ ଅନ୍ନପୂର୍ଣ୍ଣେଶ୍ୱରୀ ମନ୍ଦିର, ପର୍ଯ୍ୟଟକ ମାନଙ୍କୁ ଆକୃଷ୍ଟ କରିଥାଏ । ପୁରୋହିତ ମାନଙ୍କ ଦ୍ୱାରା ପ୍ରଦତ୍ତ ମାଳନାର ଶୈଳୀର ପ୍ରସାଦ ଏଠାରେ ଅତି ପ୍ରିୟ । ଏତଦ୍ ବ୍ୟତୀତ ବେଲାଭାଡିରେ ସ୍ଥିତ ତ୍ରୟୋଦଶ ଶତାବ୍ଦୀର ବେଲାଭାଡି ମନ୍ଦିର, ଶାନ୍ତିପ୍ରାପ୍ତିର ଏକ ପ୍ରଶସ୍ତ କ୍ଷେତ୍ର । ଏଠାରେ ପ୍ରଭୁ ବିଷ୍ଣୁ ନାରାୟଣ, ବେଣୁ ଗୋପାଳ ଓ ଯୋଗା ନରସିଂହ ପ୍ରତିମୂର୍ତି ରହିଅଛି । ଖ୍ରୀଷ୍ଟିୟ ଦଶମରୁ ଚତୁର୍ଦ୍ଦଶ ଶତାବ୍ଦୀ ପର୍ଯ୍ୟନ୍ତ ଶାସନ କରୁଥିବା ହୋୟଶାଳା ବଂଶ ସାମ୍ରାଜ୍ୟର ଏହା

ସ୍ମାରକୀ ବହନ କରୁଅଛି। ରାକ୍ଷସ ବକାସୁରଙ୍କୁ ଏଠାରେ ଦମନ କରାଯାଇଥିବା କଥା ମହାଭାରତରେ ବର୍ଣ୍ଣିତ ଅଛି।

ଏତଦ୍ ବ୍ୟତୀତ ଆୟନାକେରେ ଚିକ୍‌ମାଗାଲୋର ଠାରୁ ପ୍ରାୟ ୨୬ କି.ମି. ଦୂରରେ ଅବସ୍ଥିତ। ଜଳସେଚନ ପାଇଁ ନିର୍ମିତ ଏଠାକାର ହ୍ରଦଟି ଏକ ସୁଦୃଶ୍ୟ ବଣଭୋଜି କ୍ଷେତ୍ର। ଚିକ୍‌ମାଗାଲୋର ରେ ରହଣୀ ପାଇଁ ବିଭିନ୍ନ ଆୟବର୍ଗକୁ ନଜର ରେ ରଖି ଆବାସସ୍ଥଳୀ ସବୁ ରହିଅଛି। ଅନ୍ତତପକ୍ଷେ ଗୋଟିଏ ରାତି ଓ ଦୁଇଦିନ ଭ୍ରମଣରେ ଆସିବାର ସୁଯୋଗ ସମସ୍ତଙ୍କୁ ଆପ୍ୟାୟିତ କରିଥାଏ। ଚିକ୍‌ମାଗାଲୋରରେ ସମ୍ଭବତଃ ସମୟ ଅଟକି ଯାଏ, ଦୁଶ୍ଚିନ୍ତା ସକଳ ଦୂରେଇ ଯାନ୍ତି। କଫି ଉଦ୍ୟାନ ଗୁଡିକର ସୁଗନ୍ଧ ତଥା ନିକଟବର୍ତ୍ତୀ ଅଭୟାରଣ୍ୟର ଶାନ୍ତ ପରିବେଶ ଯେ କୌଣସି ପର୍ଯ୍ୟଟକ ଓ ପରିବ୍ରାଜକଙ୍କୁ ଖୁବ୍ ଆପଣାର କରି ରଖିବାର କୌଶଳ ନିଜ ପାଖରେ ରଖିଥାଏ।

କାମିନା ଗୁଡି - ପ୍ରାୟ ୬୧ କି.ମି. ବ୍ୟାପି କଫି କ୍ଷେତ୍ର ଓ ଓକ୍ ବୃକ୍ଷର ସମ୍ଭାର ମଧ୍ୟରେ କାମିନାଗୁଡିର ଅଙ୍କାବଙ୍କା ରାସ୍ତା ସମସ୍ତଙ୍କୁ ଖୁବ୍ ଭଲ ଲାଗେ। ପ୍ରାୟ ୪୭୦୫ ଫୁଟ୍ ସମୁଦ୍ର ପତନଠାରୁ ଉଚ୍ଚତାରେ ଅବସ୍ଥିତ କ୍ରିଷ୍ଣା ରାଜେନ୍ଦ୍ରନ୍ ଶୈଳନିବାସ ପର୍ଯ୍ୟଟକ ମାନଙ୍କୁ ଆକର୍ଷିତ କରିଥାଏ। ଏତଦ୍ ବ୍ୟତୀତ ୧୦ କି.ମି ଦୂରରେ ଅବସ୍ଥିତ କଲାହାଟି ଜଳପ୍ରପାତ ମଧ୍ୟ ପରିଦର୍ଶନ ଯୋଗ୍ୟ।

କେତେ ଯେ ସୁନ୍ଦର
କଫିର ସହର ଆଉ ତାର ଫୁଲ
ମହକରେ ମନ ଜିଣେ
କିଏ ଦେବ ତାର ମୂଲ।।

ଅରଣ୍ୟ ଅଶ୍ୱର ସନ୍ଧାନେ

ଥରେ ବୁଲିଯିବାକୁ ହେଲେ ବାରମ୍ବାର ଯିବାକୁ ଇଚ୍ଛା ହୁଏ । ବେଦାରଣ୍ୟମ୍ ନାମ ଭିତରେ ଯେପରି ଏକ ମହନୀୟ ଆକର୍ଷଣ ରହିଛି । ବେଦ ଓ ଅରଣ୍ୟ ଦୁଇଟି ଶବ୍ଦର ସଂଯୋଗରେ ଏପରି ଏକ ନାମକରଣ । ସ୍ୱାଧୀନତା ସଂଗ୍ରାମ ସମୟରେ ଲବଣ ସତ୍ୟାଗ୍ରହ ଆନ୍ଦୋଳନ, ରାଜାଜୀ ଗାନ୍ଧୀଜୀଙ୍କର ଆହ୍ୱାନ କ୍ରମେ ଏଠାରେ ଆରମ୍ଭ କରିଥିଲେ । ଏପର୍ଯ୍ୟନ୍ତ ବେଦାରଣ୍ୟମ୍ ଅଂଚଳ ଗ୍ରାମୀଣ ପ୍ରଣାଳୀରେ ଲୁଣ ଉତ୍ପାଦନ ପାଇଁ ପ୍ରସିଦ୍ଧି ଲାଭ କରି ଆସିଛି । ଦକ୍ଷିଣ ଭାରତର ଅନ୍ୟତମ ପର୍ଯ୍ୟଟନ ସ୍ଥଳୀ ପ୍ରସିଦ୍ଧ ଭେଲାନ୍‌କୋନୀ ଗୀର୍ଜା ରାସ୍ତା ଦେଇ ଯିବାକୁ ହୁଏ । ସେଦିନର ଲକ୍ଷ୍ୟ କିନ୍ତୁ ଥିଲା ବେଦାରଣ୍ୟମ୍ ଦେଇ କୁଡିକରାଇ । ସେଠାକାର ଅଭୟାରଣ୍ୟ ଓ ବିଦେଶାଗତ ପକ୍ଷୀଙ୍କୁ ପର୍ଯ୍ୟବେକ୍ଷଣ କରିବାର ଉଦ୍ଦେଶ୍ୟ ।

ବେଦାରଣ୍ୟମ୍ ପହଂଚିଲା ବେଳକୁ ସନ୍ଧ୍ୟା ହୋଇ ଯାଇଥିଲା । ଏଠାରେ ଥିବା ଏକ ସାଧାରଣ ହୋଟେଲରେ ରାତ୍ରୀ ଯାପନ କରିବାକୁ ପଡିଥିଲା । ପରଦିନ ସକାଳେ ସମୁଦ୍ରର ତୀରବର୍ତ୍ତୀ ଅଂଚଳ ଦେଇ ଦକ୍ଷିଣ ଦିଗକୁ ଲମ୍ବି ଯାଇଥିବା ରାସ୍ତାରେ ଲୁଣ ମରାର ଚମତ୍କାର ଦୃଶ୍ୟ ଦେଖିବାକୁ ମିଳିଥିଲା । ଲୁଣ ମରା ପରେ ସଂଗୃହୀତ ହୋଇଥିବା ଏହି ଶ୍ୱେତ ପାହାଡର ଦୃଶ୍ୟ ଖୁବ୍ ଆକର୍ଷଣୀୟ ଥିଲା । କିଛି ଦୂର ଯିବା ପରେ ରାସ୍ତାକଡରେ ସୂଚନା ଫଳକ ଦେଖି ଅଟକିବାକୁ ପଡିଲା । କୁଡିକରାଇଠାରୁ ପ୍ରାୟ ଦୁଇ କି.ମି. ପୂର୍ବରୁ ଏଠାରେ ଏକ ଛୋଟ ପାହାଡ ଉପରେ ସୂଚନା ଫଳକଟି ପର୍ଯ୍ୟଟକ ମାନଙ୍କ ପାଇଁ ରହିଥିଲା । ଲଙ୍କା ଅଭିଯାନ ପୂର୍ବରୁ ଏହି ସ୍ଥାନରୁ ସିଂହଳ ଦ୍ୱୀପର ଦୂରତ୍ୱ ଅନୁମାନ କରିବାକୁ ହନୁମାନ ଏହିଠାରେ ପହଂଚିଥିଲେ ବୋଲି କୁହାଯାଏ । ବାସ୍ତବରେ ଏହିଠାରୁ ଶ୍ରୀଲଙ୍କାର ଦୂରତ୍ୱ ଖୁବ୍ ନିକଟ । ସେଠାରେ କିଛି ସମୟ କଟାଇ ଆଗକୁ ଯିବା ପରେ ଅଭୟାରଣ୍ୟ ର ସୀମା ଆରମ୍ଭ । ମୁଖ୍ୟ ରାସ୍ତାର ଡାହାଣ ପାର୍ଶ୍ୱରେ କେତେକ ନିରୀକ୍ଷଣ ଖମ୍ବ (Observation Towers) ଦେଖିବାକୁ ମିଳେ । ଏହି ସ୍ଥଳୀରୁ ଫ୍ଲେମିଂଗୋ ଓ ଅନ୍ୟାନ୍ୟ ବିଦେଶାଗତ ପକ୍ଷୀ ମାନେ ଏହି ଅଂଚଳକୁ ଶୀତ ଋତୁରେ

ଆସିଥାନ୍ତି । ସେଦିନ କିନ୍ତୁ ଫ୍ଲେମିଂଗୋ ଦେଖିବାର ସୁଯୋଗ ମିଳି ନଥିଲେ ମଧ୍ୟ ଏହାର ପରିବେଶ ଓ ଅବସ୍ଥିତି ନେଇ ସନ୍ତୁଷ୍ଟ ହେବାକୁ ପଡିଥିଲା ।

ଏହା ପରେ ମୂଖ୍ୟ କୋଡିକରାଇ ଅଭୟାରଣ୍ୟ ପ୍ରବେଶ ପଥ ଆଡକୁ ଯିବାକୁ ହୋଇଥିଲା । ଏଠାରୁ ପ୍ରବେଶ ଅନୁମତି ନେଇ ଅଭୟାରଣ୍ୟକୁ ଯିବାକୁ ପଡିଥାଏ । ଏହି ଅଭୟାରଣ୍ୟର ମୁଖ୍ୟ ଆକର୍ଷଣ ଅରଣ୍ୟ ଅଶ୍ୱ ବା ବନ୍ୟ ଘୋଡା । ଏହା ଦେଶର ଏକମାତ୍ର ବନ୍ୟ ଅଶ୍ୱ ଅଭୟାରଣ୍ୟ ବୋଲି ପୂର୍ବରୁ ଜାଣିଥିଲି । ଏଠାରେ ହରିଣ ଓ ବନ୍ୟ ଶୁକର ମାନଙ୍କୁ ମଧ୍ୟ ଦେଖିବାକୁ ମିଳେ । ବନ୍ୟ ଅଶ୍ୱ କେତୋଟି ଦୂରରୁ ଦେଖି ସେମାନଙ୍କର ହାବଭାବ ସମ୍ପର୍କରେ ଜ୍ଞାନ ଅର୍ଜନ କଲି ।

ଏହି ଅଭୟାରଣ୍ୟର ପାର୍ଶ୍ୱବର୍ତୀ ଉପକୂଳ ପରିସୀମାକୁ ଯାଇ ଭାରତର ପ୍ରଥମ ବତୀଘର, ଚୋଳ ରାଜତ୍ୱ ସମୟରେ ପ୍ରତିଷ୍ଠିତ ହୋଇଥିବାର ସ୍ମାରକୀ ଦେଖିବାକୁ ପାଇଲି । ସମୁଦ୍ର ଖୁବ୍ ଶାନ୍ତ ଓ ମନୋରମ । ଜନ ସମାଗମ ପ୍ରାୟ ନଥିବାରୁ ବେଳାଭୂମିଟି ଅତ୍ୟନ୍ତ ପରିଷ୍କାର ପରିଚ୍ଛନ୍ନ ରହିଥାଏ । ସେ ସମୟର ନାବିକ ମାନଙ୍କୁ ସୂଚନା ଦେବା ପାଇଁ ପ୍ରାୟ ୧୧୦୦ ମସିହାରେ ବତୀଘର ନିର୍ମିତ ହୋଇଥିବା ବୋଲି ଜାଣିବାକୁ ପାଇଲି। ଏହାପରେ ଅଭୟାରଣ୍ୟର ଦ୍ୱାରଦେଶ ଆଡକୁ ଫେରି ଆସି ଏଠାକାର ମୁଖ୍ୟ ଉପକୂଳ ଆଡକୁ ଯିବାକୁ ଭାବିଲି । ଅନେକ ମତ୍ସ୍ୟଜୀବି ସେମାନଙ୍କର ମାଛଧରା ଡଙ୍ଗା ନେଇ ସେଠାରେ ଅପେକ୍ଷାରତ ଥିଲେ । ଏହି ଉପକୂଳ ଟିକିଏ ଗହଳି ହୋଇଥିଲେ ମଧ୍ୟ ଏହାର ଶୋଭା ଓ ଶ୍ରୀଲଙ୍କାର ଅବସ୍ଥିତି ନେଇ ଅନେକ କଳ୍ପନା ଜଳ୍ପନା ମନକୁ ଆସିଲା ।

ଫେରିବା ବାଟରେ ସେଠାକାର ଜଙ୍ଗଲ ବିଭାଗର ବିଶ୍ରାମ ସ୍ଥଳୀରେ ପହଂଚି ରହିବା ବ୍ୟବସ୍ଥା ସମ୍ପର୍କରେ ଖବର ନେଲି । ଅତିଥି ଗୃହଟି ଶାନ୍ତ ଓ ପରିଚ୍ଛନ୍ନ ଥିଲା । ଏହା ନିଶ୍ଚିତ ଭାବରେ ପର୍ଯ୍ୟଟକ ମାନଙ୍କୁ ନୀରବତାର ସ୍ୱାଦ ଚଖାଇ ଆପ୍ୟାୟିତ କରିବ ବୋଲି ଆଶା କଲି । ସେଦିନର ବେଦାରଣ୍ୟମ୍ ଓ କୋଡିକରାଇ ଅଭୟାରଣ୍ୟ ଭ୍ରମଣ ଏବେ ମଧ୍ୟ ସ୍ମୃତିରେ ସାଇତା ହୋଇ ରହିଛି । ଏହାପରେ ଅନକ ଥର ଏଠାକୁ ଯାଇଛି, ମାତ୍ର ପ୍ରଥମ ଭ୍ରମଣର ଅନୁଭୂତି ଏକାନ୍ତ ଅନନ୍ୟ । ଏଠାରେ ଉଲ୍ଲେଖଯୋଗ୍ୟ ଯେ ପଣ୍ଡିଚେରୀଠାରୁ କୋଡିକରାଇର ଦୂରତ୍ୱ ଦକ୍ଷିଣ ଦିଗରେ ପ୍ରାୟ ଦୁଇଶହ ଆଠ କି.ମି. ।

ଲବଣ ପାହାଡ ବନ୍ୟ ଅଶ୍ୱ
କେତେ ଜାତି ପଶୁ ପକ୍ଷୀ
କୋଡିକରାଇ ସଦା
ରହିଥାଏ ମନେ ଲାଖି ॥

ମୁଦୁମଲାଇ ମନ କଥା

ବନ୍ଦୀପୁରା ଓ ମୁଦୁମଲାଇ ଜାତୀୟ ଉଦ୍ୟାନ ଦ୍ୱୟ ମହୀଶୂରରୁ ଉଟି ଯାଉଥିବା ରାଜପଥର ଦୁଇ ପାର୍ଶ୍ୱରେ ଅବସ୍ଥିତ। କର୍ଣ୍ଣାଟକ ଓ ତାମିଲନାଡୁର ଏହା ସୀମାବର୍ତୀ ଅଂଚଳ। ଏହି ଦୁଇଟି ଜାତୀୟ ଉଦ୍ୟାନ ମଧ୍ୟରେ ଅନେକ ସାମଞ୍ଜସ୍ୟ ରହିଛି କାରଣ ଭୌଗୋଳିକ ଓ ଜୈବ ମଣ୍ଡଳ ଦୃଷ୍ଟି କୋଣରୁ ଜୀବଯନ୍ତୁ ଓ ବୃକ୍ଷଲତା ପ୍ରାୟ ସମାନ ପ୍ରକାରର। ମୁଦୁମଲାଇର ଭିଉ ପଏଂଟରୁ ହାତୀ କିମ୍ବା ଗୟଳ ଦେଖିବାର ଉତ୍କଣ୍ଠା ଅନେକ ସମୟରେ ମନକୁ ଆସେ। ଏହି ଜାତୀୟ ଉଦ୍ୟାନର ଅଭ୍ୟର୍ଥନା କାର୍ଯ୍ୟାଳୟ ନିକଟବର୍ତୀ ଛୋଟ ନଈ ନିକଟରେ ବନ୍ୟ ହସ୍ତୀ ସ୍ନାନ କରୁଥିବା ଦୃଶ୍ୟ ଉଟି ଯିବା ସମୟରେ ଦେଖିବାକୁ ମିଳିଥାଏ। ସବୁଠୁ ଭଲ ଲାଗେ ଏହି ଜାତୀୟ ଉଦ୍ୟାନର ବୃକ୍ଷରାଜି। ସାଗୁଆନ ଗଛର ଅରଣ୍ୟ ମଧ୍ୟରେ ଯେପରି ଏକ ସ୍ୱର୍ଗୀୟ ସୁଷମା ଭରି ରହିଥାଏ। ପ୍ରତିଟି ବୃକ୍ଷ ଯେପରି ନିଜ ନିଜର ସମ୍ଭାଷଣ ଜଣାଇବାକୁ ଚାହିଁ ରହିଛନ୍ତି। ବିଶେଷ କରି ବସନ୍ତ ଋତୁର ପ୍ରାରମ୍ଭରେ ଏବଂ ଅକ୍ଟୋବର ମାସ ପରେ ପତ୍ର ଝଡାର ସୌନ୍ଦର୍ଯ୍ୟ ସବୁବେଳେ ମନରେ ଲାଖି ରହେ। ପ୍ରତ୍ୟେକ ଅରଣ୍ୟର ନିଜସ୍ୱ ବ୍ୟକ୍ତିତ୍ୱ ଥିବା ପରି ଲାଗେ। ଏହାର ସ୍ୱାତନ୍ତ୍ରକୁ ପ୍ରତିପାଦିତ କରିଥାଏ ନିଜ ନିଜର ବୃକ୍ଷରାଜି ମାଧ୍ୟମରେ। ପର୍ଯ୍ୟଟକ ମାନେ ଏହି ଜାତୀୟ ଉଦ୍ୟାନ ଦେଇ ଆଗକୁ ଯିବା ସମୟରେ ମନ୍ଥର ଗତିରେ ଗାଡି ଚାଳନ କରି ଦୁଇ ପାର୍ଶ୍ୱର ଶୋଭା ସହିତ ବନ୍ୟଯନ୍ତୁ ମାନଙ୍କୁ ନିରୀକ୍ଷଣ କରିବାର ଆନନ୍ଦ ନେଇଥାନ୍ତି। କେତେକ ପର୍ଯ୍ୟଟକ ପକ୍ଷୀ ମାନଙ୍କ ପ୍ରତି ବିଶେଷ ଭାବରେ ଆକର୍ଷିତ ହୋଇଥାନ୍ତି। ପକ୍ଷୀମାନେ ସେମାନଙ୍କର ମଧୁର ସ୍ୱର ତଥା ରଙ୍ଗ ବେରଙ୍ଗର ଆକୃତି ଦ୍ୱାରା ଧ୍ୟାନ ଆକର୍ଷଣ କରିଥାନ୍ତି। ମୁଦୁମଲାଇ ଉଦ୍ୟନ ମଧ୍ୟରେ ପୋଷା ହାତୀ ମାନଙ୍କର ସ୍ନାନ ସମୟର ଦୃଶ୍ୟ ଖୁବ୍ ଚମତ୍କାର ଲାଗେ। ମାଆ ହାତୀ ସହିତ ଛୁଆ ହାତୀ ଥିଲେ ସେମାନଙ୍କର ଅଙ୍ଗଭଙ୍ଗୀ ଓ କୌତୁକ ଖୁବ ଭଲ ଲାଗେ।

ନୀଳଗିରି ପାର୍ବତ୍ୟ ଅଂଚଳର ଶୋଭା ବର୍ଦ୍ଧନ କରୁଥିବା ଏହି ମୁଦୁମଲାଇ ଜାତୀୟ

ଉଦ୍ୟାନ ସମୁଦ୍ର ପତନଠାରୁ ପ୍ରାୟତଃ ୧୧୪୦ ମିଟର ଉଚ୍ଚତାରେ ଅବସ୍ଥିତ । ବିଶେଷ କରି ଉଟି ଠାରୁ ମୁଦୁମଲାଇ ଆଡକୁ ଆସିଲେ ୩୦ ରୁ ଅଧିକ ହେୟାରପିନ୍ ବେଣ୍ଡ ପାର ହୋଇ ଆସିବାକୁ ହୁଏ । ପ୍ରତ୍ୟେକ ସ୍ତରରେ ଅରଣ୍ୟର ଦୃଶ୍ୟାବଳୀ ଏବଂ ଉପତ୍ୟକା ଯେପରି ବଦଳି ଯାଉଥାଏ । ସେହିପରି ନୂତନ ସୁଷମାର ଦ୍ୱାର ଯେପରି ଖୋଲି ଯାଉଥାଏ । ମୁଦୁମଲାଇରେ ଜୀବଯନ୍ତୁ ବନ୍ଦୀପୁରା ପରି ପ୍ରାୟ ସମାନ ପ୍ରକାର ଦେଖାଯାଆନ୍ତି । ବ୍ୟାଘ୍ର ,ଚିତାବାଘ, ବିରାଟକାୟ ଗୁଣ୍ଡୁଚି ମୂଷା, ଉଡନ୍ତା ଗୁଣ୍ଡୁଚି ମୂଷା ପ୍ରଭୃତି ଏହାର ଅନ୍ତର୍ଭୁକ୍ତ । ମୁଦୁମଲାଇର ହସ୍ତୀ, ଗଉର, ସମ୍ବର, ଚିତଲ, ତଥା ଚିତ୍ରିତ ହରିଣ ଦେଖିବାକୁ ଭଲ ଲାଗେ । ପକ୍ଷୀ ମାନଙ୍କ ମଧ୍ୟରେ ବିଭିନ୍ନ ପ୍ରକାରର ଶୁଆ, ଶାର. କାଠ ଖୁମ୍ପି ଚଢେଇ, ମୟୁର, ମୟୁରୀ ଓ ବନ୍ୟ କୁକୁଡା ଅନ୍ତର୍ଭୁକ୍ତ । ଏଥି ସହିତ ବିଭିନ୍ନ ପ୍ରକାର ଚିଲ ଓ ସରୀସୃପ ମଧ୍ୟ ଦେଖାଯିବାର ସୁଯୋଗ ରହିଛି । ମୁଦୁମଲାଇ ନିକଟବର୍ତୀ ମାସିନାଗୁଡି ଠାରେ କେତେକ ପର୍ଯ୍ୟଟକ ଗ୍ରାମ୍ୟ ପରିବେଶ ମଧ୍ୟରେ ଅତିଥି ଗୃହରେ ରହି ନିକଟବର୍ତୀ ଅରଣ୍ୟର ଶୋଭା ସହିତ ସନ୍ଧ୍ୟା କାଳରେ ସଫାରୀର ସୁଯୋଗ ନେଇଥାନ୍ତି ।

ଗଜରାଜ କରେ ଅଭିନୟ
ବାନରଙ୍କ ସର୍କସ ଖେଳରେ
ମୁଦୁମଲାଇ ରହେ ମନେ
ବୃକ୍ଷଲତା ପକ୍ଷୀଙ୍କ ମେଳରେ ।।

■

ଅରଣ୍ୟର ଆମନ୍ତ୍ରଣ

ଅନେକ ସମୟରେ ମନେ ପଡିଯାଏ ଅରଣ୍ୟର ସେହି ଆମନ୍ତ୍ରଣ କଥା । ଯେତେବେଳେ ସମୟ ପାଇବ ମୋ ପାଖକୁ ଚାଲି ଆସିବ ତୁମ ପାଇଁ ଆମ ହୃଦୟର ଦ୍ୱାର ଖୋଲା ରହିଛି । ତୁମର ବିଷାଦ ଓ ଦୁଶ୍ଚିନ୍ତା ଗୁଡିକୁ ଏଠାରେ ଫିଙ୍ଗି ଦେଇ ଖୁସି ମନରେ ଫେରି ଯିବ ।

ବ୍ୟସ୍ତତା ଓ ଜଞ୍ଜାଳ ଜୀବନ ଅନେକଙ୍କୁ ଅରଣ୍ୟ ଆଡକୁ ଯିବା ପାଇଁ ଆଗ୍ରହ ସବୁକୁ ଅପେକ୍ଷାରତ କରିବାକୁ ହୋଇଥାଏ । କେତେବେଳେ ସମୟ ଥାଏ କିନ୍ତୁ ପ୍ରସ୍ତୁତି ନେଇ ପରୀକ୍ଷା ଏସବୁ ମଧ୍ୟରେ ହଠାତ୍ ଦିନେ ଭାବି ବସିଲି ଯାହା ବି ହେଉ ଆସନ୍ତା କାଲି ନିଶ୍ଚୟ ବୁଲି ଆସିବି ମୋର ପ୍ରିୟ ସେହି ମୁଦୁମଲାଇ ବନ୍ଦୀପୁରା ଜାତୀୟ ଉଦ୍ୟାନ ଆଡେ ।

ପଣ୍ଡିଚେରୀରୁ ବାହାରି ପଡିଲି ସୂର୍ଯୋଦୟର ପରେ ପରେ । ସମ୍ମୁଖ ସିଟରେ ଗାଡି ଚାଳକ, ପଛ ଆସନରେ ପକେଟ ଖାତା କଲମ ଧରି ନୀରବରେ ବସିବାକୁ ହୋଇଥାଏ । ଦୁଇପଟର ଦୃଶ୍ୟାବଳୀ ଅବଲୋକନ ନିମନ୍ତେ ଏହା ସୁବିଧା ଜନକ । ଜନଗହଳି ପୂର୍ଣ୍ଣ ଜାତୀୟ ରାଜପଥ ପାର ହୋଇ ପଣ୍ଡିଚେରୀରୁ ଭିଲୁପୁରମ ଦେଇ ପ୍ରଥମେ ଚେନ୍ନାଇ ମଦୁରାଇ ଜାତୀୟ ରାଜପଥ ଉଲୁନ୍ଦରପେଟ୍ ପର୍ଯ୍ୟନ୍ତ । ସେହିଠାରୁ ପୁଣି ଅନ୍ୟ ଏକ ରାଜପଥ ଦେଇ ସେଲମ୍ ଆଡକୁ ଯିବାକୁ ହୁଏ । ଧୀରେ ଧୀରେ ଜନଗହଳି ପୂର୍ଣ୍ଣ ରାଜପଥରେ ଗାଡି ମଟର ସଂଖ୍ୟା ହ୍ରାସ ପାଇବାକୁ ଲାଗେ । ରାସ୍ତା ଦୁଇ ପାର୍ଶ୍ୱରେ ଛୋଟ ବଡ ପାହାଡ କିଛି ଦୂରରେ ଛୋଟ ବଡ ପାହାଡ ମୁଣ୍ଡ ଟେକି ରହିଥାନ୍ତି । ସେମାନଙ୍କୁ ସଦିଚ୍ଛା ଓ ସମ୍ମାନ ଜଣାଇ ଆଗକୁ ଯିବାକୁ ହୁଏ । ସେଲମ ଠାରୁ ପୁଣି ବାଙ୍ଗାଲୋର କନ୍ୟାକୁମାରୀ ଜାତୀୟ ରାଜପଥର ବହୁମୁଖୀ ଛକ ଅତିକ୍ରମ କରି ସେଲମ ରୁ କୋଇମ୍ବାଟୁର ଆଡକୁ, ଲମ୍ବି ଯାଇଥିବା ଜାତୀୟ ରାଜପଥରେ ଆଗକୁ ଯିବାକୁ ହୁଏ, ଇରୋଡ ପର୍ଯ୍ୟନ୍ତ ଦୁଇ ପାଖରେ କେତେ ପାହାଡ ଓ ଦୃଶ୍ୟପଟ । ସେଲମର

ସହରାଂଚଳ ପାର ହେବା ପରେ ବିନାୟକ ମିଶନ ବିଶ୍ୱ ବିଦ୍ୟାଳୟର ପରିସର ମଧ୍ୟରେ ସହସ୍ର ଶିବଲିଙ୍ଗ ନେଇ ନିର୍ମିତ ସ୍ମାରକୀଟି ଦୃଷ୍ଟିଗୋଚର ହେଉଥାଏ। ଇତି ପୂର୍ବରୁ ଅନେକ ଭ୍ରମଣ ସମୟରେ ପାହାଡ ଉପରକୁ ଯାଇ ଅଙ୍କା ବଙ୍କା ରାସ୍ତା ଅତିକ୍ରମ କରି ଶିବଲିଙ୍ଗ ସବୁକୁ ଦର୍ଶନ କରିବାର ଅନୁଭୂତି ସ୍ମୃତିକୁ ଆସି ଯାଉଥିଲା।

ଇରୋଡ ଠାରୁ ପୁଣି ସତ୍ୟ ମଙ୍ଗଳମ୍ ଆଡକୁ ରାସ୍ତା ଲମ୍ବି ଯାଇଛି। କର୍ଣ୍ଣାଟକ ପ୍ରଦେଶର ସୀମାବର୍ତୀ ଅଂଚଳକୁ। ଅନେକ ହେୟାର ପିନ୍ ବେଣ୍ଡ ଦେଇ ଅରଣ୍ୟ ମଧ୍ୟସ୍ଥ ଏହି ପଥଟି ଖୁବ୍ ଆକର୍ଷଣୀୟ। ଘାଟ ଉପରକୁ ଆରୋହଣ ପୂର୍ବରୁ ପ୍ରସିଦ୍ଧ ବନଦୁର୍ଗା ଦେବୀ ମନ୍ଦିର ଅବସ୍ଥିତ। ଏହା ପରେ ଘନ ଜଙ୍ଗଲ ଓ ଘାଟି ରାସ୍ତା ଦୁଇ ପାଖରେ ବାଉଁଶ ବଣ। ବେଳେ ବେଳେ ବଣୁଆ ହାତୀ ବିଚରଣ କରୁଥିବାର ଦେଖାଯାଏ। ସତ୍ୟ ମଙ୍ଗଳମ ଅରଣ୍ୟ ଅଂଚଳକୁ ଏବେ ଏକ ବ୍ୟାଘ୍ର ସଂରକ୍ଷଣ ପରିଯୋଜନା ଅନ୍ତର୍ଭୁକ୍ତ କରାଯାଇଛି। ଏହା ପୂର୍ବରୁ ଏହି ସଂରକ୍ଷିତ ଉଦ୍ୟାନ ଦେଖିବାର ସୁଯୋଗ ମିଳିଛି। ଘନ ଜଙ୍ଗଲ ଓ ବିଭିନ୍ନ ପଶୁପକ୍ଷୀର ସମାହାର ପ୍ରକୃତି ପ୍ରେମୀ ମାନଙ୍କୁ ସତ୍ୟ ମଙ୍ଗଳମ୍ ଆଡକୁ ସର୍ବଦା ଆକୃଷ୍ଟ କରି ଆସୁଛି। ଏଥର କିନ୍ତୁ ଅଟକି ଯିବା ପାଇଁ ହାତରେ ପର୍ଯ୍ୟାପ୍ତ ସମୟ ନଥିଲା।

ତାମିଲନାଡୁ ଓ କର୍ଣ୍ଣାଟକ ଓ ସୀମାବର୍ତୀ ସତ୍ୟମଙ୍ଗଳମ୍ ଅଂଚଳ କୁଖ୍ୟାତ ଚନ୍ଦନ ଦସ୍ୟୁ ତଥା ହସ୍ତୀ ଦନ୍ତ ଶିକାରୀ ବିରାପାନଙ୍କ ବିଚରଣ ଭୂମି ଭାବରେ ଏହା ପୂର୍ବରୁ କୁଖ୍ୟାତ ଥିଲା। ଏ ନେଇ ଅନେକ ଲୋମହର୍ଷଣ କାରୀ କାହାଣୀ ରହିଅଛି। ଏହି ଅରଣ୍ୟ ଇଲାକାଟି ଉଭୟ ତାମିଲନାଡୁ ଓ କର୍ଣ୍ଣାଟକ ପ୍ରଦେଶ ପାଇଁ ପ୍ରାକୃତିକ ସମ୍ପଦରେ ପରିପୂର୍ଣ୍ଣ।

ବୃକ୍ଷଲତା ଭରା ଏହି
ବନାନୀ ମାୟାରେ
ବିଷାଦର ଚିହ୍ନ ବର୍ଣ୍ଣ
ରହେନା କାୟାରେ ।।

■

ପୁଲିକେଟ୍‌ରେ ପକ୍ଷୀ ମେଳା

ପୁଲିକେଟ୍ ହ୍ରଦ ବିଷୟରେ ଶୁଣିଥିଲି, ସମୟ ଦେଖି ବୁଲି ବାହାରିଲି। ତାମିଲନାଡୁ ଆନ୍ଧ୍ର ସୀମାବର୍ତୀ ଏହି ହ୍ରଦଟି ଦେଶର ଦ୍ୱିତୀୟ ବୃହତମ ଲବଣାକ୍ତ ହ୍ରଦ। ବଙ୍ଗୋପସାଗର ତୀର ରେ ଏହାର ଅବସ୍ଥିତି। ସମୁଦ୍ର ଯେପରି ନିଜର ସ୍ନାନାଗାର ଭାବରେ ହ୍ରଦଟିକୁ ସୃଷ୍ଟି କରିଛି। ଶ୍ରୀହରି କୋଟା ଦ୍ୱୀପ ବିଷୟରେ ଆମ ସମସ୍ତଙ୍କୁ ଜଣା। ଭାରତର ମହାକାଶ ପ୍ରକ୍ଷେପଣ କେନ୍ଦ୍ର ଏହି ହ୍ରଦ ନିକଟରେ ଅବସ୍ଥିତ। ଚେନ୍ନାଇ ସହରର ଉତର ସୀମାରୁ ପ୍ରାୟ ୫୦ କି.ମି. ମଧ୍ୟରେ ଅବସ୍ଥିତ। ବିଶାଖା ପାଟଣା ଓ କଲିକତା ଅଭିମୁଖରେ ଯାଇଥିବା ଜାତୀୟ ରାଜପଥରେ ଟାଡା ନାମକ ଛୋଟ ସହର ନିକଟରେ ଶ୍ରୀହରିକୋଟା ଆଡକୁ ପୂର୍ବ ଦିଗରେ ରାସ୍ତାଟି ଲମ୍ବି ଯାଇଛି। ଏହା ହେଉଛି ଶ୍ରୀହରିକୋଟା ପକ୍ଷୀ ଅଭୟାରଣ୍ୟ। ଶୀତ ଦିନରେ ସାଇବେରିଆରୁ ବିଭିନ୍ନ ପକ୍ଷୀ ବିଶେଷ କରି ଫ୍ଲେମିଂଗୋ ମାନଙ୍କର ଆଗମନ ଏହି ପୁଲିକେଟ୍ ହ୍ରଦର ମୁଖ୍ୟ ଆକର୍ଷଣ। ତାମିଲନାଡୁ ପ୍ରଦେଶ ଅନ୍ତର୍ଗତ ଏହି ହ୍ରଦର ଦକ୍ଷିଣ-ପୂର୍ବ ପାର୍ଶ୍ୱବର୍ତୀ ଅଂଚଳରେ ଡଚ୍, ପର୍ତୁଗୀଜ ଓ ଇଂରେଜ ମାନଙ୍କର ଶାସନ ସମୟର ଗୀର୍ଜା ଓ ଅନ୍ୟାନ୍ୟ କୋଠାବାଡି ଏଠାରେ ଦେଖିବାକୁ ମିଳେ। ପର୍ଯ୍ୟଟକ ମାନେ ନୌବିହାରରେ ଆନନ୍ଦ ସହିତ ବିଦେଶାଗତ ପକ୍ଷୀ ମାନଙ୍କୁ ନିରୀକ୍ଷଣ କରିବାର ସୁଯୋଗ ନେଇଥାନ୍ତି। ଆଉ କେତେକ ଭ୍ରମଣାର୍ଥୀ ହ୍ରଦ ସଂଲଗ୍ନ ବେଳାଭୂମି ପାଖକୁ ଯାଇ ପଦବ୍ରଜରେ ନୀଳ ସାଗର ଓ ସବୁଜ ଝାଉଁବଣର ଶୋଭା ଉପଭୋଗ କରିଥାନ୍ତି। ସେଦିନ ଶ୍ରୀହରିକୋଟା ରାସ୍ତାରେ ଯାଉଥିବା ସମୟରେ ଫ୍ଲେମିଂଗୋ ମାନଙ୍କୁ ଦଳଦଳ ହୋଇ ହ୍ରଦର ତଟବର୍ତୀ ସ୍ଥାନରେ ବସି ଥିବାର ଦେଖି ଗାଡିରୁ ଓହ୍ଲାଇ ପଡିଲି। ସ୍ୱଚ୍ଛ ପାଣି ଥିବା ହ୍ରଦର ସୀମାବର୍ତୀ ଅଂଚଳରେ ଖାଲି ପାଦରେ ଚାଲିବା ଆମୋଦ ଦାୟକ ଥିଲା। ଦୂରରୁ ଫ୍ଲେମିଂଗୋ ମାନେ ଛୋଟ ଛୋଟ ଦଳରେ ବିଭକ୍ତ ହୋଇ ବସିଥିବାର ଦେଖା ଯାଉଥିଲେ। ସେଠାରେ ସମଗ୍ର ଅଂଚଳ ଜନଶୂନ୍ୟ ଥିଲା। କେବଳ ଜଣେ

ତରୁଣ ଚିତ୍ର ଉତୋଳନରେ ବ୍ୟସ୍ତ ଥିଲେ। ତାଙ୍କ ସହିତ ଆଳାପରୁ ଜାଣିବାକୁ ପାଇଲି, ଯେ ତାଙ୍କର ପରିବେଶ ଓ ପକ୍ଷୀ ପର୍ଯ୍ୟବେକ୍ଷଣ ପ୍ରତି ଅଭିରୁଚି ରହିଛି। ତାଙ୍କର ମାଆ ଏକଦା ମୋର ସହକର୍ମୀ ଥିଲେ। କିଛି ବାର୍ତାଳାପ ପରେ ତାଙ୍କଠାରୁ ଦୂରକୁ ଚାଲି ଚାଲି ଯାଇ ମୋର ପରିକ୍ରମା ଓ ପର୍ଯ୍ୟବେକ୍ଷଣରେ ନିମଗ୍ନ ରହିଲି। ସୁଦୃଶ୍ୟ ଫ୍ଲେମିଂଗୋ ମାନେ ମଣିଷକୁ ପାଖରେ ଦେଖି ଦୂରକୁ ଉଡିଯାଇ ହ୍ରଦର ଅନ୍ୟ ସ୍ଥାନକୁ ଦଳବଦ୍ଧ ଭାବରେ ଖାଦ୍ୟ ଅନ୍ୱେଷଣ ଓ ସନ୍ତରଣ ରେ ବ୍ୟସ୍ତ ରହିଥାନ୍ତି। ଏହି ଲୁଚକାଳି ଖେଳ ଖୁବ୍ ଆକର୍ଷଣୀୟ ଥିଲା।

ପୁଲିକେଟ୍ ହ୍ରଦ ପ୍ରାୟ ୬୦୦ ବର୍ଗ କି.ମି. ଆୟତନ ବିଶିଷ୍ଟ। ଭ୍ରମଣ ପାଇଁ ପର୍ଯ୍ୟଟକ ମାନେ ଆନ୍ଧ୍ରପ୍ରଦେଶ ଅନ୍ତର୍ଗତ ଶ୍ରୀହରିକୋଟା ରାସ୍ତା କିମ୍ବା ତାମିଲନାଡୁ ଅଂଚଳର ପାର୍ଶ୍ୱବର୍ତୀ ସୀମା ମଧ୍ୟକୁ ଯାଇ ପାରନ୍ତି। ତାମିଲନାଡୁ ସୀମା ହ୍ରଦଟିର ଦକ୍ଷିଣ-ପଶ୍ଚିମ ଦିଗରେ ରହିଛି। ଯେଉଁଠାରେ ଦୋକାନ ବଜାର ସହିତ ମତ୍ସଜୀବି ମାନଙ୍କର ଡଙ୍ଗାସବୁ ଦେଖିବାକୁ ମିଳିଥାଏ। ଅଧିକାଂଶ ପର୍ଯ୍ୟଟକ ଏହିଠାରୁ ନୌକା ନେଇ ହ୍ରଦ ମଧ୍ୟକୁ ଯାଇଥାନ୍ତି। ଆନ୍ଧ୍ର ପ୍ରଦେଶ ତଥା ହ୍ରଦର ଉତର-ପୂର୍ବ ଦିଗକୁ ପାଦରେ ଚାଲି ଚାଲି ଗଲେ ଦୂରରୁ ପକ୍ଷୀ ମାନଙ୍କୁ ନୀରିକ୍ଷଣ କରିବା ସହଜ। ନଭେମ୍ବର ମାସ ଠାରୁ ଫେବୃଆରୀ ପର୍ଯ୍ୟନ୍ତ ଫ୍ଲେମିଂଗୋ ମାନଙ୍କର ମେଳା ଏଠାରେ ଲାଗିଥାଏ। ସାରସ ପକ୍ଷୀ ସହିତ ଅନ୍ୟାନ୍ୟ ଭାରତୀୟ ପକ୍ଷୀ ମାନଙ୍କୁ ମଧ୍ୟ ପୁଲିକେଟ୍ ହ୍ରଦରେ ଦେଖିବାକୁ ମିଳେ।

ସେଦିନ ପାଦରେ ଚାଲି ଚାଲି ଫ୍ଲେମିଂଗୋ ଦଳକୁ ପର୍ଯ୍ୟବେକ୍ଷଣ କରିବାର ଅନୁଭୂତି ଅନନ୍ୟ ଥିଲା। ଇତି ପୂର୍ବରୁ ପୁଲିକେଟ୍ ଭ୍ରମଣ ସମୟରେ ତାମିଲନାଡୁ ଅଂଚଳରୁ ଅର୍ଥାତ୍ ହ୍ରଦର ତାମିଲନାଡୁ ସୀମାରୁ ନୌକାରେ ବସି ବେଳା ଭୂମି ପର୍ଯ୍ୟନ୍ତ ଯାଇଥିଲି। ଫେରିବା ବାଟରେ ଚେନ୍ନାଇ ସହର ସୀମାର ଅନତି ଦୂରରେ ଥିବା ପୁଗଲ୍ ବନ୍ଦୀଶାଳା ନିକଟବର୍ତୀ କୃତ୍ରିମ ହ୍ରଦର ଶୋଭା ମଧ୍ୟ ନିରୀକ୍ଷଣ କଲି।

କର୍ଦମାକ୍ତ ପାଦ ନେଇ ପୁଲିକେଟ୍ ପ୍ରତ୍ୟାବର୍ତନ ପୂର୍ବର କେତେ ଯେ ଭାବନା ବିଶାଳ ଜଳାଶୟ, ପକ୍ଷୀ ସମାଗମ ଓ ଉନ୍ମୁକ୍ତ ଆକାଶ ଏବଂ ନୀଳ ସାଗରକୁ ନେଇ ପ୍ରତିବର୍ଷ ପୁନର୍ବାର ଆସିବାର ନିଷ୍ପତି କିନ୍ତୁ ବିଭିନ୍ନ ଅବହେଳା ଓ ବ୍ୟସ୍ତତା ମଧ୍ୟରେ ଅପୂରଣୀୟ ହୋଇ ଆସିଛି। ଏହି ଜଳାଶୟ ଓ ସାଗର ସଙ୍ଗମ ଓ ବାଲିବେଳା ଘୁରି ବୁଲିବାର ଅନୁଭୂତି କେତେ ଯେ ଅନନ୍ୟ ଭାଷାରେ ପ୍ରକାଶ କରିହୁଏନା। ଏହିପରି ଅନେକ ଅନୁଭୂତି କେବଳ ଅନୁଭବ ମଧ୍ୟରେ ରହିଯାଏ। ପ୍ରକୃତି, ମଣିଷ, ସମୟ ଓ ଋତୁଚକ୍ରର ଆବର୍ତନ ରହସ୍ୟ ଭେଦ କରି ଅଧିକ ଭାବି ବସିବା ସହଜ ହୋଇ ଉଠେନା।

ପୁଲିକେଟ୍ ର ମତ୍ସ୍ୟଜୀବି ମାନଙ୍କ ଜୀବନ ଜଞ୍ଜାଳ ମନକୁ ଆସେ ପର୍ଯ୍ୟଟକ ଓ ପ୍ରକୃତି ପ୍ରେମୀ ମାନଙ୍କ ମନରେ।

ଶାନ୍ତ ହ୍ରଦ ସାଗରର ମିଳନ ସ୍ଥଳୀରେ
ବିତିଗଲା ଆନନ୍ଦରେ ଦିନଟିଏ
କେତେ ଜାତି ପକ୍ଷୀଙ୍କ ମେଳିରେ ॥

■

ବନ୍ଦୀପୁରା ବନ୍ୟଯନ୍ତୁ ମହୋତ୍ସବ

ବନ୍ଦୀପୁରା ଜାତୀୟ ଉଦ୍ୟାନ ଯେପରି ସମସ୍ତ ବନ୍ୟପ୍ରାଣୀ ପ୍ରେମୀଙ୍କୁ ତାର ମନଲୋଭା ବନାନୀ ଓ ସବୁଜିମାର ଯାଦୁକରୀ ମାୟାରେ ବନ୍ଦୀ କରି ରଖିବାକୁ ଆମନ୍ତ୍ରଣ କରିଥାଏ। ଉଦ୍ୟାନର ମଧ୍ୟ ଦେଇ ରାଜପଥଟି ପାର୍ଶ୍ୱବର୍ତୀ ତାମିଲନାଡୁର ଜାତୀୟ ଉଦ୍ୟାନ ମୁଦୁମଲାଇ ଦେଇ ଓଟି ଆଡକୁ ଲମ୍ବି ଯାଇଛି। ରାଜପଥର ଦୁଇ ପାର୍ଶ୍ୱରେ ବିସ୍ତୃତ ଅରଣ୍ୟ ସମ୍ପଦ। ପଶୁପକ୍ଷୀ ଓ ବୃକ୍ଷଲତା ସହିତ ବିଶାଳ ପ୍ରସ୍ତର ଖଣ୍ଡର ସମାହାର। ବନ୍ଦୀପୁରା ଉଦ୍ୟାନ ସୀମାରେ ପହଂଚି ଗଲେ ଏକ ନୂତନ ରୋମାଂଚ ଖେଳିଯାଏ। ବିଶେଷ କରି ସୂଚନା ଫଳକ ଗୁଡିକ ଯଥା ବନ୍ୟଯନ୍ତୁ ପ୍ରତି ସାବଧାନ -ହାତୀ ଚଲାବାଟ ଓ ଏପରିକି ବ୍ୟାଘ୍ରର ଫଟୋଚିତ୍ର ସମସ୍ତଙ୍କୁ ସଚେତନ କରିବାକୁ ରହିଥାଏ। ବାସ୍ତବରେ ଅନେକ ଥର ଏହି ରାସ୍ତା ଦେଇ ଯାତ୍ରା କାଳରେ ଦୁଇ ପାର୍ଶ୍ୱରେ ହରିଣପଲ ଓ ହାତୀ ମାନଙ୍କୁ ଦେଖିବା ଖୁବ୍ ସହଜଲଭ୍ୟ। ଏହା ଛଡା ଶାନ୍ତ ଅରଣ୍ୟର ସୁଷମା ପ୍ରାଣରେ ଆନନ୍ଦ ସଂଚାର କରିଥାଏ।

ପ୍ରବେଶ ଦ୍ୱାରର ଅନତି ଦୂରରେ ଜାତୀୟ ଉଦ୍ୟାନର ଅଭ୍ୟର୍ଥନା କାର୍ଯ୍ୟାଳୟ। ଏହିଠାରୁ ଟିକେଟ ନେଇ ସଫାରି ପାଇଁ ପୋଷା ହାତୀ କିମ୍ବା ଜିପ୍ ଓ ଭ୍ୟାନ୍‌ରେ ଯିବାକୁ ପଡେ। ଏତଦ୍ ବ୍ୟତୀତ ରହିବା ପାଇଁ ବିଭିନ୍ନ କିସମର ଅତିଥି ଗୃହ ସହିତ ବନ୍ୟଯନ୍ତୁ ବିଷୟରେ ଜାଣିବା ପାଇଁ ସୂଚନା କେନ୍ଦ୍ର (Interpretetion Centre) ରହିଛି। ଅନ୍ୟ ମାନଙ୍କ ସହ ଭ୍ୟାନ୍ ରେ ବସି ସଫାରୀରେ ଗଲେ ସପରିବାର ଆସିଥିବା ଶିଶୁ ମାନଙ୍କର କୁତୁହଳ ପୂର୍ଣ୍ଣ କାର୍ଯକଳାପ ମଧ୍ୟ ନୀରିକ୍ଷଣ କରିବାର ସୁଯୋଗ ମିଳେ। ତେଣୁ ଅରଣ୍ୟ ଭ୍ରମଣ ଆକର୍ଷଣୀୟ ଲାଗେ। ପିଲା ମାନଙ୍କର ଆଗ୍ରହ ଓ ପ୍ରତିକ୍ରିୟା ବନ୍ୟଯନ୍ତୁ ମାନଙ୍କର ସ୍ୱଚ୍ଛନ୍ଦ ଆଚରଣ ଭଳି ଖୁବ୍ ଶିକ୍ଷଣୀୟ। ଅନୁମତି ପ୍ରାପ୍ତ ପ୍ରତ୍ୟେକ ଗାଡି ପାଇଁ ବିଭିନ୍ନ ଗାଡି ବା ରୁଟ୍ ବ୍ୟବସ୍ଥା ରହିଛି। ସେହି ଅନୁଯାୟୀ ମିଳିଥିବା ଜିପ୍ ରେ ପ୍ରାୟ ଦୁଇ ଘଂଟା ପରିକ୍ରମାର ବ୍ୟବସ୍ଥା ରହିଛି।

ଅନେକ ସ୍ଥଳୀରେ ଗାଡି ଅଟକାଇ ଜୀବଯନ୍ତୁ ମାନଙ୍କୁ ଦେଖିବାର ସୁଯୋଗ ମିଳେ। ସାଙ୍ଗରେ ପଥପ୍ରଦର୍ଶକ ବା ଗାଇଡ୍ ଥିବାରୁ ଅନେକ ସହଜ ହୋଇଉଠେ। ମାତ୍ର ଗାଡିରୁ ଓହ୍ଲାଇବା ଏକାନ୍ତ ଭାବରେ ମନା। ବିଭିନ୍ନ ପ୍ରକାର ପକ୍ଷୀମାନେ ବନ୍ଦୀପୁରା ଉଦ୍ୟାନର ଶୋଭା ବର୍ଦ୍ଧନ କରିଆସୁଛନ୍ତି। ସୁଯୋଗ କ୍ରମେ ବ୍ୟାଘ୍ର କିମ୍ବା ଚିତାବାଘ ଦେଖିବାର ସମ୍ଭାବନା ରହିଛି। କେଉଁ ଦିନ କେଉଁ ଜାଗାରେ ବ୍ୟାଘ୍ର ଦର୍ଶନ ହୋଇଥିଲା ଏଥିନେଇ ସୂଚନା ମଧ୍ୟ ସମସ୍ତଙ୍କ ଗୋଚରାର୍ଥେ ଅଭ୍ୟର୍ଥନା ଗୃହ ନିକଟରେ କଳାପଟାରେ ରହିଥାଏ।

ଠେକୁଆ ଓ ବନ୍ୟ ବିଲୁଆ ସହଜରେ ଦେଖିବାକୁ ମିଳିଥାନ୍ତି। ଏହା ସହିତ ବନ୍ୟ ଶୁକର ମାନେ ଅତିଥି ଗୃହ ପାର୍ଶ୍ୱରେ ବିଚରଣ କରୁଥିବା ଦୃଶ୍ୟ ଅନେକ ସମୟରେ ଦେଖାଯାଏ। ଏପରିକି ମୃଗପଲ ମଧ୍ୟ ଖୁବ୍ ପାଖରେ ବିଚରଣ କରୁଥାନ୍ତି। ସେଦିନର ସଫାରୀ ଶେଷ କରି ଫେରିବା ବାଟରେ ଏକ ନିକାଂଚନ ଜାଗାରେ ସୂର୍ଯ୍ୟାସ୍ତର କିଛି ସମୟ ପୂର୍ବରୁ ଅନେକ ସଂଖ୍ୟାରେ ଗୟଳ ବା ବନ୍ୟ ମହିଷ ଏକତ୍ରିତ ଭାବରେ ଛିଡା ହୋଇଥିବାର ଦେଖିବାକୁ ମିଳିଲା। ସେମାନଙ୍କ ଠାରୁ ନିରାପଦ ଦୂରତ୍ୱରେ ଗାଡି ରଖି ଏହି ଅପୂର୍ବ ଦୃଶ୍ୟ ଦେଖିବାକୁ ସେଦିନ ମିଳିଥିଲା। କିଛି ହରିଣ ବନ୍ୟ ଶୁକର ସହିତ ନେଉଳ ଆଦି ଜୀବଯନ୍ତୁ ଆଦି ଦେଖିବାକୁ ମିଳିଥିଲା। ଅତିଥି ଗୃହକୁ ଫେରିବା ବାଟରେ ଏକ ବନ୍ୟ ମୟୁରର ଖୁବ୍ ଆକର୍ଷଣୀୟ ନୃତ୍ୟ ଆକାଶରେ ଇନ୍ଦ୍ରଧନୁ ହଠାତ୍ ଦେଖିଲାପରି ମନେ ହେଲା। ମୟୁରର ଏପରି ନୃତ୍ୟରତ ଭଙ୍ଗୀ ଖୁବ୍ କମ ଦେଖିବାକୁ ମିଳେ। ଅତିଥି ଗୃହରେ ରହିବା ଓ ଖାଇବାର ବ୍ୟବସ୍ଥା ରହିଥିଲା। ତେଣୁ ସଂଧ୍ୟା ପୂର୍ବରୁ ବିଶ୍ରାମ ନେଲି। ପରଦିନ ସକାଳେ ଅତିଥି ଗୃହ ନିକଟସ୍ଥ ଖୋଲା ସ୍ଥାନରେ ହରିଣ ଶିଶୁ ମାନଙ୍କୁ ବିଚରଣ କରୁଥିବା ଦେଖି ଆଗ୍ରହ ଓ ଆନନ୍ଦରେ ତୃପ୍ତ ହେଲି।

ବନ ମୟୁରୀର ଛନ୍ଦ ସହିତ
ନୃତ୍ୟ ରହେ ଅପାଶୋରା
କେଉଁ ଯାଦୁକରୀ ମାୟାରେ ଆମକୁ
ବାନ୍ଧି ନେଲ ବନ୍ଦୀପୁରା ॥

■

କୁନ୍ନୁର କଥା

କୋଇମ୍ବାଟୁରରୁ ଉଟି ଯିବା ରାସ୍ତାରେ କୁନ୍ନୁର ସର୍ବଦା ଅଳି କରିଥାଏ ଟିକିଏ ଅଟକି ଯିବା ପାଇଁ ତା ପାଖରେ। ଚା ବଗିଚାର ମନୋମୁଗ୍ଧକର ଦୃଶ୍ୟପଟ ଆଖିରେ ଲାଖି ହୋଇ ରହିଥାଏ, କୁନ୍ନୁରର ପାର୍ଶ୍ୱବର୍ତ୍ତୀ ଇଲାକାକୁ ଆସିଗଲେ। କେତେ ଐତିହ୍ୟ ଓ ଐତିହାସିକ ନିଜ ମଧ୍ୟରେ ଧରି ରଖିଛି ଏହି ଅନନ୍ୟ ଶୈଳ ନିବାସ। ସମସ୍ତ ପର୍ଯ୍ୟଟକ ମାନଙ୍କୁ ଅନୁରୋଧ କରି ରଖେ ତା ପାଖରେ ଦିନଟିଏ ଅଟକି ଯାଇ ତାହାର କାହାଣୀ ଶୁଣିବାକୁ। ପୁନଶ୍ଚ ଅଭିମାନ କରି କହିବସେ ଏଥର ଯଦି ସମୟ ନାହିଁ ଫେରିବା ବାଟରେ ଟିକିଏ ମୋ ପାଖରେ ଅଟକି ଯିବ। ସିମ୍ ଉଦ୍ଭିଦ ଉଦ୍ୟାନର ବୃକ୍ଷରାଜି ତୁମକୁ ଅନାଇ ରହିଛନ୍ତି ଶତାଧିକ ବର୍ଷର ଅନୁଭୂତି ଶୁଣାଇବାକୁ। ପ୍ରତିଥର ଯିବା ବାଟରେ ଏହି ଉଦ୍ୟାନକୁ ଯିବା ପାଇଁ ମନ ବଳାଇଥାଏ। କିମ୍ବା ଫେରିବା ବାଟରେ ପାର୍କର ପୁରାତନ ବୃକ୍ଷ ମାନଙ୍କ ପାଖରେ ଟିକିଏ ଛିଡା ହୋଇ ନିଜକୁ ଧନ୍ୟ ମନେ କରେ। କିପରି ସେମାନେ ଆମ ମାନଙ୍କୁ ସଦିଚ୍ଛା ବଂଟନ କରି ଦଣ୍ଡାୟମାନ ରହିଛନ୍ତି ଶତାଧିକ ବର୍ଷ ପୂର୍ବରୁ ଏକଥା ଭାବନାରେ ଆସେ। କୁନ୍ନୁରର ଗର୍ବ ଓ ଗୌରବ ଏହି ବୃକ୍ଷ ଉଦ୍ୟାନଟି।

ଚା ବଗିଚା ଓ ସୁଷମା ସହିତ ଡଲଫିନ ନୋଜ୍ ଦୃଶ୍ୟସ୍ଥଳୀରୁ ସମଗ୍ର କୁନ୍ନୁରର ଦୃଶ୍ୟ ଦେଖିବାକୁ ଅଧିକାଂଶ ପର୍ଯ୍ୟଟକ ଧାଇଁ ଆସିଥାନ୍ତି। ସମଗ୍ର କୁନ୍ନୁର ଶୈଳ ଅଂଚଳର ଶୋଭା ଦେଖିବା ପାଇଁ ଏହା ଅନ୍ୟତମ ସ୍ଥଳୀ। କେତେ ପୁରାତନ କୋଠାବାଡି ନିଜର ସ୍ୱତନ୍ତ୍ର ଶୈଳୀ ଓ ସୁଷମା ସହିତ ଏଠାରେ ଏପର୍ଯ୍ୟନ୍ତ ରହିଆସିଛନ୍ତି। ନିଜର ଅନୁଭୂତି ସବୁକୁ ପର୍ଯ୍ୟଟକ ମାନଙ୍କୁ ନିରୋଳା ସମୟରେ କହିବାକୁ ଆଗଭର ହୁଅନ୍ତି। ସାମରିକ ଛାଉଣୀର ସହର ୱେଲିଂଟନ୍ ମଧ୍ୟ ଅନେକ କଥା କହେ, ଏହି ଶୈଳ ନିବାସର ଅବସ୍ଥିତି ଓ ଇତିହାସ ନେଇ। ଜନଗହଳିରୁ ଦୂରରେ ରହି ଏକ ଶାନ୍ତ ସୌମ୍ୟ ଶୈଳନିବାସର ସନ୍ଧାନୀ ମାନଙ୍କୁ କୁନ୍ନୁର ସର୍ବଦା ଆନ୍ତରିକ ଭାବେ ଆମନ୍ତ୍ରଣ କରିଥାଏ।

ଡଲଫିନ୍ ନୋଜ୍ ବ୍ୟତୀତ ଲେଡି କେନିନ୍‌ଙ୍ଗସ୍ ସିଟ୍, ଡ୍ରୁପ୍ ଦୁର୍ଗ ଯାହା ଅଷ୍ଟାଦଶ ଶତାବ୍ଦୀରେ ଟିପୁ ସୁଲତାନ୍‌ଙ୍କ ଦ୍ୱାରା ନିର୍ମିତ ହୋଇଥିଲା। ଏଠାରୁ ନିମ୍ନସ୍ଥ ଉପତ୍ୟକାର ଦୃଶ୍ୟାବଳୀ ଖୁବ୍ ଚମତ୍କାର ଲାଗେ। ଏହା ବ୍ୟତୀତ ନିଲଗିରି ଆର୍ଟ ଗ୍ୟାଲେରୀ ପର୍ଯ୍ୟଟକ ମାନଙ୍କୁ ଆକର୍ଷିତ କରିଥାଏ।

ନିଲଗିରି ଖେଳନା ଟ୍ରେନରେ ଯାଇ କୁନ୍ନୁର ଷ୍ଟେସନରେ ଓହ୍ଲାଇ ଅଟକିଯିବା ଏକାନ୍ତ ଅନନ୍ୟ ଅନୁଭୂତି।

ପ୍ରକୃତି, ଭୂଗୋଳ, ଇତିହାସ ଓ ପରିବେଶ ନେଇ ଅନେକ ଆକର୍ଷଣର ଏକ ଗନ୍ତାଘର ଭାବରେ କୁନ୍ନୁର ରହିଅଛି।

ସବୁଜିମା ଭରା ସର୍ପିଳ ଶୈଳ ପଥରେ ଯାତ୍ରା ସମୟରେ ଭସା ବାଦଲ ସହ କଥା ହେବା କିମ୍ବା କୁଜୁଟିକା ମଧ୍ୟରେ ନିଜକୁ ହଜାଇ ଦେବାର ଅନୁଭୂତି କେବଳ କୁନ୍ନୁର ହିଁ ଦେଇଥାଏ।

ଚା ବଗିଚାର ସବୁଜିମା ନେଇ
ଲାଖି ରହେ ଆଖି ମୋର
କେତେ କଥା କହେ
ସିମ୍ ପାର୍କ ସଦା
ବର୍ଷିୟାନ ବୃକ୍ଷଙ୍କର॥

■

ଆରେକୁ ଉପତ୍ୟକା

ଆରେକୁ ଉପତ୍ୟକାର ଆକର୍ଷଣ ଏଥର ଏଡି ହେଲା ନାହିଁ। ଅବସର ଦେଖି ବିଶାଖାପାଟଣା ରୁ ବାହାରିବାକୁ ପଡିଥିଲି। ବାଟରେ ସୁଦୃଶ୍ୟ ବନାନୀର ଦୃଶ୍ୟ ମଧ୍ୟରେ ନିଜକୁ ହଜାଇ ଦେବାର ଅନୁଭୂତି ଏକାନ୍ତ ଅନନ୍ୟ। ମଣିଷ ପ୍ରକୃତିକୁ ଭଲ ପାଏ, ପ୍ରକୃତି ମଣିଷକୁ ଆତ୍ମୀୟତାର ବନ୍ଧନ ମଧ୍ୟରେ ସର୍ବଦା ରଖିବାକୁ ଚାହେଁ। ପ୍ରକୃତି ପ୍ରତି ମଣିଷର ଆକର୍ଷଣ କିମ୍ବା ପ୍ରକୃତି ମାଆର ନିଜ ସନ୍ତାନ ସନ୍ତତି ପ୍ରତି ଅହେତୁକ ପ୍ରେମର ରହସ୍ୟ ବୁଝିବା ସହଜ ନୁହେଁ। ଶାନ୍ତ ସକାଳ ମନୋରମ ପାଣି ପାଗ ଖୁସି ମିଜାଜର ଗାଡି ଚାଳକଟିଏ ଥିଲେ। ରାସ୍ତା ସବୁ ଯେପରି ଚିହ୍ନା ଚିହ୍ନା ଲାଗନ୍ତି। ପ୍ରତିଟି ବୃକ୍ଷଲତା ଅଟକାଇ ରଖି କିଛି କଥା ଓ କବିତା ଶୁଣାଇବାର ଅନୁରୋଧ କରନ୍ତି।

ହେ ପଥିକ, ବ୍ୟସ୍ତତା ସବୁକୁ ଆମ ପାଖରେ ଛାଡି ଦେଇ ଆଗକୁ ଧୀର ଗତିରେ ଆଗେଇ ଚାଲ। ଆମର ପରିଚିତ ବନ୍ୟ ପରିସୀମା ତୁମକୁ କେବେ ହେଲେ ହତାଦର କରିବ ନାହିଁ। ମଣିଷ ସମ୍ପର୍କକୁ ନେଇ ସବୁବେଳେ ସ୍ୱାର୍ଥର ଛିଦ୍ର ଦେଇ ଲଗାମ ଲଗାଇବାକୁ ଉଦ୍ୟମ କରିଥାଏ। ମାତ୍ର ମଣିଷ ଦ୍ୱାରା ନିର୍ଯ୍ୟାଚିତ ହେଲେ ମଧ୍ୟ ପ୍ରକୃତି ନୀରବରେ ସବୁବେଳେ ସଦିଚ୍ଛାର ଅମ୍ଳଜାନ ବାଂଟି ଆସିଛି। ଯୁଗ ଯୁଗ ଧରି କେତେ ବାତ୍ୟା ଭୂମିକମ୍ପ ପ୍ରକୃତି ମାଆର କ୍ଷତି କରିବାକୁ ପ୍ରୟାସ କରି ମଧ୍ୟ ବ୍ୟର୍ଥ ହୋଇଛନ୍ତି।

ଏମିତି ଭାବନା ମଧ୍ୟରେ ଆରେକୁ ଉପତ୍ୟକା କେତେବେଳେ ଖୁବ୍ ଦୂର ଆଉ କ୍ଷଣକ ମଧ୍ୟରେ ନିକଟତର ଲାଗୁଥାଏ। ପାଖଆଖର ଜନଜାତି ଗ୍ରାମ ଓ ଛୋଟ ଛୋଟ ହାଟ ବଜାର, ପେଣ୍ଠସ୍ଥଳୀ ଖୁବ୍ ଆପଣାର ଲାଗୁଥାଏ। ପଥମୋଡରେ ଅଟକିଯାଇ ପାର୍ଶ୍ୱବର୍ତୀ ପାହାଡର ଶୋଭା ମଧ୍ୟରେ ନିଜକୁ ହଜାଇ ଦେବାର ଅନେକ ପ୍ରୟାସ ଭଲ ଲାଗେ। ସତରେ ପ୍ରକୃତି ତୁମେ ଏକ ଯାଦୁକର ! ଦୁଃଖୀ ମଣିଷକୁ ଅଜାଚିତ ଭାବରେ ଆନନ୍ଦ ଆଣିଦିଅ। ନିଃସଙ୍ଗ ପ୍ରାଣୀଙ୍କ ପାଖରେ ସାଥୀ ହୋଇ ଛିଡା ହୁଅ। କେଉଁ ଝରଣା ନିକଟରେ ଅଟକି ଗଲେ ତୃଷା ମେଂଟି ଯାଉଥିବା ପରି ଲାଗେ।

ଏଇମିତି ଅଙ୍କା ବଙ୍କା ବନାନୀର ଗତିପଥ କେତେବେଳେ ସଙ୍କୀର୍ଣ୍ଣ, ପୁନଶ୍ଚ ପ୍ରଶସ୍ତ ତଥା ସୁ-ଉଚ୍ଚ ମନେ ହେଉଥାଏ। ପ୍ରାୟ ତିନି ଘଂଟା ପରେ ଆରେକୁ ଉପତ୍ୟକାରେ ପହଂଚି ଏକ ନିକାଂଚନ ସୁଦୃଶ୍ୟ ଇଲାକାରେ ଆବାସଟିଏ ମିଳିଗଲା। କୋଠରୀର ପଶ୍ଚାତରେ ଥିବା ବାଲକୋନୀରୁ ଦୂର ଉପତ୍ୟକାରୁ ଦୃଶ୍ୟ ଖୁବ୍ ଭଲ ଲାଗୁଥାଏ। ଏହାପରେ ନିକଟସ୍ଥ ଆଦିବାସୀ ସଂଗ୍ରହାଳୟର ପରିଦର୍ଶନ କାର୍ଯ୍ୟକ୍ରମ। ଆଦିବାସୀ ଜୀବନଶୈଳୀକୁ ନେଇ ଏକ ପ୍ରାମାଣିକ ସୂଚନା କ୍ଷେତ୍ର ଭାବରେ ଆନ୍ଧ୍ର ପ୍ରଦେଶର ସରକାରଙ୍କ ଦ୍ୱାରା ଏହି ସଂଗ୍ରହାଳୟଟି ପର୍ଯ୍ୟଟକ ମାନଙ୍କ ପାଇଁ ଖୋଲା ରହିଥାଏ। ଆଦିବାସୀ ମାନଙ୍କର ଦୈନନ୍ଦିନ ଜୀବନ ଓ ସଂସ୍କୃତି ସମ୍ବନ୍ଧରେ ଏହା ଅନେକ ଶିକ୍ଷା ଓ ସୂଚନା ପ୍ରଦାନ କରିଥାଏ। ସମଗ୍ର ଭାରତର ବିଭିନ୍ନ ପ୍ରଦେଶରେ ଅନେକ ପ୍ରକାର ଜନଜାତି ଓ ସେମାନଙ୍କର ଭିନ୍ନ ଜୀବନଶୈଳୀ କାଳକାଳରୁ ରହି ଆସୁଅଛି। ସଂଘର୍ଷ ଓ ସଂଗ୍ରାମ ମଧ୍ୟରେ ପ୍ରକୃତି ମାଆଙ୍କ କୋଳରେ ସେମାନେ ଜୀବନ ଯାପନ କରିଥାନ୍ତି। ଆଧୁନିକ ସଭ୍ୟତାର ସୁଖ ସୁବିଧାରୁ ବଂଚିତ ହୋଇ ମଧ୍ୟ ଏହାର ଆକର୍ଷଣକୁ ଏଡାଇ ବାରେ ଏମାନେ ସମର୍ଥ ହୋଇ ରହିଛନ୍ତି। ଜୀବିକା, ଶିକ୍ଷା ତଥା ସ୍ୱାସ୍ଥ୍ୟ ନିମନ୍ତେ ସେମାନେ କିଛି ମାତ୍ରାରେ ସାଧାରଣ ବ୍ୟବସ୍ଥା ପ୍ରତି ନିର୍ଭରଶୀଳ ହୋଇଛନ୍ତି।

ଆଦିବାସୀ ସଂଗ୍ରହାଳୟର ପରେ ନିକଟସ୍ଥ ଏକ ବାଣିଜ୍ୟିକ କ୍ଷେତ୍ର କଫି ସଂଗ୍ରହାଳୟ ମଧ୍ୟରେ ବିଭିନ୍ନ ପ୍ରକାର କଫିର ସ୍ୱାଦ ସହିତ ପାନୀୟ କଫି ଉତ୍ପାଦନ ସମ୍ପର୍କରେ ଜ୍ଞାନ ଆହରଣ କରିବାର ସୁଯୋଗ ହାସଲ କରିବାକୁ ପଡିଥିଲା। ଆରେକୁ ଉପତ୍ୟକାର ବିସ୍ତୃତ ଇଲାକା ମଧ୍ୟରେ ଏହି କ୍ଷୁଦ୍ର କେନ୍ଦ୍ରସ୍ଥଳୀରେ ପ୍ରାୟତଃ ପର୍ଯ୍ୟଟକ ମାନେ ଅନୁକୂଳ ଋତୁ ତଥା ଛୁଟି ମାନଙ୍କରେ ସମୟ ବିତାଇବାକୁ ଆସିଥାନ୍ତି। ତେଣୁ ଏହି ସ୍ଥଳୀଟି ଟିକିଏ ଚଳଚଂଚଳ ଲାଗେ। ସୂର୍ଯ୍ୟାସ୍ତ ପରେ ସନ୍ଧ୍ୟାର ସୁରୂପକୁ ଉପତ୍ୟକା ମଧ୍ୟରେ ଅନୁଭବ କରିବା ପାଇଁ ଆବାସ କୋଠରୀକୁ ଫେରି ଆସି ବିଶ୍ରାମ ନେଲି।

ପରଦିନ ସକାଳ ପ୍ରାତଃ ଭ୍ରମଣ ସମୟରେ ନିକଟସ୍ଥ ଉଦ୍ୟାନ ସହିତ କଫି ଚାଷ ଅଂଚଳ ମଧ୍ୟରେ କିଛି ଘଂଟା ଅତିବାହିତ କରି ଅନେକ ଅନୁଭୂତି ସଂଗ୍ରହ କଲି। ସେହି ଅଂଚଳର ଅନେକ ପ୍ରକାର ଫୁଲ ଫଳ ଓ ସେମାନଙ୍କର ମନ ମୋହକ ଆକର୍ଷଣ ସ୍ମୃତିର ପୃଷ୍ଠାରେ ଲିପବଦ୍ଧ କରିବାକୁ ପ୍ରୟାସ କଲି। ସହରର ଆକର୍ଷଣ ଅପେକ୍ଷା ପ୍ରକୃତିର କୋଳ ଯେପରି ମଣିଷକୁ ସୁସ୍ଥ ଓ ସତେଜ କରି ଗଢି ତୋଳେ। ଛୋଟ ଏକ ଚା ଦୋକାନକୁ ଯାଇ ସେଠାକାର ସାଧାରଣ ଜନଜୀବନ ସମ୍ପର୍କରେ ବାର୍ତ୍ତାଳାପ ସହିତ କିଛି ଭାବର ଆଦାନ ପ୍ରଦାନ ହେଲା।

ଆରେକୁଭେଲିରୁ ପ୍ରତ୍ୟାବର୍ତ୍ତନ କରିବାର ସମୟ ଆସିଯାଇଥିଲା । ଫେରିବା ବାଟରେ ନୃତତ୍ତ୍ୱର ଏକ ଯାଦୁକରୀ ସ୍ମାରକୀ, ଲକ୍ଷ ଲକ୍ଷ ବର୍ଷ ପୁରାତନ ବୃହତ୍ ଗୁମ୍ଫା ବରାକେଭ୍ ରେ କିଛି ସମୟ ଅତିବାହିତ କରିବାକୁ ହୋଇଥିଲା । ଏହା ମଧ୍ୟସ୍ଥ ପ୍ରାକୃତିକ ପରିପାଟୀ କିପରି ବହୁ ପୁରାତନ ଏବଂ ହଜାର ହଜାର ବର୍ଷର ବିତି ଯାଇଥିଲେ ମଧ୍ୟ ସମ୍ପୂର୍ଣ୍ଣ ପ୍ରାକୃତିକ ଉପାୟରେ କିପରି ସୁରକ୍ଷିତ ହୋଇ ରହିଛି ଏହା ଯେ କୌଣସି ପର୍ଯ୍ୟଟକଙ୍କୁ ଆଶ୍ଚର୍ଯ୍ୟାନ୍ୱିତ କରିଥାଏ । ଏକ ରୋପ୍ ୱେ ରେ ନିର୍ମାଣ କାର୍ଯ୍ୟ ସେଠାରେ ଚାଲିଥାଏ ଯେପରି ଭବିଷ୍ୟତରେ ପର୍ଯ୍ୟଟକ ମାନେ ଏକ ଉଚ୍ଚ ମଣ୍ଡପରୁ ସମଗ୍ର ଉପତ୍ୟକାର ଦୃଶ୍ୟ ଉପଭୋଗ କରି ପାରିବେ । ସନ୍ଧ୍ୟା ସୁଦ୍ଧା ବିଶାଖାପାଟଣା ଫେରି ଆସି ସେଠାରେ ରାତ୍ରୀ ଯାପନ କଲି । ସକାଳେ ମନୋରମ ଉପକୂଳ ନିକଟରେ ଭ୍ରମଣ କରି ବଙ୍ଗୋପ ସାଗରର ଲହଡିମାଳା ମଧ୍ୟରେ ନିଜ ମନର ପ୍ରତିଫଳନ ଦେଖିବାକୁ ଲାଗିଲି । ଏହା ପରେ ବିମାନ ବନ୍ଦର ଆଡକୁ ଯାତ୍ରା ।

ବିଶାଖାପାଟଣାର ବିମାନ ବନ୍ଦରଟି ଖୁବ୍ ଛୋଟ ମନେ ହେଲେ ମଧ୍ୟ ଏଠାକାର ଶାନ୍ତ ପରିବେଶ ଆକର୍ଷଣର କେନ୍ଦ୍ର ବିନ୍ଦୁ । ଏହା ମଧ୍ୟସ୍ଥ ଏକ କଫି ଦୋକାନରେ ବସି ଆକାଶ ଓ ଦିଗବଳୟ ସହିତ କିଛି ନୀରବ ବାର୍ତ୍ତାଳାପ କଲି । ବିମାନ ବନ୍ଦରର ବିଶାଳ କାଚ ପ୍ରାଚୀର ମଧ୍ୟ ଦେଇ ସମଗ୍ର ବିମାନ ବନ୍ଦରର ବର୍ହିଦେଶରେ ନୀରବତାର ରାଜତ୍ୱ ବିସ୍ମିତ କରୁଥିଲା । ବିମାନ ପ୍ରସ୍ଥାନର ବହୁ ପୂର୍ବରୁ ଆସି ଯାଇଥିବାରୁ ସୁରକ୍ଷା କର୍ମୀ ମାନେ ଏଥିପାଇଁ ପ୍ରଶ୍ନ କରିଥିଲେ । ସେମାନଙ୍କୁ ସନ୍ତୋଷ ଜନକ ଉତର ଦେଇ ଭିତରକୁ ପ୍ରବେଶ କଲି । ବିଶାଖା ପାଟଣା ବିମାନ ବନ୍ଦରରେ କିଛି ଘଂଟା ଏକାକୀ ଏକାଗ୍ର ଭାବରେ କଟାଇବାର ଅନୁଭୂତି ସ୍ମରଣୀୟ ହୋଇ ରହିଯାଇଥିଲା । କେତେକ ବିପଣୀ ମାଳା ସହିତ ମୁଁ ପ୍ରାୟ ପ୍ରତୀକ୍ଷାଳୟରେ ହାତ ଗଣନ୍ତି ଯାତ୍ରୀ ମାନଙ୍କ ମଧ୍ୟରେ ରହିଥିଲି । ଆକାଶକୁ ଚାହିଁ ଅନେକ ଭାବନା । ଯେପରି ପଛରେ ଆରେକୁଭେଲିଠାରୁ ବିଦାୟ ନେବା ପରେ ଖୁବ୍ ଏକା ଏକା ଲାଗୁଛି । ପ୍ରକୃତି ଓ ମଣିଷ ମଧ୍ୟରେ ସମ୍ପର୍କ ମାନଙ୍କୁ ନେଇ କେତେ ତୂଳନା ଓ କେତେ ଅନୁଶୀଳନ ଏହି ନୀରବ ମୂହୁର୍ତ୍ତ ମାନଙ୍କୁ ନେଇ ଶୂନ୍ୟତାର ବଳୟ ମଧ୍ୟରେ କଳ୍ପନାର ରେଖାଚିତ୍ର ଆଙ୍କିବାରେ ସହାୟତା କରିଥାଏ । ଏହାରି ମଧ୍ୟରେ ବିମାନ ବନ୍ଦରରୁ ବିମାନ ଯାତ୍ରାର ଘୋଷଣା ହୋଇ ସାରିଥିଲା । ଏପରି ଏକ ଶାନ୍ତ ବିମାନ ବନ୍ଦରକୁ ପୁନର୍ବାର ଆସିବାର ଆଗ୍ରହ ଛାଡି ଆସିଥିଲି । ସେଦିନର ସେହି ପ୍ରତୀକ୍ଷାଳୟର ଅନୁଭୂତି ନିଜ ଠାରୁ ନିଜେ ବିଦାୟ ନେଇ ଚେନ୍ନାଇ ଫେରି ପଣ୍ଡିଚେରୀରେ ପହଂଚିବାର କାର୍ଯ୍ୟକ୍ରମ ସ୍ମୃତି ପୃଷ୍ଠାରେ ଅନେକ ଚିତ୍ର ଛାଡି ଯାଇଥିଲି । କିଛି କବିତା ଲେଖି ପକେଟରେ ସାଇତି ରଖିବାକୁ ଶ୍ରେୟସ୍କର

ମନେ କରୁଥିଲି। ପୂର୍ବରୁ ଜାଣି ଥିଲି ଯେ ଆରେକୁ ଉପତ୍ୟକା ପାଇଁ ବିଶାଖା ପାଟଣାରୁ ରେଳ ଯାତ୍ରା ସୁଡଙ୍ଗ ମାନଙ୍କ ଦେଇ ଖୁବ୍ ରୋମାଂଚକର ମାତ୍ର ସମୟ ଅଭାବରୁ ଏଥର ଏହା ସମ୍ଭବପର ହୋଇ ନଥିଲା।

ତେଣୁ ବିଶାଖା ପାଟଣାରୁ ଓଡିଶା ପ୍ରଦେଶର ସୀମା ଆଡକୁ ଲମ୍ବି ଯାଇଥିବା ରାଜପଥରେ ଯାତ୍ରା କରିବାକୁ ହୋଇଥିଲା। ଏଠାରେ ସୂଚନା ଯୋଗ୍ୟ ଯେ ପୂର୍ବ ଘାଟର ପ୍ରାୟ ୩୧୦୦ ଫୁଟ ଉଚ୍ଚତାରେ ଆରେକୁଭେଲି ଅବସ୍ଥିତ। ଏହା ଓଡିଶା ସୀମାରୁ ପ୍ରାୟ ଦଶ କି.ମି. ମଧ୍ୟରେ ରହିଅଛି। ଆରେକୁ ଠାରେ ଏକ ରେଳ ଷ୍ଟେସନରେ ମଧ୍ୟ ପର୍ଯ୍ୟଟକ ମାନଙ୍କ ପାଇଁ ରହିଅଛି। ଏହାଠାରୁ ପ୍ରାୟ ୫୨ କି.ମି. ଦୂର ଆନ୍ଧ୍ର ଓଡିଶା ସୀମାରେ ମାଛକୁଣ୍ଡ ନଦୀରେ ଅବସ୍ଥିତ ଡୁଡୁମା ଜଳପ୍ରପାତ ପର୍ଯ୍ୟଟକ ମାନେ ଭ୍ରମଣ କରିପାରନ୍ତି। ଏତଦ୍ ବ୍ୟତୀତ ଆରେକୁ ଉପତ୍ୟକା ନିକଟବର୍ତୀ ମତ୍ସ୍ୟ ଗୁଣ୍ଡମ୍ ସରୋବର ସଙ୍ଗଦା ଜଳପ୍ରପାତ ପର୍ଯ୍ୟଟକ ମାନଙ୍କର ଆକର୍ଷଣ ମଧ୍ୟରେ ଅନ୍ୟତମ। ପାଗର ସ୍ଥିତି ଅନୁସାରେ ଆରେକୁଭେଲିର ଆରୋହଣ କିମ୍ବା ଅବତରଣ ସମୟରେ ପାହାଡ ଗୁଡିକୁ ଆବୃତ କରି ଭାସି ଯାଉଥିବା ମେଘ ମାଳା ଓ କୁଜ୍ଝଟିକାର ଆସ୍ତରଣ ସମସ୍ତଙ୍କ ମନକୁ ଛୁଇଁ ଛୁଇଁ ଯାଇ ସ୍ମୃତିର ଗନ୍ତାଘରରେ ଘନୀଭୂତ ହୋଇ ରହିଯାଏ। ପ୍ରକୃତିର ଏହି ଯାଦୁକରୀ ଖେଳ ସମ୍ଭବତଃ ଆରେକୁ ଉପତ୍ୟକାରେ ସବୁଠାରୁ ଅନନ୍ୟ ଆକର୍ଷଣୀୟ ଦୃଶ୍ୟ। ଧାର୍ମିକ ଭାବନା ନେଇ ପର୍ଯ୍ୟଟକ ମାନେ ପୁରାତନ ମତ୍ସ୍ୟଲିଙ୍ଗେଶ୍ୱର ମନ୍ଦିର ମଧ୍ୟ ପରିଦର୍ଶନ କରିଥାନ୍ତି।

ତୁମ ଉପତ୍ୟକା ଲାଗେ ସଦା
ବନାନୀର ବିଥିକା ସମାନ
ଯିବା ପାଇଁ ଛାଡି ତୁମ ପରିସର
କେବେହେଲେ ଚାହେଁ ନାହିଁ ମନ ॥

ନୀରବ ଉପତ୍ୟକାରେ ଦିନଟିଏ

ପୂର୍ବରୁ କୋଡାଇ କେନାଲର ଭ୍ରମଣ ସମୟରେ ସେଠାରୁ ସାଇଲେଂଟ ଭେଲିର ଦୃଶ୍ୟ ସମ୍ପର୍କରେ ଅବଗତ ହୋଇଥିଲି । ଏହି ନୀରବ ଉପତ୍ୟକାରେ ପହଂଚିବା ନିମନ୍ତେ ତାମିଲନାଡୁର କୋଇମ୍ବାଟୁର୍ କିମ୍ବା ନିକଟବର୍ତୀ କେରଳ ସୀମାର ସହର ପାଲାକାଡ୍ ଅଧିକ ସୁଗମ । ନିଜ ଗାଡିରେ ଏହି ଜାତୀୟ ଉଦ୍ୟାନର ପର୍ଯ୍ୟଟକ ସ୍ୱାଗତ ସ୍ଥଳୀରେ ପହଂଚି ପୁନଶ୍ଚ ଜଙ୍ଗଲ ବିଭାଗର ଜିପ୍ ରେ ବସି ଯିବାକୁ ହୁଏ । ଇଂରେଜ ଶାସନ ଅମଳରେ ଏହି ଅନନ୍ୟ ବୃଷ୍ଟି ବହୁଳ ଜଙ୍ଗଲ ଅଂଚଳଟି ଲୋକଲୋଚନକୁ ଆସିଥିଲା । ପରବର୍ତୀ କାଳରେ ଏହା ଜାତୀୟ ଉଦ୍ୟାନର ମାନ୍ୟତା ପାଇଲା । ସବୁଜିମା ଭରା ଏହି ଅଂଚଳ ହାତୀ ଓ ବ୍ୟାଘ୍ର ସହିତ ବିଭିନ୍ନ ପ୍ରକାର ବାନର ଓ ବୃହତ ଗୁଣ୍ଡୁଚି ମୂଷା ପାଇଁ ପ୍ରସିଦ୍ଧ । ସୈରେନ୍ଦ୍ରୀ ଭିଉ ପଏଂଟକୁ ଆସି ଏହାର ଶୋଭା ନିରୀକ୍ଷଣ କଲେ ପ୍ରାଣରେ ଉଲ୍ଲାସ ଭରିଯାଏ । ଏହି ଅଂଚଳଟି ସ୍ଥାନୀୟ ଲୋକମାନଙ୍କ ଦ୍ୱାରା ମହାଭାରତ ଯୁଗର ଦ୍ରୌପଦୀଙ୍କ ଅନ୍ୟ ନାମ ସୈରିନ୍ଦ୍ରୀ ଭାବରେ ପରିଚିତ । ମାଲାବାର ବାନର ଓ ବୃହତ ଗୁଣ୍ଡୁଚି ମୂଷା ସହିତ ଚିତ୍ରିତ ହରିଣ ତଥା ଲଙ୍ଗୁର ମାନଙ୍କ ନିମନ୍ତେ ଏହି ଅଂଚଳଟି ପ୍ରସିଦ୍ଧ ଲାଭ କରିଛି । ଅରଣ୍ୟର କେନ୍ଦ୍ରସ୍ଥଳୀ ମଧ୍ୟରେ ପହଂଚିବା ରାସ୍ତାରେ ବିଭିନ୍ନ ପ୍ରକାର ପକ୍ଷୀ ମାନଙ୍କୁ ମଧ୍ୟ ଦେଖିବାକୁ ମିଳିଥାଏ । ଅରଣ୍ୟର ସବୁଜିମା ସହିତ ନିସ୍ତବ୍ଧ ପରିବେଶ ସମ୍ଭବତଃ ଏହାକୁ ସାଇଲେଂଟ ଭେଲି ନାମରେ ନାମିତ କରିଛି । ଉପତ୍ୟକା ମଧ୍ୟ ଦେଇ ବହି ଯାଉଥିବା ନଦୀର ନାମ ମହାଭାରତର "କୁନ୍ତୀ' ନାମରେ ନାମିତ ହୋଇଛି । ନଦୀ କୂଳରେ ପ୍ରାୟ ୨୩ କି.ମି. ପର୍ଯ୍ୟନ୍ତ ପାଦରେ ପରିକ୍ରମା କରିବାର ସୁଯୋଗ ପ୍ରକୃତି ପ୍ରେମୀ ମାନଙ୍କୁ ଆନନ୍ଦ ଦେଇଥାଏ । ଘଂଚ ଜଙ୍ଗଲର ସୁଷମା ମଧ୍ୟରେ କେଇ ଘଂଟା କଟାଇବାର ଅନୁଭୂତି ସହରର କୋଳାହଳକୁ ପଛରେ ପକାଇ ଆସିଥିବା ପର୍ଯ୍ୟଟକ ମାନଙ୍କୁ ଅପୂର୍ବ ଆନନ୍ଦ ପ୍ରଦାନ କରିଥାଏ । ସମୟ ଯେପରି ନୀରବ ଉପତ୍ୟକାରେ (Silent Valley) ଅଟକି ଯାଏ । ଏଠାରେ ପ୍ରକୃତିର ଯାଦୁକରୀ ମାୟା

ସମୟକୁ ଯେପରି ବନ୍ଦୀ କରି ରଖିଛି। ନୀରବ ଉପତ୍ୟକାର ଭ୍ରମଣ ସବୁବେଳେ ଖୁବ୍ ଶାନ୍ତ ଓ ମନୋରମ ଲାଗିଥାଏ। ଏହି ପରି ଏକ ରମ୍ୟ ଅରଣ୍ୟ ପରିବେଶ ଭାରତର ଖୁବ୍ କମ ସ୍ଥାନରେ ଦେଖିବାକୁ ମିଳେ। ଏହି ଜାତୀୟ ଉଦ୍ୟାନରେ ବିଭିନ୍ନ ପ୍ରକାର ଔଷଧୀୟ ବୃକ୍ଷ ଭରି ରହିଛି। ସାଗୁଆନ୍, ସିମୁଳି, ଶିଶୁ, ଅଁଳା ତଥା ବାଉଁଶ ଗଛ ସହିତ ବିଭିନ୍ନ ପ୍ରଜାତିର ବନ୍ୟପ୍ରାଣୀ ଏହାକୁ ଅନନ୍ୟ କରି ରଖିଛନ୍ତି। ପରିବେଶ ପାଇଁ ସଂଗ୍ରାମ କରୁଥିବା ଆଗ୍ରହୀ ମାନଙ୍କର ପ୍ରୟାସ ବଳରେ ଏହି ଜାତୀୟ ଉଦ୍ୟାନଟି ୧୯୮୪ ମସିହାରୁ ନିଜର ମହତ୍ୱ ସମସ୍ତଙ୍କୁ ଜଣାଇ ଆସିଛି। ସେପ୍ଟେମ୍ବର ମାସଠାରୁ ମାର୍ଚ୍ଚ ମାସ ମଧ୍ୟରେ ଏହା ପରିଭ୍ରମଣ ପାଇଁ ଅନୁକୂଳ।

ସବୁଜିମା ନେଇ ଏହି ଉପତ୍ୟକା
ରହେ ନୀରବତା ଭରା
ପ୍ରକୃତି ମାଆର ଆଦର ସହିତ
ଲାଗୁଥାଏ ସଦା ତୋରା ।।

ଅମରାବତୀ କାହାଣୀ

ଆନ୍ଧ୍ର ପ୍ରଦେଶର ବିଜୟବାଡାର ଉପକଣ୍ଠରେ ଥିବା ଏକ ଆବାସିକ ବିଦ୍ୟାଳୟର ଅତିଥି ଗୃହରେ ଓଡିଶାରୁ ନିଜ ଗାଡିରେ ଫେରିବା ସମୟରେ ରାତ୍ର ରହଣୀ, ଏପର୍ଯ୍ୟନ୍ତ ମଧ୍ୟ ମନେ ରହିଅଛି। ବିଳମ୍ବିତ ରାତିରେ ଚୁପଚାପ୍ ବିଶ୍ରାମ ନେବାକୁ ପଡିଥିଲା। ବିଜୟଓାଡାର କେନ୍ଦ୍ରସ୍ଥଳୀରେ ଥିବା ଏକ ଗୀର୍ଜାରୁ ଜଣେ ସଦ୍ୟ ପରିଚିତ ପାଦ୍ରୀ ବାଟ ଦେଖାଇବାକୁ ନିଜ ସ୍କୁଟରରେ ମଧ୍ୟରାତ୍ରୀରେ ପ୍ରାୟ ୩୦ କି.ମି. ପର୍ଯ୍ୟନ୍ତ ଆମ ଗାଡି ଆଗେ ଆଗେ ଆସିଥିଲେ। ତାଙ୍କର ସେହି ସହୃଦୟତା ପ୍ରତି କୃତଜ୍ଞତା ସର୍ବଦା ବଜାୟ ରହିଛି।

ପରଦିନ ସକାଳେ ବିଦ୍ୟାଳୟର ଅବସ୍ଥିତି ଦେଖି ଖୁବ୍ ଆନନ୍ଦିତ ହେଲି। ଅତିଥି ଶାଳାର ଅନତି ଦୂରରେ ପ୍ରାୟ ୧୦୦ ଫୁଟରୁ କମ୍ ଦୂରତାରେ କ୍ରିଷ୍ଣା ନଦୀ ପ୍ରବାହିତ ହେଉଛି। ବିଦ୍ୟାଳୟ ସମ୍ମୁଖସ୍ଥ ସେହି ନଦୀ ଘାଟରେ ସକାଳେ ସମସ୍ତ ଛାତ୍ରଛାତ୍ରୀ ଖୁସି ମନରେ ସ୍ନାନାରତ ଅବସ୍ଥାରେ ଦେଖିବାକୁ ମିଳିଥିଲା। ବିଭିନ୍ନ ଖେଳ କୌତୁକ ମଧ୍ୟରେ ଶିଶୁ କିଶୋର ମାନଙ୍କର ସ୍ନାନ ସମୟର ଦୃଶ୍ୟ ଆକର୍ଷଣୀୟ ଥିଲା। ଏହା ପରେ ନିକଟସ୍ଥ ଅଂଚଳରେ ନଦୀ କୂଳେ କୂଳେ ପ୍ରାତଃ ଭ୍ରମଣ ଖୁବ୍ ମନୋରମ ଥିଲା। ନିକଟବର୍ତ୍ତୀ ନିର୍ମାଣାଧୀନ ଆନ୍ଧ୍ର ପ୍ରଦେଶର ନୂତନ ରାଜଧାନୀ ଅମରାବତୀ ହୋଇ ପୁରାତନ ବୌଦ୍ଧ କୀର୍ତ୍ତୀର ଅମରାବତୀ ଆଡକୁ ବାହାରିବାକୁ ପଡିଲି। କ୍ରିଷ୍ଣା ନଦୀ ତୀରରେ ଅବସ୍ଥିତ ବିଜୟଓାଡା ସହରରୁ ପ୍ରାୟ କୋଡିଏ କି.ମି. ଦୂର ଏହି ଅଂଚଳଟି ନଦୀ ବନ୍ଧର ପାର୍ଶ୍ୱରେ କଦଳୀ ଚାଷରେ ହସି ଉଠୁଥିଲା। ନୂତନ ରାଜଧାନୀ ଅମରାବତୀ ସେତେବେଳେ ପ୍ରାରମ୍ଭିକ ନିର୍ମାଣ ଅବସ୍ଥାରେ ରହିଥିଲା। ଅଧିକାଂଶ କୋଠାବାଡି ପାଇଁ ବିଭିନ୍ନ ଅଂଚଳ ଚିହ୍ନିତ ହୋଇଥିଲେ ମଧ୍ୟ ବିଶେଷ କିଛି ସବୁକିଛି ଅସମ୍ପୂର୍ଣ୍ଣ ଅବସ୍ଥାରେ ରହିଥିଲା। ମୁକ୍ତ ଆକାଶ ତଳେ ଏହି ଅମରାବତୀର ପରିକଳ୍ପନା ଭବିଷ୍ୟତରେ ଆନ୍ଧ୍ର ପ୍ରଦେଶକୁ ଏକ ସୁଦୃଶ୍ୟ ରାଜଧାନୀ ସହରରେ ନିଶ୍ଚିତ ଭାବରେ ପରିଣତ କରିବ ବୋଲି ଆଶାବାନ୍ ଥିଲି। ପ୍ରାୟ ଏକ ଘଂଟା ପରେ ପ୍ରାଚୀନ ଅମରାବତୀ କୀର୍ତ୍ତି

ରାଜିଠାରେ ପହଂଚି ଗଲି । ଏହା ମଧ୍ୟ କ୍ରିଷ୍ଣା ନଦୀର ତୀରରେ ଅବସ୍ଥିତ । ସେ ସମୟରେ ଅଶୋକଙ୍କ ଦ୍ୱାରା ନିର୍ମିତ ବୃହତ ବୌଦ୍ଧ ସ୍ତୁପ, ଏବେ କିନ୍ତୁ ଏହାର କେତେକ ଭଗ୍ନାବଶେଷ ରହିଛି । ସଂଗ୍ରହାଳୟ ସହିତ ଏହି ସ୍ତୁପର ଏକ ଅବିକୃତ କ୍ଷୁଦ୍ର ପ୍ରତିକୃତି ଏବେ ସମସ୍ତଙ୍କର ଆକର୍ଷଣର କେନ୍ଦ୍ରବିନ୍ଦୁ ।

ଅମରାବତୀର ଏହି ମହାନ ଗୌରବ ସମ୍ପନ୍ନ କୀର୍ତିରାଜୀ ସମ୍ପର୍କରେ ଅନେକଙ୍କୁ ଜଣା ନାହିଁ । ଏହା ଆନ୍ଧ୍ରର ସାତ ବାହାନ ରାଜାଙ୍କର ଶାସନାଧୀନ ଥିଲା । ବୁଦ୍ଧଙ୍କର ସୁବର୍ଣ୍ଣ ଯୁଗ ସମୟର ଏହା ଏକ ଅମୂଲ୍ୟ କୀର୍ତି । ନିକଟବର୍ତୀ ଅମରେଶ୍ୱର ମନ୍ଦିର ପରବର୍ତୀ କାଳରେ ସ୍ଫଟିକ ଲିଙ୍ଗକୁ ନେଇ ଗୌରବ ଅର୍ଜନ କରିଛି । ଏହି ସ୍ଥଳୀ ଦେଶ ବିଦେଶର ଜ୍ଞାନାନ୍ୱେଷୀ ମାନଙ୍କର ପର୍ଯ୍ୟଟନର ପୀଠ ଥିଲା । ବର୍ତମାନ କେବଳ ଭାରତୀୟ ପ୍ରତ୍ନତତ୍ୱ ବିଭାଗ ଓ ରାଜ୍ୟ ସଂଗ୍ରହାଳୟ ମଧ୍ୟରେ ସୀମିତ ହୋଇରହିଛି । ଏଠାକାର ମହାଚୈତ୍ୟ ଚତୁର୍ଦ୍ଦଶ ଶତାବ୍ଦୀ ପର୍ଯ୍ୟନ୍ତ ଅକ୍ଷୁର୍ଣ୍ଣ ରହିଥିଲା । ଖ୍ରୀଷ୍ଟପୂର୍ବ ତୃତୀୟ ଶତାବ୍ଦୀରେ ଆନ୍ଧ୍ର ପ୍ରଦେଶର ସର୍ବ ବୃହତ ସ୍ତୁପ ମଧ୍ୟରେ ବୁଦ୍ଧଙ୍କର ପବିତ୍ର ଅସ୍ଥିର ମହାନ ସ୍ମାରକୀ ଏଠାରେ ଆବିଷ୍କୃତ ହୋଇଥିଲା । ସମ୍ମାନନୀୟ ଦଲାଇଲାମା ବୁଦ୍ଧଙ୍କର ଏକ ବିରାଟ ପ୍ରତିମୂର୍ତି ଜାନୁଆରୀ ୨୦୦୬ ରେ ଲୋକାର୍ପିତ କରି କାଳଚକ୍ର ଅନୁଷ୍ଠିତ କରିଥିଲେ । ପ୍ରତ୍ନତତ୍ୱ ସଂଗ୍ରହାଳୟରେ ଅନ୍ୟାନ୍ୟ ସ୍ଥାନରୁ ମିଳିଥିବା କେତେକ ସ୍ମାରକୀ ମଧ୍ୟ ଏଠାରେ ରଖାଯାଇଅଛି । ବୁଦ୍ଧଙ୍କ ସମ୍ପର୍କିତ କେତେକ ସ୍ମାରକୀ ମଧ୍ୟ ଏଠାରେ ଥିବା ରାଜ୍ୟ ସଂଗ୍ରହାଳୟରେ ଦେଖିବାକୁ ମିଳେ । ଏହି ପରିବେଶ ଓ ସଂଗ୍ରହାଳୟ ପରିଦର୍ଶନ ପରେ ଅମରେଶ୍ୱର ମନ୍ଦିର ଦର୍ଶନ ପାଇଁ ଯାଇଥିଲି । ଏହା ମଧ୍ୟ କ୍ରିଷ୍ଣା ନଦୀର ତୀରରେ ଅବସ୍ଥିତ । ପୂର୍ବରୁ କ୍ରିଷ୍ଣା ନଦୀର ଉତ୍ପତି ସ୍ଥଳରୁ ଆରମ୍ଭ କରି ସମତଳ ଶଯ୍ୟାରେ ବିଭିନ୍ନ ସ୍ଥାନ ପରିଦର୍ଶନ କରିବାର ସୁଯୋଗ ମିଳିଛି । ମାତ୍ର ଅମରାବତୀର ଏହି ଗୌରବ ମଣ୍ଡିତ କ୍ଷେତ୍ର ପ୍ରତ୍ନତାତ୍ୱିକ ଦୃଷ୍ଟି କୋଣରୁ ଖୁବ୍ ମହତ୍ୱପୂର୍ଣ୍ଣ ଲାଗିଲା । ଏହିପରି ଭାବରେ ଗୋଟିଏ ରାତ୍ର ଓ ଦିନଟି କଟାଇ ପୁଣି ପଣ୍ଡିଚେରୀ ଆଡକୁ ପ୍ରତ୍ୟାବର୍ତନ କଲି ।

ସାର୍ଥକ କରି ଅମରାବତୀର ନାମ
କ୍ରିଷ୍ଣା ନଦୀର ତୀରେ
ବୁଦ୍ଧଙ୍କର ସେହି ଗୌରବ ଗାଥା
ରଖିଅଛ ସ୍ମରଣରେ ॥

BLACK EAGLE BOOKS

www.blackeaglebooks.org
info@blackeaglebooks.org

Black Eagle Books, an independent publisher, was founded as
a nonprofit organization in April, 2019. It is our mission to
connect and engage the Indian diaspora and the world at large
with the best of works of world literature published on a
collaborative platform, with special emphasis on
foregrounding Contemporary Classics and New Writing.